詩歌と戦争

白秋と民衆、総力戦への「道」

中野敏男

Nakano Toshio

1191

NHK BOOKS

NHK出版［刊］

Printed in Japan
［章扉デザイン］諸藤剛司
［編集協力］大河原晶子

目次

凡例

一、北原白秋の引用を『白秋全集』（岩波書店）から行うにあたり、近傍に（㉘二四二頁）とある場合、全集第二十八巻の二百四十二ページから引用したことを示す。

一、引用では旧漢字を新漢字に改め、ルビについてはとくに難読と思われるものに施した。その際、引用文が旧仮名遣いのものはルビも旧仮名遣いで、新仮名遣いのものは新仮名遣いで表記した。

章扉写真

序　章　藤田三男編集事務所提供
第一章　藤田三男編集事務所提供
第二章　『最近移植民研究』（東洋社、一九一七年）より転載
第三章　白秋：藤田三男編集事務所提供、裕仁皇太子：『皇太子殿下樺太行啓記念写真帖』（樺太庁、一九二五年）より転載
第四章　『NHK歴史への招待 ㉑』（日本放送出版協会、一九八二年）より転載
終　章　毎日新聞社提供

序章

震災から戦争へ揺れた心情の経験

——詩人と民衆の詩歌翼賛への道

民謡集『日本の笛』
（1922年）

童謡集『トンボの眼玉』
（1919年）

震災から戦争へ進んだ時代の詩歌曲の記憶

東日本大震災という未曾有の大災害が起こり、しかもこの災害は原子力発電所の破局的崩壊と放射能汚染という深刻な人災まで伴って、そこからの復興の道を求めるにあたっても、それを単なる「復旧」に留めるのではなく、むしろ未来に向けた根本的な反省と思考の転換が不可欠であるという認識が広く共有されてきています。確かに、一気に生活の基盤そのものを根こそぎにした大津波と原子力災害の経験は、これまで深く問わないまま依存してきてしまった文明や技術の脆弱な基礎を明らかにし、現在の産業のあり方、社会のあり方、そして生活のあり方そのものまで、深く根底からの問い直しを不可避にしました。この意味で震災後のいまは、社会や生活の思想という面でも、とても重要な歴史的転換の時機《とき》なのだと言って過言ではないでしょう。

このような「震災後」の精神状況をふまえ、それを根本的に受けとめようと考えるとき、あらためて気になってくるのは、近代日本が経験したもうひとつの「震災後」のことです。一九二三（大正十二）年九月一日、相模湾沖を震源に発生したマグニチュード七・九の大地震は関東地方南部を直撃し、東京や横浜を中心に、死者・行方不明者十万五千人余り、家屋の全壊十万九千、焼失二十一万二千と言われる大災害をもたらしました。これが関東大震災と呼ばれる震災ですが、わたしたちがここでしっかり直視しなければならないのは、その震災後が、しばしば言及されるような「帝都復興」なる復興の成功物語で終わったわけでは決してなく、むしろ真っ直ぐに大戦争への道を歩んでいるという歴史的事実でしょう。その震災の時は、渦中に広がった流言飛語に煽《あお》られて人々が多くの朝鮮人を虐殺するという事件さえ起きました。しかし、そのことも含めてしっかりした反省や問い直しの営みがなされないままに、関東大震災の震災後は、アジア・太平洋戦争に向かうまさに戦争前の時代となっていったのです。「十五年戦争」とも言われるこの戦争の発端となった満州事変は、震災から八年後の一九三一年に火蓋が切られています。現実にそのように進んだ歴史過程を直視するときに、関東大震災の震災後を考えることは、東日本大震災の震災後を見極めるためにもとても重要な参照項になるだろうと気づかされます。

そのように「震災後」ということを意識するとき、わたしが関東大震災のケースについてとりわけ立ち入って考えておきたいと思うのは、その震災から戦争へと進む時代の中で生きていた民衆の心情のことです。そんな時代を人々は、いったいどのような思いで生き、どんな心情を抱えながらやがて戦争への道を進んでいくことになったのでしょうか。震災後という状況をわたしたちが同様に抱えて、それが心に深い傷を刻印し生活の根底を問うほどの経験になると知ったからこそ、そこから真っ直ぐ戦争に向かってしまったかつてのケースについてその心情の回路を知っておかなければと思うのです。

そのことを考えさせるひとつの契機として、人々に愛唱されてきた詩歌《しいか》曲のことがあります。今回の震災において悪夢のような惨状を伝える報道の連続の中で、被災地の避難所のひとつに高校生のグループが訪れ、被災者たちに歌をプレゼントしたというニュースを聞いたのは、被災からどれほど経った頃でしたでしょうか。大震災が起こってとても深く傷ついた多くの人々の心を、思いやり溢れた歌や音楽が慰め、そこから新しい元気も勇気も生まれてきたというその知らせは、つらい出来事の中でも、やはり希望を感じさせてくれる大切な福音でした。そのように思いながらかつての震災後を顧みると、震災から戦争へと向かったその時期にも、そこに生きていた民衆の心情に深く通じそれを映し出してもいたはずの歌や詩にずいぶん大きく揺れるドラマがあったと分かります。
関東大震災が起こったその頃をここで日本近代の文化史という観点から見直してみると、それはちょうど大正後期の「デモクラシー」と「ロマンティシズム」と性格づけられる文化事象が花開いていた頃で、とりわけ歌という点に限ってみても、その後に長く歌い継がれるようになる多くの童謡が作られていたそんな時期でした。この時期に発表された作品をいくつか思いつくまま拾ってみても、直《ただ》ちにつぎのようなものが列挙できます。

一九二〇年　「叱られて」「十五夜お月さん」
一九二一年　「赤とんぼ」「七つの子」「どんぐりころころ」「青い目の人形」「雀《すずめ》の学校」「ちんちん千鳥」「揺籠《ゆりかご》のうた」「夕日」
一九二二年　「砂山」「赤い靴」「シャボン玉」「黄金虫」
一九二三年　「春よ来い」「月の砂漠」「おもちゃのマーチ」「肩たたき」「どこかで春が」
一九二四年　「からたちの花」「あの町この町」「兎《うさぎ》のダンス」「証城寺《しょうじょうじ》の狸囃子《たぬきばやし》」「花嫁人形」
一九二五年　「ペチカ」「雨降りお月さん」「アメフリ」
一九二六年　「この道」

これを見ると、「日本の童謡」として真っ先に挙げられるような名だたる作品が、いかに関東大震災を挟んだこの時期に集中して生まれていたかが分かるでしょう。これらは、当時ひとつの文化運動にもなっていた童謡創作の活況の中から生まれてきた優しく美しい作品で、北原白秋や野口雨情といった詩人たちが作詞し山田耕筰や中山晋平らの音楽家たちが作曲したこれらの歌は、今日なお多くの人々の心に響き、愛され続けてきている抒情歌だと言ってよいものです。このような作品であれば、確かに震災後の厳しい状況下でも人々の傷ついた心を優しく癒していたはずだと理解することができます。

しかしそうだとすれば、震災を前後してこんな優しさに溢れる歌を愛し歌っていた人々が、いったいどうして、ほどなく迎える戦争の時代には自らそれの重要な担い手になっていったのでしょうか。そこで人々の心情はいったいどのような道筋を辿って、やがて戦争への翼賛に行き着いているのでしょうか。そんな疑問を感じながらこの震災後の詩歌曲をめぐる文化状況を見ていくと、一九三〇年代に入って国民総動員が強力に進められた総力戦の時代が本格的に始まる以前に、それに向かういくつもの芽が育っていることに気づかされます。

震災後の愛国主義と抒情詩人の行方

関東大震災から二年半ほど経った一九二六年二月、詩人北原白秋は「建国歌」と題するつぎのような作品を発表しています。

一　そのかみ、天《あめ》つち闢《ひら》けし初め、
げに萌《も》えあがる、葦禾《あしかび》なして、
立たしし神こそ、
国の常立《とこたち》。
　いざ、
いざ仰《あふ》げ、起《た》ち復《かへ》り、
かの若々し神の業《わざ》を。

四　爾《ここ》にぞ、明治の大《おほ》き帝《みかど》、
げに晴れわたる、青高空《あをたかぞら》と、
更《さら》にし照らさす、
四方《よも》の八隅《やすみ》に。
　いざ、
いざ仰げ、起ち復り、
わが弥栄《いやさか》の日の出《づ》る国を。

（30二六二、二六四頁）

この「建国歌」は、その年の紀元節である二月十一日に挙行された「建国祭」という行事のために特別の依頼があって創作された歌謡作品で、これは祭り当日の式典で初めて歌唱により披露されました。この「建国祭」というのは、震災後に大きく高まった愛国主義の風潮を背景にして、同年に第一回目が挙行された新しい祭日の行事で、社会主義者から転向して右翼活動家となった赤尾敏《びん》が主宰する民間右翼団体「建国会」が提唱して準備委員会が作られ、第一回建国祭の当日には東京芝公園を始めとする全国各地でその行事が行われて、東京では約三万人が皇居前まで祝賀行進を行ったということです。(1) このような建国祭が企画されたのは、そもそも神武天皇即位の日という趣旨から定められた紀元節が、その同日に大日本帝国憲法が発布されたことから大正期には次第に立憲制という枠内での憲法発布の日と理解されるようになっていて、それに不満を抱く人々が、震災後の尊皇愛国の過熱の中でこの日を「本来」の趣旨で祝って天皇を中心とする「国体」の精神を顕揚しようと目指したということがありました。白秋童謡の優しい言葉遣いに親しんでいる人にはかなり違和感があるでしょうが、同一人物が書いたこの「建国歌」の歌詞には、その時に突出していた先鋭な皇国主義の企図がはっきり反映されていると分かります。

　大正期童謡創作の中心人物であった北原白秋という詩人は、一九四二年に亡くなったこともあってか戦後にはそのことがあまり語られなくなっていますが、満州事変が起こった三一年あたりから他に先駆けて愛国歌謡、戦争詩歌を量産していて、日本の戦時には戦争体制に率先して協力した文学者たちの中でもとりわけ顕著な存在でした。その戦争協力詩は、単純に数だけから言っても確かに驚かされるほどのものがあって、それらは、戦時の強制的な風潮に意に反して流されてしまったとかの言い訳では決して済まされないほどに、その時期の白秋の創作の中核となっていたのです。そしてそれらが、国民歌謡集『青年日本の歌』（三二年）、『躍進日本の歌』（三六年）、愛国詩集『新頌』（四〇年）、少国民詩集『港の旗』（四二年）、『満洲地図』（四二年）、詩集『海道東征』（四三年）、『大東亜戦争少国民詩集』（四三年）など、この戦時につぎつぎと出された白秋の詩歌集を埋め尽くしているわけです。また白秋は、同時期に内閣情報部や新聞各社がさかんに行った国民歌謡・愛国歌謡の公募にも審査委員などの立場で繰り返し積極的に関わっていて、そこから「爆弾三勇士」（三二年。与謝野鉄幹作詞）、「愛国行進曲」（三七年。森川幸雄作詞、北原白秋ら補作）、「露営の歌」（三七年。藪内喜一郎作詞）などの作品を世に送り出すことにも貢献しました。そんな戦争詩人となる北原白秋が、震災後のこの頃に自らの愛国主義に明確な表現を与えた作品を書くようになっていて、それが後の紛れもない戦争翼賛の詩歌に一直線につながっていったということです。

しかもここでわたしが特別に留意したいと思うのは、このように戦争詩人となっていく白秋と、童謡という創作ジャンルを完成させた抒情詩人である白秋とが、決して別々の存在なのではなく、この震災後の状況下でむしろ重なり合っていたということです。北原白秋の抒情童謡といえば、「この道はいつか来た道」と歌い出される童謡作品「この道」を真っ先に挙げる人は少なくないでしょう。詳細な作家分析・作品分析に立ち入った浩瀚な著書『日本童謡史』を著した藤田圭雄《たまお》は、作品「この道」について、「白秋の感性と、技巧を、いっぱいに発揮し」た作品であると分析し「近代童謡の一時期を画すもの[2]」と高く評価しています。この作品がそのように「画期的」とまで言えるかどうかはともかくとして、これが白秋童謡の中でも完成度の高い代表作のひとつであることは間違いありません。そのような作品「この道」は、同じく一九二六年の八月に童謡誌『赤い鳥』誌上に発表されていて、実は作品「建国歌」と相前後するほぼ同時期の創作と認められるものです。すなわち、北原白秋が戦争翼賛に精励する愛国詩人であるということは、アジア・太平洋戦争とともに本格化した総力戦の非常時だけに限られた特別なことなのではなく、むしろ震災後という状況下で完成された抒情詩人であることと両立して始まっていたのでした。

北原白秋という詩人において明瞭に認められるこのような事実は、戦争へと続いている関東大震災後の文化状況を考えるとき、とりわけそれを詩歌曲の文化史という観点から考えるときに、かなり重要な問題連関を示唆しているように思われます。すなわち、この時期には一般に心優しい抒情詩が求められるような精神状況が生まれていて、そこに実はすでに内包されていた愛国主義が震災後という事態の中で亢進し、戦争の時代への進展とともに、詩人たちをこぞって戦争翼賛へと導いていったのではないかということです。実際に、たくさんの抒情詩歌を生み出した童謡運動そのものは震災以前から始まっていたのでした。だから、この時に心優しい抒情が求められたということ自体には、同時代のもっと広い歴史的、社会的な背景があったと考えなければなりません。とすれば、戦争翼賛に帰結してしまった震災後の詩歌の心情を顧みるにあたっては、まずは少し視野を広げてそんな抒情詩歌の成立事情を同時代の歴史的、社会的な背景から見直し、震災後にとりわけ歩みを加速させるこの時代の詩歌曲の文化史をそこから丁寧に辿っていく必要があると認められます。

民衆の自発的文化運動と詩歌翼賛

ところで、このように震災から戦争へという視野に立ってこの時代の文化史を見直すことは、国民総動員の総力戦の時代に現出した民衆の自発的な戦争翼賛、とりわけ詩歌曲をもって広がった民衆の「詩歌翼賛」[3]の起源を探るという意味でも重要だと考えられます。というのもこの震災後の時期には、童謡や新民謡などの詩歌曲に「絆」を求める自発的な文化運動が、全国各地に広く立ち上がっているのを目撃することができるからです。

北原白秋や野口雨情がリーダーとなった大正期の童謡運動は、初めは『赤い鳥』や『金の船』（のちに改題されて『金の星』）などの童詩・童謡雑誌を拠点として展開された専門文学者たちの文学運動という性格が色濃いものでしたが、やがてそれは全国各地で教育現場にいる教師たちや賛同者などを巻き込み、それまで学校で行われてきた官製の唱歌教育に対抗する童謡の実践的教育運動に広がり発展していっています。また、それにはやや遅れましたが、こちらも白秋や雨情などが創作をリードした新民謡について見ても、全国各地で地域の活性化を求める住民たちが自分たちの地域の新民謡を求め、それをみんなで歌い踊るという形で、民衆の文化運動である新民謡運動がそこに広がっていきました。そしてこのような震災後の文化運動の展開には、同時代の「大正デモクラシー」と概括される政治社会状況を背景にした地方自治への意欲の高まりと、民衆自身の自発的な社会参加意識の広がりが強く関与していたと考えることができます。

そうだとすれば、ボランティアの共助が求められた震災後にとりわけ広がったと考えられるこのような民衆の文化運動の自発的なデモクラシーは、その後の総力戦体制下で大政翼賛会などが組織され国家事業として強力に進められたファッショ的な文化動員とどのようにつながっていると考えたらいいのでしょうか。同様にボランティアの意義が強調される今日の震災後という状況の中で、民衆の心情を意識しつつ文化のレベルでかつての震災後から戦争への連続を問うというのは、確かにこのようなデモクラシーとファシズムの連関への問いを不可欠にすると思われます。

これまで、戦時下の文化状況については、上から権力的に組織された総力戦の動員体制に対して知識人や文学者たちが抵抗力を喪失していかに「転向」し「協力」したのかという観点から、その「戦争責任」を問うという形で多くの議論がなされてきました。とりわけ日本の敗戦後の一時期には、戦争に協力した多くの文学者、詩人たちが戦時の自らのふるまいについて責任を取ろうとせず口をつぐむ中で、戦中における「文学者の戦争責任」が問題として提起され、個人名まで挙げてそれを告発する声が上がったことがありました。(4) またそれに続いて、敗戦後のそのような責任追及に加わった人々の中にさえ実は戦時の翼賛協力者がいるという事実を暴露し、そのようにして「前世代の詩人たち」への思想的な追及を徹底させた吉本隆明と、そこから始まる一連の議論もありました。(5) そしてその後、広範な関心は退潮したとはいえ、桜本富雄ら少数の人々の執拗とも言える追及の持続により、国家総動員体制の下で「日本文学報国会」などに大挙して集まった「大東亜戦争下の文学者たち」の戦争協力についてはかなり詳細な事実が明らかにされてきています。(6)

また、マスメディアや音楽文化の戦争協力に注目する近年の研究でも、総力戦体制下において活発に世論形成を先導した新聞・雑誌などのメディアの役割、一元的に統合されていった音楽界に集まりこぞって戦争協力に動いた作曲家や演奏者たちの動向、そして、そこで作られた音楽や詩などを「国民歌謡」や「愛国詩」などとして各家庭に運びつづけたラジオの働きなど、戦時における文化諸領域での戦時動員の実態についてはかなり立ち入った解明が進められてきています。主に一九三〇年代後半である日中戦争期以降の、しかもメディアや知識人、文学者、詩人、音楽家という専門家たちの戦争協力の実態についてなら、文献史料に基づくそうした実証研究の蓄積によってすでにだいぶ明らかになってきていると認めることができるでしょう。(7)

とはいえ、日本の戦争の時代には、そうした研究が示すような専門文学者、詩人、音楽家たちの戦争協力があったばかりでなく、むしろそれに先駆ける形で、広く一般の民衆がそんな歌や詩を作ることにまで進んで参加し、また自らも歌い踊り唱和して、戦争に広く協力していたと見なければなりません。満州事変の戦火が上海事変に拡大していた一九三二年の初頭には、折から起こった日本陸軍工兵隊兵士の戦死事件が「肉弾三勇士」という愛国英雄美談に仕立てられ、新聞各社が競ってその英雄行為を讃える歌の歌詞を公募しましたが、十日あまりの短い公募期間にもかかわらず『朝日』には十二万四千五百六十一、『毎日』には八万四千百七十七もの一般応募があって、その時にすでに始動していた詩歌翼賛への民衆の著しく能動的な対応ぶりがわかります（後出二三〇頁表5参照）。これをきっかけに三〇年代前半から新聞や出版各社は繰り返し同様な愛国歌謡・軍国歌謡の新曲制作を文化イベントとして企画するようになりますが、これに早い時期からきわめて多くの民衆が参加し翼賛に動いていたのです。そんなメディアに呼応する民衆の動きがあって、さらにそれに対する上からの働きかけとして、日本放送協会（NHK）がラジオ番組『国民歌謡』の放送を開始したのは三六年のことであり、また情報統制の国家機関であった情報局の肝いりで「愛国詩」の朗読が毎朝定時にラジオ放送されるようになるのは四一年に日米戦争が始まった後のことです。

そうであれば、震災から戦争に向かって翼賛に動いていく歌や詩のことを考えようとするなら、しかもそこで戦争体制を実際に下から支えるようになる力の基礎を考えたいのなら、なにより真っ先に直視して問わねばならない問題の場が、震災後の一九二〇年代に広がっていた民衆の文化運動と戦時下の三〇年代に総力戦体制に統合されていく民衆の詩歌翼賛との連関にあると認められるでしょう。しかし、このような文化的な国民総動員の本体部分については、いまだ立ち入った検証は開始されていないと言わざるをえません。

白秋の軌跡／民衆への広がり

本書では、震災から戦争に向かう時代の精神と民衆の心情の回路を問う以上のような問題関心をふまえて、それに深く実質的な解答が得られるよう検討課題をさらに具体的に限定し、つぎのような二つの点にフォーカスしながら考察に取り組みたいと思います。その第一の課題は、震災から戦争に向かう時代の精神の推移を測るべく、その時期に童謡運動の中心にいた詩人北原白秋に考察の軸を定め、彼が中心となって進められた童謡などの形での抒情詩歌の創生がもつ意味を理解するとともに、それが戦争翼賛詩歌に繋がっていく過程を、この詩人の生と詩作にできる限り内在して追跡していこうということです。そして第二の課題は、それと並行させながら、この時代をともにしている民衆の心情の回路を見定めるために、同時期に生きる民衆側の生と詩歌曲に寄せる思いや願い、そしてそこから生成してくる歌い踊る民衆の文化運動の広がりを検証し、戦時における民衆の詩歌翼賛に連続するその道を確認していくということです。

このように二つ並行して立てられた考察の課題は、もちろん相互に連関し合っているわけですが、前者は作品テキストを主要な手がかりとした作家個人の精神生活に内在する思想研究となり、後者は歴史的・社会的な環境要因をつねに構成契機として織り込みながら進められる社会史研究になるはずのもので、考察対象のレベルと考察方法の構成においてなにがしか異なった質をもつことになるだろうと考えられます。ですからここでは、そんな対象と方法のレベルが異なる考察を意識的に並行させて、両者が相互検証の意義をも持つように緊張関係を維持して、検討を進めていくことにしたいと思います。

このような課題と方法の限定は、しかし、事柄の網羅的な全体像を年代記風に順次語ろうとする平板な歴史記述よりは、問題の意味を深く知るためにはずっと有効で必要な方法的通路であるとわたしは考えます。確かに、考察の主対象とする北原白秋という人物は、総動員体制が成立してみんなが翼賛に巻き込まれていく日中戦争期以後に見られた平均的かつ一般的な詩人たちに比べて、もっと早い震災直後の時期から他に先駆けて帝国への翼賛に動き出した、才能においても行動においても突出した詩人の特異例であると見なければなりません。とはいえ、そうであればこそ逆にこの北原白秋という例は、この時代に詩歌曲を通してなしえた思想行動の可能性のひとつの極限を示しており、実際に影響力も並外れて大きかったこの詩人を基点に見渡せば、その民衆への影響の広がり、そしてそれへの民衆からの反応とそこから興隆した民衆運動の様態を、この上なく先鋭な形状で描き出すことができるだろうと考えられるのです。本書では、このように特定された課題の意義と可能性をしっかり確認して考察を出発させたいと思います。

このような本書の考察を始めるに当たって、ここで特定された課題の意味を広く震災後という時代の抒情詩歌全般の意味にしっかり結びつけて認識しておくためにも、白秋を考察する上での導きの糸として、白秋を超えて同時代の詩歌に広く共有されていたはずのひとつの心情の形を想起しておきたいと思います。それは、この時代の抒情詩歌を貫くモチーフとして繰り返し歌われている「郷愁」という心情です。

震災後という状況下ではなおさらそうだと思いますが、人々の傷ついた心情が抒情詩歌によって癒されるというとき、そこでいつもなにがしかは意識されているのが「郷愁」という心情であることは間違いないでしょう。学校唱歌の代表作である「故郷《ふるさと》」も実はそうだったのですが、童謡の代表作である「赤とんぼ」や「夕焼小焼」などを考えてみても、最も典型的な「日本の抒情歌」と言われているそれらの歌が、そろって遠い故郷や過ぎ去った日々を思う心情を歌っていることはよく知られています。そしてそう考えてみると、本書で考察対象とする北原白秋の作品にとっても、代表作の「砂山」「からたちの花」「この道」などを順次挙げてみれば、郷愁が特別に重要なモチーフであるのは明らかかと思えます。すると、そこにはいったいどんな問題が潜んでいるのでしょうか。ここでは、まずは日本の抒情詩歌の成立そのものに深く関わると見えるこの「郷愁」というモチーフを取り付き点にして、考察を始めていくことにしましょう。

第一章

抒情詩歌の成立と本質化される郷愁

——日本製郷愁の二つの問題構成

小石川表町のアルス社屋前で。前列左より2人目から妻菊子、長男隆太郎、父長太郎、3人おいて母しけ。後列左より2人目から白秋、弟鉄雄（1924年10月）

第一節　北原白秋における郷愁という問題

郷愁というモチーフ

北原白秋その人の詩業にとって見るとき、郷愁とは、そもそもどれほどの意味をもつ問題なのでしょうか。逆に言うと、郷愁というモチーフから入り込んで白秋を考えるというのは、たしかに意義ある探求であると言えるでしょうか。この基礎的な確認をしておくために、ここではまず、当のモチーフをとりわけ明瞭に表現した代表作であり、一般にもよく知られている童謡「この道」に留目し、その作品内容を想い起こすことから始めることにしましょう。

この道

この道はいつか来た道、
　ああ、さうだよ、
あかしやの花が咲いてる。

あの丘はいつか見た丘、
　ああ、さうだよ。
ほら、白い時計台だよ。

この道はいつか来た道、
　ああ、さうだよ。
母さんと馬車で行つたよ。

あの雲はいつか見た雲、
　ああ、さうだよ。
山査《さんざ》子《し》の枝も垂れてる。

（26四五三―四五四頁）

この作品が発表された一九二六年は白秋が四十一歳になった年で、ここには確かに、童謡作家としても成熟した彼の抒情の完成されたかたちが示されていると見ることができます。これを「画期的」と見る童謡史研究の藤田圭雄の評価についてはすでに触れましたが、一般の人気という点でもこの作品はとりわけ高い支持があり、透明感すら感じさせるその抒情は多くの民衆の心に強い郷愁をかき立てつづけてきています。そうであれば、この作品「この道」を基点に据えてそこから郷愁というモチーフに即して白秋の詩業を辿ろうという試みなら、少なくともまず白秋童謡の世界の特別な中心部には触れていて十分に意味のある探求になると考えられるでしょう。

さて、そのように考えて成熟期の童謡作品である「この道」を考察の基点に据え、その上で、そこからまず白秋の詩業を青年期の出発点まで遡って見直してみると、その間の旅程に郷愁をめぐってとてもダイナミックな展開のドラマがあったはずだと気づかされます。というのも、白秋が詩作を始めて成熟に到るまでの歩みを両端から見直すと、郷愁というモチーフの扱いにおいて、確かに明瞭で強い連続があるとともに、しかし他方でその内容には見逃すことの出来ない変化があると分かるからです。

> 私の郷里柳河《やながは》は水郷である。さうして静かな廃市の一つである。自然の風物は如何にも南国的であるが、既に柳河の街を貫通する数知れぬ溝渠《ほりわり》のにほひには日に日に廃れてゆく旧い封建時代の白壁が今なほ懐かしい影を映す。
>
> （2九頁）

第二詩集『思ひ出』の復刻版

これは、一九一一年、白秋二十六歳の時に刊行された第二詩集『思ひ出』の序文「わが生ひたち」の、印象深いはじめの一節です。この文章は、文字通り「思ひ出」と題する作品中で白秋自らが初期の詩作のモチーフを語ったものとして、よく引用されますからとても有名ですし、思い入れ深く情景を語るこの一文のおかげで福岡県柳川《やながわ》市（旧表記は柳河）は多くの白秋ファンが訪れる観光名所にもなりました。数多の白秋研究がそう認めるように、成熟期の「この道」から初期のこの作品まで立ち返ってみれば、わたしたちが注目している郷愁という心情が、白秋の詩業を貫いてずっと持続するモチーフになっていることは間違いないとあらためて思います。

とはいえ、そこでその郷愁ということの中身に鋭く感覚を研ぎ澄ませてさらに立ち入っていくと、初期の『思ひ出』においては、童謡「この道」にふつう感じられているものとはずいぶん違った世界が想起されていることに気づかされます。

郷愁の二つのかたち

詩集『思ひ出』の序文「わが生ひたち」に語られている白秋の生家は、柳河でも有明海にほど近い沖《おき》ノ端《はた》という地域にあり、そこで北原家は、古くは柳河藩から公許された魚問屋として、白秋が生まれた頃は「油屋」という屋号を持つ海産物問屋でかつ造り酒屋として手広く商売を営んでおりました。そしてその周囲には、荒々しくも生々しい漁師町の生活世界が広がっています。その様子を白秋は、伝染病であるコレラが流行した夏の情景をズームアップしながら、つぎのように描いています。

……七八月の炎熱はかうして平原の到るところの街々に激しい流行病《はやりやまひ》を仲介し、日ごとに夕焼の赤い反照を浴びせかけるのである。

この時、海に最も近い沖ノ端の漁師原《れふしばら》には男も女も半裸体のまま紅い西瓜をむさぼり、石炭酸の強い異臭の中に昼は寝《い》ね、夜は病魔退散のまじなひとして廃れた街の中、或は堀の柳のかげにBANKO（椽台）を持ち出しては盛んに花火を揚げる。さうして朽ちかかつた家々のランプのかげから、死に瀕した虎刺拉《コレラ》患者《くわんじや》は恐ろしさうに蒲団を匍《は》ひいだし、ただぢつと薄あかりの中《うち》に色変えてゆく五色花火のしたたりに疲れた瞳を集める。

焼酎の不摂生に人々の胃を犯すもこの時である。犬殺しが歩《あ》るき、巫女《みこ》が酒倉に見えるのもこの時である。（②一三頁）

こんな生活世界の中で、未だ「白秋」にはなっていない頃の北原隆吉少年は、名門北原家の長男として、「大きな坊っちゃん」というほどの意味をもつ柳河方言「Tonka John」と呼ばれて育ちました。このJohnという呼び名の由来について、詩人で評論家の松永伍一は、北九州一円のキリシタン文化の名残として、「少年に洗礼を施し、名をジュアンとつけて、それが良家の子供であったことから、後々までその名が活かされ(1)」たと推定しています。そんなところにも白秋の初期作品に表出される「異国趣味」との文化風土的つながりが感じられるわけですが、そこで隆吉少年は、漁師町の生活世界と隣接しながら、しかし周辺の漁民たちの貧困とはほど遠い贅沢な生活環境の中にあり、財力に任せて買い与えられた西洋凧や朱色の人面、異国の情景を描いた油絵などに囲まれて育っていたのでした。そのような幼い頃の思い出は、詩集『思ひ出』につぎのような詩作品として書き留められています。

春のめざめ

JOHN, JOHN, TONKA JOHN,
油屋のJOHN, 酒屋のJOHN, 古問屋《ふつどいや》のJOHN,
我儘で派美《はで》好きなYOKARAKA JOHN.
"SORI-BATTEN!"
南風《はえ》が吹けば菜の花畑のあかるい空に
真赤《まつか》な真赤な朱《しゆ》のやうなMENが
大きな朱の凧《たこ》が自家《うち》から揚る。

TONKA JOHNの不思議な本能の世界が
魔法と、長崎と、和蘭陀の風車に
思ふさま張りつめる……食欲が躍る。
"SORI-BATTEN!"
父上、母上、さうして小さいJOHNと
GONSHAN.
痛《いた》いほど香ひだす皮膚から、霊魂の恐怖《おそれ》から、

"SORI-BATTEN!"

(中略)

真赤に光つて暮れるTONKA JOHNの十三歳。

"SORI-BATTEN!" "SORI-BATTEN!"

(②一九四頁)

白秋の鋭敏な言語感覚からすれば、日本文字のひらがなやカタカナによって表記されることはできず、むしろ「YOKARAKA JOHN」(「善良なる児」の意)、「GONSHAN」(「良家の令嬢」の意)、そして「SORI-BATTEN」[2](「それはそうだけど」の意)などと、ローマ字で音を写し取るほかはない柳河語の数々。そんな地方的な特異性とも絡まり合う奇妙な異国趣味あふれるこの世界は、漁師町沖ノ端の生々しい生活世界と隣接しつつ、しかし、成熟期の作品「この道」の抒情空間——それは、なめらかな標準日本語で心優しく描かれて、多くの人々に「懐かしい」と認められてきました——とは明らかに異質な内容をもっていると感じられます。もしこの異質の感覚に間違いないなら、青年期の詩集『思ひ出』に感じ取られる郷愁と、成熟期の童謡「この道」がかき立てる郷愁とは、実は異なった意味を持つと考えなければならないのではないでしょうか。白秋において郷愁というモチーフの扱いには、なるほどどこか重要な変化があるように思えます。

　もちろんここでは、未だ少しの作品の簡単な比較を行ったに過ぎませんから、そのような点について何か慌てて結論めいたことを言うわけにはいきません。それでも以上のことから、わたしたちは、いま始めようとしている考察に一定の仮説的な見通しを立てることは出来るように思います。すでに序章で触れたように、成熟期の童謡「この道」が書かれた一九二六年は歌謡作品「建国歌」

の発表と同じ年で、白秋が愛国詩人としての姿を鮮明に示すようになる時期にも当たっています。そしてこれが、震災から戦争に向かう白秋の出発の形なのでした。そうだとすれば、北原白秋にとって郷愁は、確かに彼の詩人としての生涯を導くモチーフでありながらその内容に立ち入ると重要な変化と展開があり、そしてこの展開の中には、郷愁の抒情が震災の時期を経て戦争の暴力へと結びついていく秘密がまた隠されているのではないか。この推定が正しいとすれば、成熟期の童謡「この道」に到るまで、白秋における郷愁というモチーフはいったいどのような道筋を通り、どんな問題を抱えて展開していくのでしょうか。またそこには、民衆の詩歌翼賛と戦争の暴力に結びつくどのような秘密が潜んでいるというのでしょうか。わたしたちはここで、まずはこのような見通しを立てて考察を始動させることにしましょう。

『思ひ出』を書き終えた若き白秋は、「わが生ひたち」の末尾を自らつぎのように結んでいます。

畢竟《ひつきやう》私はこの「思ひ出」に依《よつ》て、故郷と幼年時代の自分とに潔く訣別しやうと思ふ。過ぎゆく一切のものをしてかの紅い天鵞絨《ビロード》葵《あふひ》のやうに凋《しぼ》ましめよ。私の望むところは寧《むし》ろあの光輝ある未来である。（②三四頁）

ここで間違いなく白秋は、青年期の郷愁といったんは「訣別」しようとしているのです。すると、ここから彼はどんな「未来」に進むことになったのでしょうか。

第二節　大正期の童謡運動と白秋の唱歌批判

童謡制作の開始／郷愁との再会

第二詩集『思ひ出』を出してから二年ほど経った一九一三年、北原白秋は、彼にとって三冊目の詩集を『東京景物詩及其他』と題して刊行しています。この詩集は、「東京夜曲」とか「銀座の雨」とかの小見出しの下に作品が括られて整理され、全体としてその表題が示す通りの「都会」志向（白秋自身の言い方では「都会趣味」）をもった創作意図が明瞭に表れていて、確かに前作『思ひ出』とはかなり異なった創作上の実験的試みがこの時期にいくつかなされていると分かります。『思ひ出』で「故郷と幼年時代の自分とに潔く訣別」すると宣言した白秋の言葉は、決してその場限りの放言ではなかったのです。

とはいえこの第三詩集は、白秋自身が「その実は『邪宗門』以後に於けるわが種々雑多の異風の綜合詩集にして、輯《あつ》むるに殆ど何等の統一なし」（3 一七七頁）と認めるように、そうした「都会」志向の表現にまとまった方向性を示すものにはならず、そこから彼の未来が真に開かれることもなかったと言わなければなりません。というよりこの時期の白秋は、個人的には隣家の女性との間に起こしたあるスキャンダル事件をきっかけとして生涯最大の危機状況の真っ直中にあり、彼自身がそれを突破して詩作にも新たな境地を開いていくのには、一九一四年に肺結核に罹患した妻の転地療養のため渡った小笠原から帰京して、そこからさらに進んだ詩想展開を待たなければなりませんでした。

その小笠原からの帰京後、白秋は、「詩にあらず歌にあらず[3]」と言われる特異な短唱を集めた詩集である『印度更紗第一輯　真珠抄』（一九一四年九月）と『印度更紗第二輯　白金之独楽』（同年十二月）の二作を経て、一九一七年頃にいよいよ新しい創作領域である童謡制作に着手します。また、この頃にはそれに関連した詩文を多く書くようにもなり、そこから「童心」や「雀の生活」などの文章が生まれました。さらに翌一八年には、鈴木三重吉からの依頼を受けて折から創刊された雑誌『赤い鳥』の投稿童謡、自由詩欄を担当する選者となり、また自らも本格的に童謡制作に取り組んでそれに寄稿するようになります。そしてこの文脈で白秋は、やがて、あらためて郷愁というモチーフに対面し、これを基調とする作品を書くようになっていったのです。

そうだとすれば、白秋の詩業に立ち入って郷愁というモチーフの展開を考えていく際には、このように彼が童謡制作に着手してから現れてくる郷愁の意味変化に注目する必要があるでしょう。このプロセスで郷愁は、新たにどんな意味を持つことになるのでしょうか。

ところで、白秋がこの時期にこのように童謡制作を始めたことは、その拠点となった『赤い鳥』という雑誌メディアの文化史上の意義を考えれば分かるように、決して白秋というひとりの詩人にかかわるだけの特別事項だったのではありません。よく知られているように白秋は、むしろそこで、大正期のひとつの文化運動に出会っているのです。

童謡運動と唱歌批判

夏目漱石門下の鈴木三重吉という個性あるリーダーに率いられた『赤い鳥』は、「世間の小さな人たちのために、芸術として真価ある純麗な童話と童謡を創作する」(4)ものとして創刊され、それには北原白秋の他に、泉鏡花、三木露風、小川未明、小山内薫、芥川龍之介、秋田雨雀、有島武郎、宇野浩二、坪田譲治、そして島崎藤村など、多くの文学者、詩人たちが賛同し関わっていきました。また、そこで特に歌曲としての童謡に注目するなら、作詞の西条八十《やそ》や作曲の成田為三や山田耕筰らの参加も重要でしょう。そしてさらに『赤い鳥』以外に視野を広げてみると、同時代には同種の雑誌『金の船』や『童話』、『コドモノクニ』などがあり、こちらでも、野口雨情や西条八十、三木露風、島木赤彦、若山牧水、相馬御風、川路柳紅、白鳥省吾らが登場し活躍するようになっています。このとき童話や童謡は、これほど多くの文学者たちを巻き込んで、単なる「子供の読物《よみもの》」という域を超え、独自に情熱を傾けるに足る「文学の一ジャンル」とみなされるようになっていたのでした。(5)それにより、ここに「絢爛たる」と形容される大正期の芸術的童話・童謡の文化運動が創出されます。その中で北原白秋は、小笠原から帰って自らの新しい創作の局面を切り開くとともに、新しい文化運動の中心的な推進力にもなっていったわけです。

このような童謡運動の始動について白秋は、ひとつにはそれを、先行する明治期以来の学校における唱歌教育への対抗として捉えていました。そのことは、例えばつぎのように白秋自身の学童時代の不愉快な体験を想起しつつ語られています。

私が学齢に達した時、愈々《いよいよ》私は街の小学に入学せなければならなくなつた。その当日の事を私はよく覚えてゐる。私は厭《いや》だと云つて学校の黒い門の柱にかぢりついて泣きわめいた。青くなって顫《ふる》へた。子供の私にも学校と云ふものが何か恐ろしい牢獄のやうに見えたのだつた。全く其処《そこ》は純真な子供の天性を歪形ならしむる、妙に規則的な、子供に縁のない、何の楽しみもない、大人の子供の為に造つた一種の牢獄であつた。其処では私たちの童謡と何ら関係の無い唱歌といふものを無理に教へられ、私たちの郷土的な自然の生活と全く違つた世界の中で、全く違つた大人の遊戯を強ひられた。

全く無理だ。不自然だ、不自由だ、不愉快だ。今思つてもその当時の学校教育は子供の本質を虐殺するものばかりだつた。（⑳三三一頁）

ここで白秋自身が「学齢に達した時」と言っている一八九〇年代は、明治期の学校教育の中に唱歌を軸とする音楽教育がようやく普及し始めた時期に当たっています。文部省音楽取調御用掛であり東京音楽学校の初代校長にもなった伊澤修二を中心にして、最初の唱歌本である『小学唱歌集』が出されたのは、一八八一（明治十四）年のことでした。これに続いて、明治二十年代には大和田建樹《たけき》らの尽力により『明治唱歌』（一八八八年）、『尋常小学帝国唱歌』（一八九二年）などの教科書が編纂され、ここから学校での唱歌教育の基本型が作られ普及していきます。有名な「鉄道唱歌」（大和田建樹作詞）が作られたのは一九〇〇年のことでした。この動きが、一〇年には文部省が東京音楽学校に作曲を依嘱して編纂した最初の教科書である『尋常小学読本唱歌』の作成にまで進み、その翌年から一四年には、楽曲を学年の段階をおって系統的に配列し編集した事実上の準国定教科書である『尋常小学唱歌　第一―六学年用』が順次刊行されて、これにより明治期以降の学校における唱歌教育の枠組みが一段階の完成に到るわけです。一九一八（大正七）年の『赤い鳥』創刊を契機に始動した童謡運動は、北原白秋を中心に、まさにこの文部省製の唱歌教育が完成に到ったプロセスと帰結を自分自身の体験として見届けた世代により担われているのです。

今日では唱歌と童謡と分けて言っても、その間に何かの相違があるようにはあまり感じられなくなっています。しかし、童謡が作られ始めた大正のその時期に、当の作り手たちが唱歌に対して強い対抗意識を持っていたことは、童謡成立の意味を考える上でとても重要でしょう。すると、その唱歌の方に批判されねばならないどのような問題があったのでしょうか。また、それに対抗する童謡は、何を実現しているのでしょうか。そしてその中で、特に北原白秋の果たした役割とはどんなものだったのでしょうか。

第三節　唱歌による規律／郷愁を「吹き込む」

唱歌による規律

明治初年に始まった日本の唱歌教育が、近代的な教育制度に不可欠なものとして、それゆえ日本が近代国家としての形を整える事業の一環として実施されたというのは、もちろん疑いない事実と認められるでしょう。そうした唱歌教育の実施が、内容的にも西洋における音楽教育の実践技法に学び、それを忠実に真似ようと準備されていった具体的経緯についても、近年の研究はかなり詳細にそれを明らかにしてきています[6]。そしてこの近年の研究により知らされたことでとりわけ興味深いと思われるのは、唱歌教育で不可欠とみなされた音階練習の導入が、実は単に音楽の領域で西洋式七音音階に順応させることだけを狙ったものではなく、むしろ、発声器官を動かす訓練を通じて日常言語の発音そのものを矯正し標準化しようというかなり重要な国家目的をもって発案されていたという事実でしょう。

音楽史研究者の奥中康人によれば、唱歌教育の始動に中心的な役割を果たした伊澤修二は、英語の発音を矯正するメソッドとしてあった視話法をアメリカで学んでいて、日本でもそれを音楽教育に応用しその場から「国語発音の統一」を図ろうと発想しました[7]。さまざまな地域的・階層的差異（方言）により互いに言葉が通じないほど多様であった当時の日本の言語状況にあって、発音の統一こそが国民の間の十分な意思疎通に不可欠であると考えたからです。伊澤がボストンから招いた音楽教育家ルーサー・W・メーソンの助けを借りて作った最初の唱歌集『小学唱歌集』には、その冒頭に音階練習のための課題曲がいくつか置かれていますが、これらは「国語発音の統一」のためのものでもあって、そこでは唱歌教育の導入と日本語発音の統一とが不可分一体のものとして構想されていたというわけです。

なるほど、「正しい発音」という実践技法の体得が目的であるなら、単に文字表記の読本を与えるだけでは困難なはずですから、音階を正して歌を歌うという訓練はとても重要な機会になるでしょう。初等の学校における「唱歌」という科目の設定は、それに格好の場を与えたのだと考えられます。しかも歴史的事実として、一九〇〇年の小学校令全面改正により初等教育の無償制が確立して就学率が九〇%を超え、また同時期にすべての学校で同じ唱歌が歌われるようになっていった経緯を考えると、その時に唱歌が日本全国の教室で「正しい日本語」の基準にもなっていたことは間違いありません。この学校唱歌の発音訓練において、「正しい標準日本語」の発音が子供たちに注入され、その裏で「直さねばならない方言」が指定され厳しく排除されることになっていたわけです。唱歌教育がそのような規律訓練の場であるなら、国語統一という国家目的には適っていたでしょうが、白秋が証言するように、それぞれの日常語として「方言」に馴染んでいた子供たちにとってはひどく苦痛の伴う「何か恐ろしい牢獄のやうに見えた」に違いありません。[8]

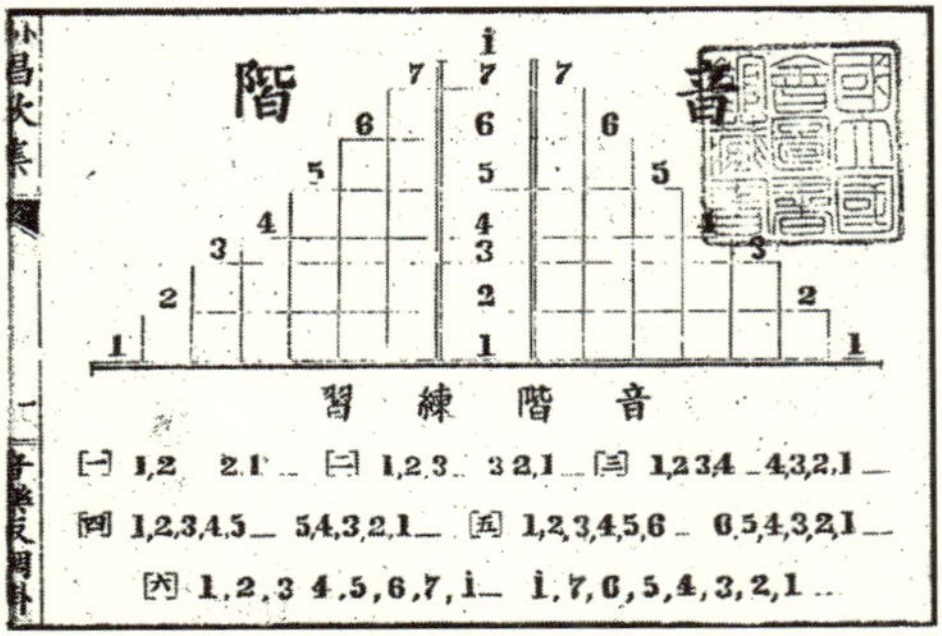

『小学唱歌集』の音階練習（国立国会図書館ウェブサイトより）

さて以上のことは、音声言語としての標準日本語の成立と普及に際して、初期の唱歌教育が果たした役割に関わる事柄でした。しかし学校唱歌は、そのような言語を乗せる音素という外的な形態においてだけでなく、むしろ言語が運ぶ思想や感情という内的な実質に関わるところでも重大な問題を孕んで出発しています。そして実はこの点に、わたしたちの関心事である「郷愁」が関わっているのです。

外国産の郷愁

伊澤修二が一八八一年に作った『小学唱歌集』全三冊には、合計で九十一の楽曲（あるいはフレーズ）が並べられていて、その中には、「むすんでひらいて」（「見わたせば」という題で収録）「蝶々」「蛍《ほたる》の光」（「蛍」という題で収録）「霞か雲か」「仰げば尊し」など、今日なお広く知られている歌が含まれています。しかし、それらの歌の作曲については、その内のごく少数について伊澤自身が担当した可能性はあるにせよ、ほとんどの歌が西洋で作られた「外国曲」だったという点には十分な留意が必要でしょう。そもそもこの唱歌集全体がボストンから来たメーソンの助言で作られていることを考えれば、詞を含めた歌作り全体がオリジナルとは言えず、実質のところでは翻訳がベースになっていると見るのが妥当と認められます。

また、大和田建樹と奥好義《おくよしいさ》とが共編で一八八八年から刊行を始めた教科書『明治唱歌』は、最終的には一八九二年に第六集まで出て合計で百六十九曲を収める大きなものになりましたが、そのほとんどの作詞（訳詞）を大和田自身が担当し、作曲については、奥好義や上真行《うえさねみち》らが担当したものを含むとはいえ、三分の二を超える百十五曲が「西洋曲」や「イギリス曲」などとなっています。ですから、スコットランド民謡から取られて今でもよく歌われる「故郷の空」を始めとして、ここでも、大和田の詞を含めた多くの歌作りがやはり翻訳をベースにしたものであると見なければなりません。

要するに最初期の唱歌は、その形式や方法だけでなく、内容上も大部分が西洋から輸入された翻訳作品によって占められていたということです。これは、唱歌が人々の情緒や感情に深く触れるものだということを考えると、やはりとても奇妙な出発であるように思われます。とりわけわたしたちが無視できないのは、そんな唱歌が人々の郷愁に深く絡んでもいることです。「蛍の光」「庭の千草」「埴生の宿」「故郷の空」「旅愁」「ローレライ」「故郷の廃家」、これらはいずれも確かに最初期の唱歌に含まれる重要な作品です。しかもこれらは、唱歌の中でもとりわけ郷愁というモチーフに深く関係しているものばかりです。そしてこれらは、すべて翻訳された外国曲だったのです。

するると翻って、そもそもそうした郷愁をかき立てる外国産の歌曲以前に、この日本に郷愁をテーマにした歌があったのだろうかと考えてみることは重要でしょう。もちろん、日本というこの地域にも、さまざまな土地にその土地ながらの歌（民謡）がそれぞれにあったというのは間違いないことです。しかし、そのような土地に生まれ土地に根ざしている民謡が果たして郷愁をテーマにするだろうかと考えると、それはやはり疑問だと言わざるをえません。「ふるさとは遠きにありて思ふもの」と詠う室生犀星ではありませんが、当の土地を離れなければ、実は郷愁という感情は起こりようがないと考えられるからです。「お国自慢」の歌に郷愁を感じるのは、まずはやはり土地を離れて出てきた当の「お国」の出身者なのだと思います。

そうだとすれば、そもそも郷愁というモチーフそのものが、唱歌教育の導入とともに西洋からもたらされたものであって、実はここにこのモチーフのある種の「近代性」が示されていると考えてみることが必要でしょう。すでに故郷を離れている大人たちにとってならいざしらず、生まれた土地にそのまま暮らしている子供たちにとって、「郷愁」という感情が自ずから馴染み深いものであったとは考えにくいのです。だから、唱歌の歌う郷愁というテーマは、故郷を愛するという歌の内容面で国家の教育目的には適っていたとしても、子供たちにとって初めは「外」から持ち込まれた疎遠なものに過ぎなかったのではないか。そうだとすれば、とりわけ感受性の強い子にはそれを無理矢理歌わせられるのは苦痛で、決して楽しいものでなかったと考えられます。

もっとも学校唱歌においても、郷愁というモチーフはいつまでも翻訳曲だけに委ねられていたわけでなく、やがてその国産化が始まります。しかもその国産化によって、郷愁というテーマに託された国家の教育目的は、より明確に顕示されるようになっていきます。

官製郷愁としての「故郷」

一九一一年から順次刊行が始まった教科書『尋常小学唱歌　第一—六学年用』は、日本の文部省が東京音楽学校に編纂を依頼し、それにより構成された編纂委員会の合議により全曲の作詞、作曲が行われて文部省がすべての著作権を持つことになったもので、この意味で純国産である事実上の準国定教科書として、明治以来の唱歌教育の歴史に画期的な意義をもつものとなりました。とりわけこの学年別教科書にあって特別に重要な特色は、緒言に「修身・国語・歴史・地理・理科・実業等諸種ノ方面ニ渉リテ適当ナル題材ヲ求メ、文体用語等ハ成ルベク読本ト歩調ヲ一ニセンコトヲ期セリ」と言うように、「教科統合」という方針の下に唱歌教育と他教科との間の連繋を強く意識して作られたことで、これにより唱歌教育は、六年間の初等教育システムの中に、教育目的の面でも、取り上げる教材の内容や配列の面でも、授業の組み立ての面でも、系統的に一貫した形で組み込まれることになったのでした。しかもその時に作られた唱歌は、ひとつひとつについて、歌詞などの作品内容に他教科である修身や国語読本などの国定教科書編纂者たちによる校閲が入っていて、出来上がった歌曲には実際に国家の文教政策上の意向が強く反映していると考えてよく、この意味でも明治以来の文部省唱歌はとりあえずここで完成形に到ったと認められるわけです。
そうだとすれば、そんな教科書を使った教育の中で、郷愁というモチーフは実際にどのように扱われていたのでしょうか。ここでは、唱歌における郷愁といえば定番のように持ち出される歌である「故郷」に即して考えてみましょう。

故郷

一　兎《うさぎ》追いし　かの山
小鮒《こぶな》釣りし　かの川
夢は今も　めぐりて
忘れがたき　故郷《ふるさと》

二　如何《いか》に在《い》ます　父母《ちちはは》
恙《つつが》なしや　友がき
雨に風に　つけても
思い出づる　故郷

三　志を　はたして
いつの日にか　帰らん
山は青き　故郷
水は清き　故郷

今日の日本で文部省唱歌といえば誰もが真っ先に思い起こすはずのこの歌が、一九一〇年代半ばである導入当時の教育現場で子供たちに実際にどれほどの感銘を与えていたかについては、今からそれを調べるのはとても困難です。ただ、昭和初年の学校で唱歌教育を受けた世代に対して教育社会学者の西島央《ひろし》が行ったアンケート調査は、(9)それに関連してかなり興味深い事実をわたしたちに教えてくれています。というのもそのアンケートでは、「当時好きだった唱歌」についての質問に、「春の小川」や「おぼろ月夜」そして「港」や「我は海の子」などがまず挙げられ、つぎに「荒城の月」や「鎌倉」などの歴史物も出てくるのですが、実は唱歌の定番と言えるはずのこの「故郷」という回答が見あたらないのです。

もちろん、このアンケートだけであれこれ即断するのは危険ですが、それでもそこから推測されるのは、教室の子供たちにとって、日常生活や学校行事に直接につながっていて季節感のある歌や、授業中に学ぶ事実や人物が活劇のように登場する歌などは受け入れやすかったのに対し、郷愁というやや抽象的なテーマをそのままに語る「故郷」は、実は気持ちを込めて歌うのが少し難しいものだったらしいという事情です。わたし自身も子供の頃は「うさぎ美味《おい》しかの山」と思い込んで歌っていた記憶がありますが、「ツツガナシヤトモガキ(?)」など、子供には古風な言葉づかいの歌詞も理解の障壁になっていたはずです。ともあれ意外かもしれませんが「故郷」は、大人が後になって深く思い入れるほどには、当時の子供たちに強い印象を与えてはいなかったようなのです。

これに対して、教科書を作った文部省の側、言い換えると国家の側が、この「故郷」という歌に託した意図はかなり明確であると考えられます。一九一四年六月に『尋常小学唱歌　第六学年用』

が刊行され、同年の八月には教師に向けた指導書である『尋常小学唱歌伴奏楽譜歌詞評釈』が直ちに出されますが、そこで著者の福井直秋はこの「故郷」についてつぎのように評釈を加えています。

小学校生徒は遊学して居る時代でないから故郷といふ題目は了解に苦しむだらうと云ふ人もあらうが、我現在成長しつつある処《ところ》即ち故郷は此の如く懐しいものであると云ふ感じを吹込むつもりで作つたのである。郷土を愛するの念は、これ国家を愛するの念なり。郷土を思ふの念は郷土を離れて始めて沁《し》みじみと感じられる思ひである。郷土を離れたものの愛郷の情を想像させることは訓育上智育上恰好《かつかう》の材料ではあるまいか。(10)

見られるように、この教科書を作る側の人々は、「故郷」が語る郷愁というテーマが小学校生徒にとって「了解に苦しむ」ような難しい題目であることを確かに理解していました。それにもかかわらず、「郷土を愛するの念」を「国家を愛するの念」と等置して「吹き込む」ために、そのステップとして「郷土を離れたものの愛郷の情を想像させる」訓練をしようというわけです。そしてこれは、第六学年という尋常小学校の最高学年においてなら要求しうる「訓育上」の重要課題だと見られているのです。

唱歌による国民の訓育

このような国家を愛する国民を訓育しようという制作意図は、この第六学年用の唱歌教科書に盛り込まれた教材曲の配列を見ると、実はさらに明瞭に確認できます。

尋常小学唱歌　第六学年用

一　明治天皇御製	十一　同胞すべて六千万
二　児島高徳	十二　四季の雨
三　朧月夜	十三　日本海海戦
四　我は海の子	十四　鎌倉
五　故郷	十五　新年
六　出征兵士	十六　国産の歌
七　蓮池	十七　夜の梅
八　灯台	十八　天照大神
九　秋	十九　卒業の歌
十　開校記念日	

ここではこの全曲に立ち入っての分析は省きますが、「明治天皇御製」に始まり「天照大神」まで行き着いて「卒業」を迎えるというこのような一年間の教材構成が、天皇を中心にして愛国を上から説く官製の国家主義の表現であることはもちろん明らかでしょう。その中で、愛郷の情とそれゆえの郷愁を語る「故郷」は、「我は海の子」と「出征兵士」とに挟まれて置かれていて、この部

分にも国家の意向を示す一連の官製の筋立てが構成されていると理解できます。「我は海の子」の一番と今日では歌われなくなった七番の歌詞、そして「出征兵士」の一番・二番の歌詞を、読んでみましょう。

我は海の子

一　我は海の子白波の
さわぐいそべの松原に
煙たなびくとまやこそ
我がなつかしき住家《すみか》なれ

七　いで大船を　乗出して
我は拾はん　海の富
いで軍艦に乗組みて
我は護《まも》らん　海の国

出征兵士

一　行《ゆ》けや行けや、とく行け、我が子。
老いたる父の望《のぞみ》は一つ。
義勇の努《つとめ》御国《みくに》に尽《つく》し、
孝子《かうし》の誉《ほまれ》我が家にあげよ。

二　さらば行《ゆ》くか、やよ待て、我が子。
老いたる母の願《ねがひ》は一つ。
軍《いくさ》に行《ゆ》かばからだをいとへ。
弾丸《たま》に死すとも病に死すな。

「我は海の子」は、本来は「海国男子の精神を涵養」するという趣旨で作られていて、[11]見られる通り最後の七番には、海外進出に乗り出す帝国への翼賛とその防衛への自覚が直截《ちょくせつ》の表現で説かれていました。また、そのつぎに「故郷」を挟んで続く「出征兵士」では、父母に願いを語らせる形で、この帝国の戦争に参戦して義勇をつくす国民の義務が告げられています。このように帝国への翼賛と献身の義務が前後で語られるコンテクストで、その間に置かれた「故郷」が、「郷土を離れたものの愛郷の情」を想像するように求めていたわけです。すなわちここで、戦争に向かう国家への献身という態度と、「郷土を離れたものの愛郷の情」つまり「郷愁」という感情とが関係づけられ、この両者を併せた習得が文部省の公式的な教育指針として上から指示されていたのでした。国家官僚が好む図式に従い、子供たちに郷愁を習得させて国民意識を育成しそれを体制翼賛に導いていこうという企図が、ここにすでに明確に表示されていたと見ることができるでしょう。

こうして学校唱歌が郷愁を語る核心部に光を当ててみると、なるほど、北原白秋が「学校と云ふものが何か恐ろしい牢獄のやうに見えた」と言うときの唱歌への根本的な不満についても、その意味がさらに深く実質から感得できるように思います。明治以来の唱歌教育の完成形態を示す『尋常小学唱歌』では、確かに郷愁の語りはすでに国産化され、子供たちに郷愁を習得させる意図も明確な形で提示されています。しかしその語りの全体像はと言えば、ここで前後を一部見渡しただけでも、あまりに教訓的で、官製の国家道徳の押しつけに留まっていたと見ざるをえません。そうであればこそ、そのままでは子供たちの心情を深く捉えるまでには到らないはずだし、そのことが「故郷」という歌の意外に希薄な印象にも繋がっていたと考えられるのです。

このように唱歌が子供たちの心情を真に捉え得ていないというのは、白秋の立場から見るとこの箇所だけのことではなく、まさに唱歌全体の「錯誤」に関わっていることでした。白秋は、それまでの学校唱歌が「全然子供と云ふものを、その生活を知り得なかつた」と主張し、この「不自然極る教育唱歌」は「恐ろしい錯誤を繰り返してゐる」（⑳三三三頁）と厳しく批判します。そしてそんな唱歌教育に対して、白秋が対置したのが「童謡復興」であり、その童謡や児童自由詩を中心に考えられた「芸術自由教育[12]」であったのです。

> 子供は子供として真に遊ばしめ、学ばしめ、生かさしめ、光らしむべきであつて、従来の大人の為の子供、大人くさい子供たらしめる教育法はその根本に於て、実に恐るべき誤謬だつたと云ふ事だ。
> 芸術自由教育の提唱がここに於て当然光り輝いて来る。
> 私たちはここに於て現代の日本の子供のために、而《しか》もなほこれから生れて来る子供、その子供の子供の為に奮つて起《た》つ。愛の為に立つ。而して一方に於て思ひきつて折伏《しやくぶく》の利剣を執《と》る。今の儘《まま》では次の時代に於ても決して真の文化は得られないと思ふからだ。子供から第一に救ひ出す事だ。
> 少くとも私の覚悟はきまつた。　（⑳三四頁）

見られるようにここには、白秋が学校での唱歌教育に対抗して独自な童謡の道に進む決定的な岐路が示されています。ここで白秋は、学校唱歌における上からの官製国家主義に迎合するのではなく、むしろそれに抗して子供の「自由」を求めているのです。これにより白秋は、デモクラシーが謳われる大正期に大きなうねりとなった「自由主義教育運動」においてもその中心に重要な位置を占めることになったのでした。

しかしそうだとすると、「子供は子供として真に」「光らしむ」という白秋のこの「自由主義」が、いったいどうしてそれとは対極的にも見える戦争詩や詩歌翼賛にやがてつながってしまうというのでしょうか。これは一見すると確かに不思議なことであって、これまでの白秋研究がどうしても解きえなかったひとつの謎と言えるかもしれません。そこでここからは、大正期のこの「自由主義」の特質にしっかり関心を寄せながら、白秋による唱歌への対抗戦略の中身に立ち入ってその意味を考えていくことにしましょう。

第四節　童心主義と本質化される郷愁

童心主義という対抗戦略

「子供こそ物の真の本質を抓《つか》むでゐる」(⑯七頁)。北原白秋は、一九一七年十月に歌誌『曼荼羅《まんだら》』に詩文「童心」を寄せ、その中でこう記しています。すでに少し触れたように、『赤い鳥』が創刊される前年であるこの年は、小笠原から帰京した白秋がようやく新しい創作領域である童謡の制作に着手した時期に当たっていて、詩文「童心」はこの新しい創作領域に歩み出した白秋の出発点の基礎認識を示したものだと見ることができます。そしてこの認識は、その後『赤い鳥』誌上などで続けられた児童自由詩の指導活動を通じて強められ、国家主義的な学校唱歌に対抗する「芸術自由教育」という教育理念に展開して、やがて「童心主義」と呼ばれた白秋の童詩童謡観を基礎づける根本認識となっていったのです。(13) そうであれば、白秋の童謡に即してまず考えなければならないのは、この童心主義がそこで何を意味していたのかであり、またとりわけそれが郷愁というモチーフをどのように捉えたかであるに違いありません。

童謡を始めた初期の白秋が、同時に『赤い鳥』の児童自由詩投稿欄の選者として実際に子供たちが書いた非常に沢山の童謡・自由詩に熱心に接し、その経験をベースにして自らの制作においても、まずはひたすら「子供に還る」という方法的態度をその基本としたことはよく知られています。童心主義というのは、まずはそのような童謡制作における方法上の態度の問題として捉えられました。「りすりす小栗鼠《こりす》」「雨」「赤い鳥小鳥」「あわて床屋」など、白秋の初期童謡作品の秀作はそうした方法によって生まれ、それらを集めて一九一九年には第一童謡集『とんぼの眼玉』が編まれました。ここでは郷愁というモチーフが意識される場合でも、もっぱら子供が母を慕うという設定においてそれが表現されています。そんな特徴をはっきり示す作品として、つぎの「金魚」があります。

金魚

母《かあ》さん、母さん、
どこへ行《い》た。
紅《あアか》い金魚と遊びませう。

母さん、帰らぬ、
さびしいな。
金魚を一匹突き殺す。（↖）

まだまだ、帰らぬ、
くやしいな。
金魚を二匹《にイひき》締め殺す。

なぜなぜ、帰らぬ、
ひもじいな。
金魚を三匹捻《ね》ぢ殺す。

涙がこぼれる、
日は暮れる。
紅《あアか》い金魚も死《しイ》ぬ、死《し》ぬ。

母さん怖いよ、
眼が光る、
ピカピカ、金魚の眼が光る。

(㉕二八―二九頁)

この「金魚」という作品に関しては、子供に与えるには表現が「残虐だ」とする強い批判が出て、それに白秋が「児童が金魚を殺したは母に対する愛情の具現であつた。この衝動は悪でも醜でもない。本然的のものである」(⑳四六頁)と激しく反論するという論争の一幕がありました。童謡集『とんぼの眼玉』では、「金魚」のこのように「本然的」であるとされる「母に対する愛情」を受ける脈絡にもうひとつの作品「山のあなたを」が置かれていて、そこで「山《やアま》のあなたの/ふるさとよ、/あの空恋《そらこウひ》し、/母こひし」(㉕三八頁)と郷愁のモチーフがつなげられているのでした。

このような作品「金魚」が、内容上残虐すぎるかどうかは措《お》くとしても、子供に与えられる童謡としてかなり強い衝迫力をもっていたことは間違いありません。こうした表現を生む白秋の童心主義が、「大正ロマン」とか「メルヘン」とかの言葉がとかく連想させるような、甘い幻想世界を作るだけのものでなかったことは明らかです。むしろこのような作品が童心主義とみなされるときの重要なポイントは、まずはもちろん「子供に還る」という方法的努力によって童心の「ありのまま」が直《じか》に捉えられ、そのありのままにここで素直な言葉が与えられていると理解されている点でしょう。「子供に還ることです。子供に還らなければ、何一つこの忝《かたじけ》ない大自然のいのちの流をほんたうにわかる筈はありません」（㉕一〇頁）。『とんぼの眼玉』の「はしがき」では、そのことがこのように主張されておりました。しかし、そう認めてみると、この童心主義には少しやっかいな方法論上の問題が残ってしまうことになると分かります。

そもそも童心主義というのは、それが「子供は子供として真に遊ばしめ、学ばしめ、生かさしめ、光らしむべき」との考えに発する限りで、子供のありのままの自由な感情や表現を尊重しようという立場に立つはずのものでした。そうであればこそ、それは、国家主義の上からの押しつけになっている学校唱歌に対して、「自由」を標榜する白秋に独自な対抗戦略としての意味をもっていたのです。

しかし、子供の自由な感情や表現と言っても、それを子供には子供に独特な、すなわち大人とは違う子供固有の感じ方や表現があって、それが「童心」なのだというように考えると、例えば同時代の西条八十など(14)が直ちにそれに異を唱えたように、そんな子供の感じ方をすでに大人になっている者がどうしてありのまま捉えて表現に映すことが出来るのかという方法上の疑問が起こってきます。白秋自身は、児童自由詩の指導者として非常に沢山の子供の表現に実際に接していましたから、初めのうちはただ単純に「子供に還る」という制作態度を十分自覚することで問題なくそれが可能であると確信していたようです。しかしやがて、他の大人たちの作る童謡が「わざとらしい稚態と稚語とを演じ過ぎ」（⑰五六頁）ると感じるようになって、かえってその方法論上の問題に気づくようになっていきます。そしてそこから白秋自身が、その童心主義についての自己理解を改定していったと考えることができるのです。

そこで白秋が行き着いているのは、子供の自由な感情や表現を童心として尊重するというのが、なにも子供にだけ独特な感情を特別に認めることではないという観点です。「子供こそ物の真の本質を抓むでゐる」というのは、実は子供だけに特別な認識があるということではなく、そもそも人間には「本然」の感情が内在していて、子供はそれをつねにすでに素直なかたちでつかんでいるということなのだ。だから問題は、創作者の方がその人間の本質を正しくつかんでいるかどうかにある、と白秋は考え直すのです。そしてこの観点から白秋は、次第に「わたくし自身が童謡を作るについても、別に今更児童の心に立ち還る必要も無いのだと。詩を作り歌を成すと同じ心で、同じ態度であつてよいのだ」と考えるようにもなります。この態度で「物我一如の境」に迫れば、やがて人間の「本然」にある童心に通じて、そこに「まことの表現」を得ることもできると考えるからです（⑰五六頁）。このように白秋は、いわば〈人間の本質〉に遡及するという回路を介して童心主義の孕む方法論上の困難に対処し、大人である自身の童謡創作を子供の自由な感情や表現を尊重する自由主義の立場と整合させて理解するようになっていきました。

童心主義の方法論をめぐるこのような経緯は、実は、白秋の「自由主義」が持つことになった特定の性格と密接な関係をもっていました。そのことは、「郷愁」をめぐる白秋の認識に沿って考えていくことで、はっきりと理解することができると思います。

本質化される郷愁／社会化された民衆

ここで白秋が、どうして童心にすでに人間の「本然」がつかまれていると確信していたかを考えてみると、そこには、生まれ故郷を思う大人の「郷愁」と生みの母を慕う子供の「童心」とが、心情として同型的であるばかりか本質的に同根なのだという認識が痛切な実感をもって働いていたと分かります。白秋はそのことを、一九二三年に『詩と音楽』に発表した詩論「童謡私観」でつぎのように書いています。

私の童謡は幼年時代の私自身の体験から得たものが多い。
ああ、郷愁！　郷愁こそは人間本来の最も真純なる霊の愛着である。此の生れた風土山川を慕ふ心は、進んで寂光常楽の彼岸を慕ふ信と行とに自分を高め、生みの母を恋ふる涙はまた、遂に神への憧憬となる。此の郷愁の素因は未生《みしやう》以前にある。
この郷愁こそ依然として続き、更に高い意味のものとなつて常住《じやうぢゆう》私の救ひとなつてゐる。

（⑳三八―三九頁）

あまりに思いの溢れた表白ですが、明らかにここには、大人の心に生まれる郷愁という感情がそもそも童心に原初的に抱かれる母への思慕を源泉として持っていて、であればこそそれは人間の本然的な感情の表出なのだという理解が示されています。そしてこの理解が白秋の詩作の核心的なモチーフになっているということなのですが、それはまた同時に白秋童謡を広く一般に受け入れられるものにした決定的な鍵でもありました。確かに、金魚を殺してしまいたくなるほど切実な母への思慕が、大人にも自分の幼時の痛切な内的経験を想起させるような表現に移され、そこにひとつの童謡作品が創作されると、それを読む人々もまた、そんな母への思慕が人間の本然に根ざしているからこそ大人になった自分にもなお持続的に内在していると認めるよう促されます。しかもこの生みの母への思慕に結びつけて郷愁の感情が同型的に語られると、大人が自覚する郷愁もまた、そこから派生する本然的なものであると認識するようになっていくでしょう。そして実際に、創作された作品の抒情の力がこのような童心と郷愁との関係を強い説得力をもって実感させることにより、白秋の童謡は、子供にとってだけでなく大人にとっても痛切な思いをかき立てる秀作として広く愛唱されることとなったのです。

このように童心主義における童心の理解と郷愁というモチーフの位置づけを考えてくると、ここにとても重要な〈転回〉があると気づかされるのではないでしょうか。というのもこの童心主義においては、郷愁の発生源についての認識が学校唱歌におけるそれとはまさに正反対になっていると分かるからです。すでに見てきたように、学校唱歌において郷愁というモチーフは、教育により外から「吹き込む」という意味で社会化のための「訓育上」の課題とされていました。ここには間違いなく学校唱歌が持つ上からの国家主義という性格の一端が現れています。これに対して童心主義では、それが反転して、生みの母への幼児自身の思慕の内から「本然」として流出するものと理解されるようになっているのです。言い換えると、ここで郷愁は人間に「未生以前」から内在する素因に発するものとして本質化されて捉えられています。童心主義というのは、この理解を前提にして、あくまで人間に内在するそうした感情や志向に表現を与えようと努める立場であり、言わば下からの自発性を尊重しようという原則に従うものです。この意味で、それは確かにひとつの「自由主義」であると言いうるものなのです。

とはいえこの「自由主義」は、それを各人一人ひとりのという意味での個人の絶対自由を主張するような自由主義を対極において比較すると、実はすでに一定の負荷を負っている「自由」の主張なのだと分かります。ここで諸個人の自由は、当人が「物の真の本質」をつかんで「本然」の姿にあると認められる限りで語られているのであり、その「真純なる霊」から発せられた表現のみが「まことの表現」として受け入れられるのです。だからこの「自由主義」においては、例えば童心について、「本然」であるはずの生みの母への思慕を自由に表現することは当然だとされおおいに奨励されても、それを拒否して憎悪を語るなどの自由は想定されていませんし、郷愁についても、故郷への愛着をさまざまに語ることは自由だけれど、無関心や反逆の自由は実のところ想定されていないと見なければなりません。

そう気づいてみると、「自由」についてここで起こっている事態はまことに逆説的であると言わなければならないでしょう。明治期の学校唱歌においては、郷愁という感情を外から「吹き込」もうとするときに、それが「国家を愛するの念」を持つ国民を育成するという使命のために不可欠な訓育上の課題と認識されていました。だからそこでは、そんな訓育が欠如すれば親にも故郷にも特定の愛着を持たないような人間が育つだろうという意味で、別様な人間の存在可能性が実は想定されていたのだと言っていいでしょう。ところが、これに対抗して「自由」を標榜する大正期童謡のこの童心主義は、郷愁という感情を本然的なものと認めることで、それを課題とするのではなく内在する前提にしているのです。だからこの「自由主義」には、確かに上からの押しつけはないと言えるわけですが、そこでは別様な人間の存在可能性が認められず、むしろ当然のことのように母を思慕し故郷を愛するようになる存在としての人間たちが、その意味ですでに社会化されている人間のみがいるということになっているわけです。

すると、この社会化されている人間とはいったい誰のことなのでしょうか。それを考えるときわたしたちは、この北原白秋という詩人に成立している童心主義という詩想の、ある時代性に直面することになると言わなければなりません。というのもそこでは、この大正期に現実に勃興しつつあった、社会成員としての自覚を持つ「国民」の存在が前提として受け入れられていると分かるからです。すなわち、明治期の国家主義においては「国民にする」という訓育が課題であったのですが、大正期のこの自由主義においては「国民である」ことがすでに前提になっているということです。ここで「自由主義」とは実はこの国民の自由を指しているのであって、ここに白秋の童心主義と、「大正デモクラシー」と名づけられている同時代の思想的コンテクストとの関わりもまたあると考えられます。

大正デモクラシーと童心主義

大正というこの時代が「デモクラシー」というイメージと結びつけて語られるのは、一般には、そこに広範な「民衆」の登場があったからだと考えられています。その序章として日露戦争講和に不満をもつ広範な民衆が立ち上がった日比谷焼打ち事件がよく引き合いに出されるように、この時代には、激発する労働争議や住民運動を背景にしながら「かならずしもインテリとはいえぬ広汎な勤労民衆[15]」がそれぞれの政治的な要求を掲げて歴史の舞台に登場するようになりました。そしてそんな民衆の登場が、米騒動などの民衆騒擾《そうじょう》を伴いつつ、普選運動から無産運動へ、さらには被差別部落の解放要求や「新しい女性」の権利要求など、さまざまな社会運動を支える基盤となって拡大していくのです。北原白秋の童心主義が生まれている時代に、上からの専制に抗して下から自由と権利を希求する、そうした民衆の要求を育成しそれを公然とした主張や表現へと導くことが可能になる、そのような社会状況が生み出されていたことは間違いありません。

とはいえ他方で、「大正デモクラシー」という事象を、広範な人々を巻き込んだ時代のそのように一般的な社会状況としてだけ捉えるのではなく、近年の研究が特に注目しているように、そんな時代に登場している政治思想の新しい潮流から、すなわち国家の制度設計にかかわる新たな思考様式において見るならば、そこに「政治の領域に現われた新しい統治権力の作法[16]」を見出すこともやはり可能であり、また必要にもなってきます。

大正デモクラシーを代表する思想家である吉野作造が、デモクラシーを、「『国家の主権は人民にあり』といふ危険なる学説[17]」と誤解されないように「民主主義」と言わず「民本主義」と呼んだことはよく知られているところでしょう。この事実は、政治思想のこの新しい潮流が目指していたひとつの核を示していると考えることができます。吉野によれば、大正デモクラシーの時代とは「国家を構成する分子即ち個人の充実発達をも顧みて、国家の根本的隆盛を根柢から作り上ぐべき時代」なのであって、この観点から「国民の開発」がまず重視されねばならないと言います(18)（傍点は原著者）。社会学者の芹沢一也は、「国家を構成する分子」としての個人の発達という観点に立つこのような思考を、「統治される者をこそ関与の対象として対象化し、それを政治的統一体に適合的なものとして陶冶しよう」とする〈大正的な時代〉の新しい統治様式と捉えました(19)。すなわちこの政治思想は、登場している民衆の力を抑圧するのではなく、むしろ国家の積極的な担い手（「分子」！）に訓練し育成していく新しい統治様式の確立をこそ目指していたと考えられるのです。吉野においては、自由や平等も、実はそうした新しい統治様式の立場から理解されていると見ることができます。

> 自由を称《とな》へて専制に反抗し、平等を提《かか》げて特権に反抗するのは、必ずしも絶対の自由、絶対の平等を求むるが為《た》めではない。専制には反対するけれども、吾々は又自ら制する所以《ゆゑん》を知らなければならぬ。人為的の特権制度には反対するけれども吾々は其人の品格に備はる精神的権威には敢て服従するを厭《いと》はざるものである(20)。

このような政治的思考が、唱歌の専制に抗して自由を擁護しながら、生みの母への思慕や郷愁という内面の感情についてはそれを「本然」とみて進んで服従するように語る白秋の詩的思考と、思考の知的な構造からして同型的であることは間違いないでしょう。しかもこの吉野の言明が芹沢の言う〈大正的な時代〉の統治様式を前提にしていると考えれば、白秋の「自由主義」もまた「国家の根本的隆盛」を目指すこうした統治様式ときわめて親和的であることがよく分かると思います。確かにこの意味において、白秋の詩想は、大正デモクラシーというまさに同時代の思想的コンテクストの中で育まれていたのでした。

もっともそうだとすると、ここに新たな疑問が起こってきます。すなわち、そもそも白秋は、そのような意味を含んだ童心主義を立ち上げる際に、いったいどうして生みの母への思慕や郷愁の感情を本質的なものとして〈前提〉にすることができたのかという疑問です。これは、実は決して簡単なこととは言えないでしょう。よく考えてみると、もしこの感情を当然のこととして前提にできるのなら、白秋にとって批判の対象だった学校唱歌においてさえ、郷愁を外から「吹き込む」などという課題を立てる必要がなかったはずなのです。とすればここには、白秋がそれを間違いなく〈前提〉であると確信できるような経験、すなわち、白秋自身が生みの母への思慕や郷愁の感情を本質的なものと切実に実感するにいたる何かの経緯があったはずだし、またそれを受け入れた民衆の側にも、外から吹き込まれるまでもなく郷愁が自らにとって切実だと感じる、そんな状況が生まれていたと考えなければなりません。そこでわたしは、北原白秋とその作品を愛唱する広範な民衆がそのような本質化された郷愁の抒情に惹かれ、またそれを選び取っていった心情を、そのことが実際に切実なものと感じられていく歴史的な経緯を辿ることで、さらに深く問うて行きたいと思います。そのような心情の機微こそが、やがて戦争への詩歌翼賛につながっていく感情の民衆的基盤が形成される場にもなっているはずだと思われるからです。

とはいえここでは、そうした考察に進んでいくためにも、まずは白秋自身が自らの童謡制作そのものにおいて、この童心と郷愁の新しい理解をどのような形の作品に結実させていたのかを確認しておくことにしましょう。

第五節　「からたちの花」の時間構成

時間次元の作品構成

さて、学校唱歌に対する童心主義という対抗戦略が選び取られ、郷愁が人間に本然的なものと本質化されて捉えられると、それに伴って、白秋の作品における郷愁の意味内容や表現にも大きな変化が表れてきました。その点でとりわけ注目したいと思うのは、郷愁の意味の一般化であり、とりわけその時間の次元が前面に出てくるという事態です。

そのことを考えるに当たっては、まず、郷愁を歌っていた唱歌「故郷」の世界が空間的な広がりをもって構成されていた事実を想起しておかなければなりません。「兎追いしかの山　小鮒釣りしかの川」、このように歌い出される場面は、それが空間的に遠く離れていればこそ「忘れ難き故郷」であり「思い出づる故郷」として、思い入れ深く想像されていたのでした。また、白秋自身の詩業という観点で見るときには、本章の冒頭で見た彼の第二詩集『思ひ出』を想起したいと思います。そこでは同様に郷愁が語られていながら、その郷愁は白秋自身の故郷である柳河という特定の空間についての具体的な思い出に生々しく結びついていたのでした。これらに対してその後の白秋の童謡作品における郷愁は、作品「金魚」におけるような子供が母を慕うという設定を経つつ、様子がさらに変わっていきます。
そのことは例えば一九二二年に『小学女生』に発表された童謡「砂山」のような作品を見るとよく分かります。

砂山

海は荒海。
向うは佐渡よ、
すずめ啼《な》け啼け。もう日はくれた。
みんな呼べ呼べ。お星さま出たぞ。

暮れりや、砂山、
汐鳴《しほな》りばかり、
すずめちりぢり。また風荒れる。
みんなちりぢり。もう誰も見えぬ。

かへろかへろよ、
茱萸《ぐみ》原《はら》わけて。
すずめ。さよなら。さよなら。あした。
うみよ。さよなら。さよなら。あした。
（⑯四五〇―四五一頁）

この作品「砂山」は、白秋がこの年の六月に新潟を訪れた際に想を得て書かれたものと言われ（別五〇〇頁）、佐渡という固有地名が出てきますが、描かれている情景そのものは一般化されていて、どこでもありうることとして特定の空間に必ずしも縛られていません。しかも重要なことは、作品の構成を空間的に考えてみると、故郷を遠く離れて想起している唱歌「故郷」とは全く逆で、作者の視点がここである砂山の上にあるということです。つまりこの作品「砂山」は、空間的に離れた場所から郷愁を歌っているのではなく、むしろ時間を隔てたこの場所そのものの変化を、みんながちりぢりになる以前を想起しながら歌っているということです。かくて郷愁は、空間の次元から時間の次元へとその場を移して捉えられることになりました。

同じことは、一九二四年に『赤い鳥』に発表されて詩人北原白秋の生涯で忘れがたい秀作のひとつとなっている童謡「からたちの花」で、さらに徹底した形で表現されています。(21)

からたちの花

からたちの花が咲いたよ。
白い白い花が咲いたよ。

からたちのとげはいたいよ。
青い青い針のとげだよ。

からたちは畑《はた》の垣根よ。
いつもいつもとほる道だよ。

からたちも秋はみのるよ。
まろいまろい金のたまだよ。

からたちのそばで泣いたよ。
みんなみんなやさしかつたよ。

からたちの花が咲いたよ。
白い白い花が咲いたよ。

(26四五四頁)

この童謡「からたちの花」は、見られるように一連が二行からなる極度に簡潔な構成で成立している作品です。その第一連ではまず「花が咲いたよ」と現在の事実が単純に提出されます。またつぎの第二連では「とげはいたいよ」と超時間的な真理が皮膚感覚とともに提示されて、読者はその世界に身体をもって誘い込まれます。そして第三連では「いつもいつも」とそこで持続する時間の広がりが示され、それを受けた第四連ではその持続の中で「秋はみのるよ」と反復する事実が想起されて、意識は過去へと開かれていきます。その上で、第五連で「みんなやさしかつたよ」と失われてしまった過去の事実が想起され、それを思慕する現在の心情が「泣いたよ」と表白されているわけです。そして第六連では、もういちど最初の現在の事実に戻り、時間は円環をなして括られます。これだけ一貫した時間のドラマをこれだけ簡潔な構成の中に展開させることで、作品「からたちの花」は確かに童謡として卓越した完成度にまで到達していると認められるでしょう。

このように時間次元を基調に郷愁が語られるというのは、白秋が、郷愁の根源そのものを、「人間本来」の「未生以前」に連なるものとして時間次元で捉えるようになったことのひとつの表れであると見ることができます。しかもここで語られる郷愁は、唱歌「故郷」におけるそれや、かつて白秋自身が『思ひ出』で語ったそれとは明らかに異なり、故郷を離れた大人たちの追憶や、特定の個人の特別な思い出だけに縛られない普遍的な意味を与えられていて、しかもその痛みはより切実なものになっています。

郷愁の時代への接続

と考えてみると、そもそも郷愁という感情にもともと含まれていた喪失感という要素は、実は時間次元で語られてこそ、「もはや取り返しがつかない」という意味で切実感を強めるはずのものでした。もし郷愁が、ただ空間的に故郷から離れたためだけの寂しさと懐かしさにすぎないのであれば、それは「帰る」ということで原理的には解決されうる事柄であるはずです。あるいはそれは、「いつの日にか帰らん」という希望の根拠にすらなりうるところのものです。ところが時間的に過ぎ去ってしまったものは、必然的に、もはや取り返しがつきません。それゆえにこそ郷愁が時間次元を基調に語られるとき、人々はこの「取り返しがつかない」という現実を不可避にそして痛切に自覚せざるをえないのであって、郷愁を描く作品としての「からたちの花」は、そのような時間次元の切実さによって殊更深く心に残る作品になっていると考えられます。しかも、特定の空間には縛られないこの郷愁は、すべての人になにがしかは思い当たる普遍性をもっていて、柳河という土地と深く結びついた青年期の郷愁とは意味が異なっています。この童謡「からたちの花」まで来て、白秋における郷愁は青年期の『思ひ出』におけるそれから明らかな変容を遂げ、それとともに、子供も大人も隔てなく広範な人々の共感を誘った、そしていまも誘い続けているところの、北原白秋に独特な郷愁の抒情世界が成立していると認めることができます。

ところで、過ぎ去ったものは二度と帰らないということが単に個人一人ひとりの体験に即して考えられている限りでは、それはいつの時代にも不可避で、人々はやがてそれを運命として「受容する」か「諦める」べきものと理解することになるでしょう。しかし、もしそれが時代の変化や社会の変化についてであるなら、人々はその変化をただ取り返しがつかないとだけ見るのではなく、むしろそれを当面する「現状の課題」とか「社会問題」として受けとめることがあるはずです。郷愁が時間次元で切実に感じられるようになるというのは、実はそのように、時代や社会の変化が人々のうちにそれへの問題意識を生むようになった当時の時代状況にも結びついていると考えなければなりません。そんな時代状況の下で、人々の感情そのものに一定の変化が生まれ、そこに新たな郷愁の思いに感応する社会的雰囲気が広く立ち上がっていたのではないかということです。また北原白秋個人の詩業の展開という観点から見ても、これまで見てきた郷愁の意味変容は、その裏面で、当時の時代状況の変化に対応する白秋自身の文学的な応答として理解することができるものです。そしてそのことが、やがて来る戦争の時代における詩歌翼賛の序章ともなっていたと考えられるのです。

こうして問題は、まずは一九一〇年代から二〇年代という、一般には「大正期」として括られてそこに生まれた言説が「文化」や「社会」といった用語で分析され語られることの多いこの時代、そして関東大震災の衝撃を受けたまさにこの時代の社会状況の中で、北原白秋とその作品に惹かれていく民衆が繰り広げた〈心情〉のドラマにつながっていくことになります。

第二章

民衆の植民地主義と日本への郷愁

──傷を負った植民者のナショナリズム

ブラジルへの移民船「若狭丸」に乗り込んだ人々（1917年4月20日）

第一節　童心主義の成立と小笠原体験

白秋生涯の危機

わたしたちは前章で、「郷愁」という詩的モチーフを手がかりに考察を進め、学校唱歌では「吹き込む」という意味で訓育上の課題となっていた郷愁が、白秋童謡における童心主義の立場では、母を慕う子供の童心と同様に人間にとって「本質的」な感情とみなされるようになったことを確認しました。本章では、そこから逆に見えてきた問題として、白秋とその作品を愛唱する民衆がそのように本質化された童心や郷愁の存在をいったいどうして前提として受け入れ、何故それを歌う抒情に痛切に共感し惹かれていったのかという、この心情の機制について、関東大震災を前後する同時代の時代状況を視野に入れて考えたいと思います。それを考える手始めとして本節では、同時期の白秋その人の生活史に少し深く立ち入り、まずは彼の生活経験と詩想形成に沿ってその心情の推移を内在的に解明していくことにしましょう。

白秋が新しい創作領域である童謡の制作に向かって、その出発点の基礎認識を示す詩論「童心」を発表したのは、『赤い鳥』創刊の前年である一九一七年のことです。これを基点にして白秋は、児童自由詩教育と童謡創作に次第に深く関わり、その成果を第一童謡集『とんぼの眼玉』（一九一九年）、第二童謡集『兎の電報』（一九二一年）に仕上げていきます。またこの二一年には、既発表の詩論「童心」を冒頭に配して、一九一三年以降に書かれた散文、随筆を集め、童謡創作を開始したこの時期の精神生活を通観させる詩文集『童心』を刊行しました。しかもこの詩文集では、「巻末に」とされた文章で著者が自らの生活史を詳細に辿りながら作品の背景を解説し、そこでわざわざ「本集を読まれる方は以上の生活の年次を念頭に置いてからにしてほしい」（⑯二四〇頁）と念を押していて、これは白秋自身の生活史の影がひときわ深く刻印された特別な作品となっています。と思って考えてみると、この一三年から二一年までの間というのは、実は白秋の生涯にとってまさに特別な時期であったのです。

まず一九一三年とは、白秋が隣家の松下長平の妻であった俊子と恋愛関係をもち、それにより姦通罪で訴えられて拘留され世間を騒がせる一大スキャンダルとなった事件の直後のことで、一時は追い詰められ自殺とまで思いつめた白秋は、この年のうちに、いったんは行方が分からなくなった俊子と再会して結婚するまでに到っています。他方でこの時期には、故郷柳河での家業を潰して逃げるように上京し神奈川県三崎町で白秋と同居していた父と弟が、ここで営んだ魚類仲買業の事業にも失敗して、北原家はさらに巨額の負債を抱えることになります。また翌一四年には、肺結核に罹患した妻俊子の病気療養のために同病の知人姉妹ともども小笠原父島に渡り、『童心』の「巻末に」によれば、そこで白秋は「非常な酸苦を嘗《な》め」る体験をします（⑯二三七頁）。しかも、帰京後には俊子との間に諍いがおこり、白秋はあれほどの騒動の末に結婚したこの妻と離別することになりました。さらに一六年、白秋は平塚雷鳥のもとに身を寄せていた江口章子《あやこ》と二回目の結婚をしますが、この時期の生活は困窮の極みにあり、「清貧の中で雀に米を与え、哀歓を共にするという日々」（別四九五頁）を送るという有り様でした。しかも、窮乏の生活をともにしたこの第二の妻とも結局二〇年には離婚することになって、白秋がようやく家庭的に安定した生活を得るのは、二一年の佐藤キクとの三度目の結婚を待たねばならなかったのです。

すなわち一九一三年から二一年に到るこの時期は、白秋の私生活において大きな波乱が続き、また芸術活動の面でも自ら作った詩社である巡礼詩社や紫煙草舎に関連して門下生たちの「反逆」があったりして、まさに白秋の生涯でも大きな傷を負い最大の危機と言える時期に当たっています。こんな時期に書かれた文章がまとめられ、その生活史的背景を白秋本人がわざわざ解説して、それが『童心』というタイトルで刊行されているわけです。そうだとすれば、この作品『童心』の語る童心主義は、実は童謡制作の方法だけに関わる事柄なのではなく、むしろ苦難の時期を経た白秋が新しく進もうとしている道の精神的核心に触れるものなのだと考えなければならないでしょう。

童心と小笠原体験の落差

すると内容的に見るときに、この詩文集『童心』は童心主義の立場をいったいどのようなものとして提示しているのでしょうか。それを考えるときに留意しなければならないのは、この詩文集の「童心」という主題と、巻の末尾に「南海異聞」という表題でまとめて収録された二つの旅の体験記との関係だと、わたしは思います。というのもこの詩文集『童心』は、その巻頭では、無心な子供の真《まこと》を語る「童心」、母への愛を仏への敬虔さの中に語る「麻布山」、そして降りそそぐ春雨の愛を慈母のようだと語る「お花畑の春雨」と、愛と優しさと敬虔に満ちた文章が並べられていて確かにそれらが「童心」を軸にテーマ化されていると分かるのに対して、末尾に置かれた小笠原に関わる二つの文章では、明らかにそれとは異質な人間模様が、つまり嫉妬と憎悪と冷酷に満ちていると感じられる彼《か》の地の生活世界が、現実に「非常な酸苦を嘗め」た同時代の移住体験として語られているからです。詩文集『童心』が全体として深い印象を残す作品になっているのは、間違いなくひとつにはこのような巻頭の「童心」と末尾の「南海異聞」との際だった対照性のためであり、そのように対照的な小笠原体験の記述に照らされてこそ、巻頭で語られる童心の優しさや真実性もより切実に読者の胸に迫るようになっていると理解できるのです。

　しかももうひとつ重要だと思われることは、白秋には同じく小笠原体験に触れて書いたものとして「島から帰つて」という表題の随筆があって、その随筆「島から帰つて」とこの「南海異聞」での小笠原体験の評価が、驚くべきことにまさに正反対と言えるほど異なっている点です。

　随筆「島から帰つて」は、白秋が小笠原から帰京した直後である一九一四年夏に文字通り最初の小笠原体験記として書いたもので、これはそのころ自ら結成した巡礼詩社の機関誌『地上巡礼』創刊号に発表されました。そして、この最初の体験記「島から帰つて」で白秋は、「少くとも小笠原行は私の為には何よりいい事であつたらしく思へる。帰来私は元気潑剌としてゐる」と言い、「そこに私は二月から七月まで全く世間と毀誉褒貶から遠離し去つて、殆んど身も霊ひも素つ裸になつて、悠々自適の簡素な生活をしてゐた。私の霊は益《ますます》洗礼され、私の肉体は益健康になった」と、その体験を口を極めて自賛していたのです（㉟一六―一七頁）。するとこの評価が、二一年刊行の『童心』においてどうしてネガに逆転してしまうのでしょうか。ここにそんな劇的な変化があるのであれば、それが二一年刊行の詩文集『童心』の成り立ちに、それゆえ白秋童謡の童心主義の成立にとって何か重要な問題を示唆していると考えなければなりません。

思想史学という学問の立場から考えると、このようにひとりの著者の同一の体験に関する評価の記述が時を隔てて変化しているという事実は、方法論的に見て極度に重要な考察対象になるところのものです。評価の対象になっている小笠原旅行は一九一四年に一回なされただけの事柄ですから、それにもかかわらずその評価に変化があるというのは、それは評価者である白秋自身の方に思想の変化とか観点の変化があったからだと考えられるのです。しかもそのことが、北原白秋という人物の人生にとって決定的な危機の時期に関わっており、また詩人という表現者としても新しい創作領域である童謡の制作を開始した時期に重なり、それがさらに童心主義という白秋に顕著な童謡観であり人間――社会観の成立とも繋がっているのだとすれば、白秋の詩業を追いかけているわたしたちにとっても、これはとびきり重要な考察課題であるに違いありません。そこで、二つの体験記にもう少し立ち入って、その変化の意味を考えていくことにしましょう。

第二節　外来者の二つの傷とその癒し

最初の小笠原体験記

一九一四年夏に書かれた最初の小笠原体験記「島から帰つて」と二一年刊行の『童心』に収録さ

れた最終形の小笠原体験記「南海異聞」が、ここで比較すべき考察対象です。もっとも後者には「小笠原の夏」と「小笠原島夜話」と題された二つの文章が含まれていて、小笠原体験を「非常な酸苦」として立ち入って語っているのは主に一九年作の「小笠原島夜話」の方ですから、テキストの比較をしようというここでは「小笠原島夜話」に焦点を定めましょう。

まず一九一四年の「島から帰つて」ですが、ここで白秋が小笠原体験を素晴らしかったと言うのは、なによりもその自然ゆえのことでした。「小笠原は日月ともに大きく、椰子《やし》檳榔《びんらう》のかげに四時《しじ》鶯《うぐひす》や瑠璃鳥《るりてう》が鳴き、空も海も燦爛《さんらん》として瑠璃の光輝を耀《かがや》かしてゐた。真赤な崖や山腹の畑には芳烈な鳳梨《ほうり》が数列に配置され、それに鮮緑のトマト、暗紫色の茄子、青いバナナの葉などが、まるで印度更紗のやうに渋く熱く強く光り耀いていた」。白秋は、このような小笠原の自然の中で、「海中にもよく潜つた、山にもよく登つた、而して大きな蝦《えび》を突き、蛸《たこ》を捕り、独木舟を走らせ、珊瑚《さんご》を拾ひ、正覚坊《しやうがくばう》とも遊び、黒坊や白人の子にもよく親しむだ。私はそこで大きなトンカジヨンで通したのである。かうして殆《ほとん》ど詩作も為《せ》ず、詩社の事も忘れて暮らした」と言います（㉟一六頁）。そしてこのような自然とともにある生活が、彼の傷ついた心と体を癒したというのです。だからこそ「もう大丈夫だ。私は歓喜に目が眩みさうに覚える、燕麦にも後光が射す、人間が光らずにゐられる筈がない」と、白秋はそう報告しています（㉟一七頁）。

このような「島から帰つて」の帰京報告であるなら、それを一四年という白秋その人の生活史の文脈に置いてみると、白秋の語りたい真意はとてもよく分かるように思えます。これは白秋が「姦通」というスキャンダルで世間の指弾を浴び、汚辱にまみれ大きな傷を負った直後のことだったのです。とすればこれは、そんな世間としての日本の内地とりわけ東京の地をしばらく離れて、小笠原の自然の中で心と体がすっかり癒されたという旅の報告であり、その新鮮な気持ちでこの世間に立ち戻ったというひとつの〈復帰宣言〉だと理解できるでしょう。というより、「あらゆる屈辱と誤解とを私は受けた。だが私は弁解しない、哀訴もしない、真珠は真珠を知るものにのみ耀く」と言い切る白秋はここで、ただ復帰するだけでなく、以前よりもっと「人間が光」るかたちで復帰したことを誇示して、自分を指弾し傷を負わせて追放したその世間を見返したいと願っているのです(㉟一七頁)。

それ故にこそ白秋は、小笠原の自然の光を浴びて「人間らしく大胆に純一に真実に」(㉟一七頁)蘇ったことをなんとか顕示しようと、帰京後のこの時期に「睡眠時間三、四時間で仕事を続け」、『印度更紗第一輯　真珠抄』と『印度更紗第二輯　白金之独楽』という短型詩集をわずか三カ月あまりの間に立て続けに二冊も刊行しました(別四九四頁)。しかもその二冊の詩集の冒頭には、光り輝く自負と決意に溢れたつぎのような「印度更紗の言葉」を掲げたのです。

印度更紗の言葉
心ゆくまでわれはわが思ふほどのことをしつくさむ。ありのまま、生きのまま、光り耀く命のながれに身を委ねむ。れうらんたれ、さんらんたれ。わがうたはまた、印度更紗の類《たぐ》ひならねど渋くつや出せ、かつ煙れ。
(③二二四頁)

この言葉に白秋の感情の高ぶりは明らかですが、最初の小笠原体験記を書き、他方でこの「印度更紗の言葉」を書いている白秋が、これから復帰しようとする世間の人々を過敏に意識し、もっぱらそちらに対抗的に立ち向かっていることも間違いないでしょう。そんな対抗意識のために、輝きが極度に強調され小笠原体験にも理想化が働いているわけです。

第二の小笠原体験記

ところが、そうした最初の体験記の記述にもかかわらず、現実の小笠原は白秋にとってそんな理想郷ではありえなかったと考えなければなりません。というのもその旅行は、病身の妻や知人姉妹に同行する転地療養のためのものであり、しかもこの妻たちの病気は伝染性をもつ肺結核であったからです。それ故に白秋一行は、療養生活者として現地の人々と接触し、少なくともその限りでは当該社会に受け入れられるべく対応する必要があったはずなのです。つまり彼らは招かれざる客として助けを乞わねばならない立場であり、その時にこの小笠原体験は決して「いい事」ばかりでは済まない内容をもつことになります。

「私の小笠原渡海をただ詩人の好奇的遊楽と思つて、色々に笑つてゐた人々も内地にはありましたが、今だからすつかりお話しします。そんな呑気な事では無かつたのです」（⑯二三四頁）（傍点は引用者）。第二の小笠原体験記である「小笠原島夜話」で白秋はこう書いています。そしてそこで「呑気な事では無かつた」と言っているのは、やはりなによりも「肺患者」を連れた小笠原での生活の過酷さのことでした。「殊に島民の『肺病』を恐るる事は極端です。而《しか》してその恐るべき病毒の伝播者は凡《すべ》てが内地からのそれら旅人《りよじん》にあるとさへ思ひ詰めてゐます」(⑯二三三頁)。内地から来た白秋や療養生活者たちは、島民たちのこんな視線に曝《さら》され続けたのです。

もちろん、そのように肺結核患者を警戒し排除しようという島民たちのふるまいには、残念なことですが、病者への閉鎖的な差別意識が働いていたことは明らかです。とはいえ、白秋自身が報告しているように、「内地」である日本社会の方が患者たちを排除しようとして島へと転地療養に追いやり、患者たち自身もむしろこの離島を「南方の極楽島」と幻想して、保養を目的にこの地に教員や郵便局員としてわざわざ「転任させて貰つて来る」という事実もありました(⑯二三三頁)。その結果、もっぱら「内地」側の安全のために患者たちがここに集められて来ていて、島は外部から勝手に患者たちの「隔離先」に指定されたも同然であり、伝染性の病気をコントロールできないままに押しつけられて、矛盾はこの小さな島にすべて集中されていたわけです。時は、特効薬となった抗生物質ストレプトマイシンが発見されて結核治療が画期的に改善される頃より三十年も前のことです。とすれば、島民たちの心配や警戒に理由がなかったわけではないと考えなければなりません。

とはいえ、病身の妻を抱えてただでさえ困難な生活を強いられている白秋にとっては、島民たちの差別と排除は理不尽に思えてつらく厳しく、それが「非常な酸苦」を嘗める体験として彼に深い傷を残したこともまた明らかでしょう。スキャンダルで世間の指弾を浴び心に傷を負って小笠原まで追われるようにやってきた白秋は、実はここでもうひとつ傷を負うことになったのです。

島は浮世離れてゐるやうで、却《かへつ》て、浮世それ自身を、縮図してゐます。

島の自然の麗色など悠々と観賞してゐられるものですか。かうなると自然は人間から思ふさま踏みにじられて了《しま》つて来ます。

文明と云ふのも中途半端ではよしあしです。（⑯二三五頁）

小笠原は別世界ではなかった、第二の小笠原体験記で初めて語られたこの実感を、白秋は帰京後に直ちには打ち明けようとしませんでした。その理由はすでに見てきたように、島民たちの立場への同情的な配慮にではなく、むしろその時に白秋本人が抱えていた小笠原体験を理想化したくなる個人的事情にあったと考えられます。すると、日本の内地でスキャンダルの汚辱にまみれて傷を負い、それを逃れて訪れた小笠原でももうひとつ傷を負った白秋が、いったいどうしてそれを書けるまでに到ったのでしょうか。白秋はその癒しを、結局はどこに求めたというのでしょうか。

癒しとしての「童心」／本質の「発見」

と、ここまで考えてくると、このような体験記が一九二一年には「南海異聞」としてまとめられて詩文集『童心』の末尾に置かれ、「童心」「麻布山」「お花畑の春雨」と続く、愛と優しさと敬虔に満ちた童心主義の文章に対比されていることの意味に、ようやく得心のいく答えが見えてくるように思えます。つまり白秋は、旅先の小笠原でも傷つきいっそう切実になったその癒しを、帰京してからもなお続いた家庭内の不和や赤貧の生活を経つつ、ついにこの「童心」に見出しているということです。愛と優しさと敬虔に満ちているものとしてこの「童心」を発見し、それを自分自身にとっても本質的なものであると理解し、それに救いを見たからこそ、ここで白秋は彼にもうひとつの傷を残した小笠原体験の実態を「今だから」と言いつつ語り出せていると考えられるのです。

そのように思って、ここであらためて二つの小笠原体験記に挟まれた間の時期、すなわち一九一五年から一九年あたりまでを振り返ってみると、確かにこの時期は、白秋が童謡という新たな創作領域に踏み出していく当の時期であるとともに、生活の貧しさの中で自らを見つめ直し、心を洗い直し、そこで「童心」というもののもつ意味を見出していくという、白秋にとっての癒し、白秋自身は「洗心」と呼ぶその時期に当たっていることが分かります。小笠原から帰って俊子と離別した白秋は、江口章子と再婚し一六年六月から一七年にかけて葛飾の小岩村三谷で暮らしますが、この葛飾時代の白秋は、まさに貧困の極みにあり、「清貧の中で雀に米を与え、哀歓を共にするという日々」（別四九五頁）を送っていました。そんな中で書かれた詩文「雀の生活」には、この時の白秋の内省化した生活ぶりと洗心のさまが、雀にこと寄せながらまことに正直に語られています。

> 雀を観る。それは此の「我」自身を観るのである。雀を識《し》る。それは此の「我」自身を識る事である。雀は「我」、「我」は雀、畢竟《ひつきやう》するに皆一つに外ならぬのだ。
> 雀を思ふと、いたいけな子供の姿が目につきます。
> 雀と子供はつきものです。大人も子供の心に還ると雀が恋しくなります。
> 雀はまた寂しい人間の慰めです。人間も寂しいが雀も寂しい。
> 簡素な雀の生活に親しんでゐると、しぜんと人間の心も虔《つつ》ましくなります。単純になります。

そして穏和《おとな》しく、素直になつて了ひます。

（⑮二五五―二七七頁より抜粋）

貧困ゆえにかえって極端にシンプルになった生活の中で、夫婦が自ら食べるためのなけなしの米粒さえ雀に与えながら戯れるそのことが、心の慰めとなり、「我」を見つめる重要な機会を作り出していたのです。それにより、「童心」に「我」（すなわち人間であり、日本人であり、白秋自身でもある）の本質を発見したと思えたことが、白秋にとって決定的な転機になったと理解できます。小笠原体験で負った白秋の心の傷は、外面的にはむしろ危機と見える貧困生活の中で、こんな雀や子供との関わりから癒されていたのでした。

こうした子供との関わりは、詩文「洗心雑話」ではさらに聖的なものにまで理想化され、それが芸術という営みの精神に結びつけられてつぎのように語られています。

聖心《ひじりごころ》は童《わらべ》の心である。

全く子供の遊びを見てゐるほど心の晴れるものはない。子供は遊ぶ。遊んで遊び惚《ほ》れる。さうなると遊びも尊い。三昧《さんまい》とはこの遊びの妙境《めうきやう》に澄《す》み入ることである。

私心《わたくしごころ》を去るがよい、真に童のやうになつてほれぼれと遊びほれたがよい。畢竟するに芸術は遊びである。この童の遊びを更に深く更に高くしたものである。（⑮四九八―五〇五頁より抜粋）

ここには、傷ついた心を癒す童心の浄化力を聖化し、そこに詩作の進むべき道をも見出すという、芸術上の童心主義に向かう白秋の意識の回路がとても明瞭に示されています。わたしたちはここで、白秋童謡の抒情世界の核心にある童心主義の成立を、それが白秋によって生きられた意味から見ているとも言えるでしょう。「誰でも心が癒される」と感じられて今日なお広く人気のある白秋童謡の世界の成立は、一面ではこのように白秋個人の生活史上の経験に深く結びついていたのでした。

ところで、このような白秋の個人的経験は、その内容から見ると、他方で白秋が置かれている同時代の状況とそこに生きる日本人の一般的な経験とも緊密にかかわるものであったと理解することができます。少なくとも白秋その人は自ら立とうとする童心主義が、そんな時代状況に対応するものであると認識していたのです。白秋は、詩文集『童心』の刊行と同年の一九二一年一月に発表した詩論「童謡復興」で、自らを童謡と芸術自由教育という運動に駆り立てている同時代の危機状況についてつぎのように語っています。

全く明治以来の教育は在来の美風を破壊したばかりか、未だ以《も》つてこれはといふ建設も企てられて居らぬ。教育ばかりではない、維新後の凡《すべ》ての改革なるものは、従前の悪弊を一掃した一方に、その美風をも一緒に破壊して了つたのだ。ただ一途に泰西文明の外形のみを模倣するに急であつて、その為に彼の精神的な最も大切なものを見落した。お蔭で日本の子供は自由を失ひ、活気を失ひ、詩情を失ひ、その生れた郷土のにほひさへも忘れて了つた。　(20)二八頁)

ここには、スキャンダルに傷ついた白秋がそれを逃れて行ったはずの小笠原でもその「縮図」を見なければならなかった、同時代の日本社会の「文明化」という問題が意識されています。白秋童謡における童心主義は、思想としてはこのような時代認識に基づき、それに抗して失われたもの忘れられているものの「復興」を求めるべく成立していると認められるのです。そこでいまや目を転じて、民衆の生きる同時代のそうした時代状況について考えていくことにしましょう。

第三節　民衆の植民地主義と流浪する心情

二つの流行歌

ここではまず、当時の日本で人気を集め広く歌われていた二つの流行歌をご紹介し、そこから考察を進めたいと思います。

さすらひの唄

行こか、戻ろか、北極光《オーロラ》の下を、
露西亜は北国《きたぐに》、はてしらず。
西は夕焼《ゆふやけ》、東は夜《よ》明《あけ》、
鐘《かね》が鳴ります、中空に。
（中略）

燃ゆる思を荒野にさらし、
馬は氷の上を踏む。
人はつめたし、わが身はいとし、
街の酒場《さかば》はまだ遠し。（↖）

わたしや水草、風吹くままに、
ながれながれて、はてしらず。
昼は旅して夜《よ》は夜で踊り、
末はいづくで果てるやら。

（29一〇〇―一〇一頁）

流浪の旅[1]

流れ流れて落ち行く先は
北はシベリヤ南はジャバよ
何処の土地を墓所と定め
何処の土地の土に帰らん
昨日は東今日は西よ
流浪の旅は何時まで続く

果てなき海の沖の中なる
島にてもよし永住の地ほし
（中略）
思へば哀れ二八の春に
親のみ胸を離れ来てより
過ぎ越し方を思へば我は
遠き故郷のみそらぞ恋し

これらのうち前者の「さすらひの唄」は、一九一七年十月三十日に島村抱月の主催する芸術座が再演した演劇『生ける屍』（原作：レフ・トルストイ）の劇中で歌われた歌で、北原白秋が作詞、中山晋平が作曲して、舞台では主演女優の松井須磨子がこれを歌っています。また後者の「流浪の旅」は、宮島郁芳と後藤紫雲という二人の演歌師が作詞作曲に関わったもので、バイオリンを奏でながら歌う演奏スタイルで公園や街頭に立つ演歌師がまずはこれを歌い、二一年頃から民衆に広まって多くの人々が歌うようになった歌です。

前者については、作詞者である白秋が「頼まれて作つたもの」と言っていて、確かに上演された演劇の内容に合わせて作られていますから、これを白秋の創作という際にはもちろんそれなりの留保が必要でしょう（㉙一二〇頁）。とはいえここではこれを、まずは白秋の作品としてより、「カチューシャの唄」などとともに当代の人気女優松井須磨子が歌って喝采を浴びたひとつの流行歌として捉えて考えてみたいと思います。この「さすらひの唄」は、一七年当時ようやく一般に広がり始めたレコードというメディアにも乗って、発売から「二、三か月にしてその売れ高が十二万枚に達した」[2]ほどの人気ぶりで、結局「二十七万枚の驚異的の売上数」を数えた、日本で最初のレコードヒット曲になっているのです。この流行歌という性格は後者についても同様で、この歌は同じ宮島郁芳と後藤紫雲が一八年に作って大ヒットした歌「金色夜叉」の流行の流れの中にあり、この時代に「爆発的なブーム」になったとされるバイオリン演歌の形を通じて人々に広く受け入れられたという点がここでは重要です。これら二つの歌はもちろん作られ方も流行の仕方もずいぶん違っているわけですが、ともあれ注目したいのは、このような歌が当時の世相に反響し、いずれも人々の心情を捉えて広く流行したという事実です[3]。

するとこれらの歌のいったい何が、それほど人々の心情に訴えたのでしょうか。前者の「さすらひの唄」については、作詞の白秋自身がそれを「ジプシイの旅情を歌つたもの」と解説しています（㉙一二〇頁。「ジプシイ」は原文のママ）。また後者の「流浪の旅」も、まさに旅にあって郷愁に胸を焦がすという歌であることは明らかでしょう。そこでさらに立ち入って、これらの歌の何が人々に旅情を想起させ郷愁をかき立てるのかと考えてみると、それはやはりここで歌われている旅人の境遇のことがあります。流浪の旅を続けるこれらの旅人は、あるいは漂泊の民ロマとして帰るあてなどなく、あるいは故郷からすでに遠く離れて帰ることは望み得ないままに、しかしその旅先にも永住の地を見いだすことができないという二重の苦難の境遇に立たされています。まさに流浪の旅人のこのような二重の切なさこそが、この時代の人々にその旅情への共感を広く誘い、それぞれの郷愁をも切実にしていると理解できるのです。

そのように考えてみると、このような旅人の境遇が、小笠原で外来者として二つの傷を負っていた白秋の状況と、旅の理由は異なるにせよ、戻ることも留まることもままならない境遇の形においてずいぶん似ていると気づかされます。ここで共通しているのは外来者として旅を続ける旅人の心情への共感であって、とすればこのあたりに、小笠原体験を経て童心主義に歩み出した白秋の心情が同時代の人々の心情と出会う接点があったのではないかと考えられてきます。郷愁が本質化されることの意味を求めて白秋の童心主義への歩みを考えてきたわたしたちは、どうやらここで白秋が生きていた時代の心情に触れているようです。すると、それはどんな時代だったのでしょうか。

「移住」の時代

日本の外務省は一九七一年に『わが国民の海外発展』という書物を刊行し、そこで明治以来百年の間に日本人が行ってきた「海外移住の歩み」をまとめて報告しています。この報告書には、「大正十年（一九二一年……引用者註）以降昭和十年すぎ頃にかけては、わが国で官民ともに最も移住に力こぶを入れた時代といって差し支えない」との記述があり、この時代が、まずは日本政府の立場から「海外移住」の最盛期であったと認識されていることが分かります。[4]明治の時期を経て急速に進んだ日本社会の近代化と都市化の進展は、一八九八（明治三十一）年には総人口比でなお一三％ほどだった都市部（人口二万人以上の都市）の人口を一九一八年には二三％あまりにまで押し上げ、[5]そうして動いて来ていた人流は、この時期にはさらに大きく広がって、多くの人々を遠く「海外」にまで強く押し出していたということです。「さすらひの唄」や「流浪の旅」という郷愁の演歌が流行した日本は、同時期にまさにこの活発な「海外移住」の時代を迎えていたのでした。これは事柄のつながりからして確かに注目すべき事実でしょう。

もっとも、日本の外務省が編纂したこの「海外移住」の報告書は、「わが国の移住思想」を「北海道植民を中心とする国内移住論から、太平洋の彼方への海外移住論へ転換、発展」[6]と捉えるもので、「ハワイ移住」や「アメリカ移住」や「ブラジル移住」を中心にその実態や経緯をまとめたこれは、台湾、朝鮮そして満州へと進められたアジアの植民地や占領地への日本人の侵出の歴史については黙して語ろうとしていません。それに対して後者については、実は一九四六年から五〇年までの間に日本の大蔵省が秘密裏に調査を行って全十一篇三十五冊（別に目録一冊）からなる厖大《ぼうだい》な報告書にまとめた、『日本人の海外活動に関する歴史的調査』なる記録が残されています。[7]大蔵省が行ったこの調査は、戦時期までに日本人が海外に持っていた財産に関する権益を保護し、その時点で想定されていた戦後賠償に関する外交交渉を有利に運ぼうという政治的意図をもって密かに組織的に行われたもので、その報告書には、総論一冊のほか、朝鮮篇十冊、台湾篇六冊、樺太《からふと》篇二冊、南洋群島篇二冊、満州篇四冊、北支篇一冊、中南支篇二冊、海南島篇一冊、南方篇五冊、欧米篇一冊が含まれています。日本人の「海外移住・海外活動」に関する表向きの外務省の調査と裏で行われていた大蔵省の調査、この使い分けにはアジアに向かった侵略と植民地主義の歴史と責任に対する戦後の日本政府の隠蔽姿勢がはっきり現れていますが、それはともかく、この二つが両方でカバーする範囲を広く視野に入れるなら、植民地帝国の大戦争につながる関東大震災前後のこの時代が、広範な民衆を巻き込んで海を越えてゆく植民地主義と移動の時代として日本人民衆に広く経験されていたことがよく分かってきます。

初期の労働移民

そのような日本人の海外移住の始まりにおいてその先鞭をつけたのは、幕末期に日本を訪れていた欧米人の個人的な斡旋によるハワイやアメリカ本土への初期移民でした。ハワイの日系人社会には「元年者《がんねんもの》」という言葉が残されていますが、[8] この言葉は、個別的にはすでに幕末期に始動していた日本人の海外に向かう活動が、維新を経てしかし未だ近代国家としての基礎が固まらない明治最初期（明治「元年」！）に、早くも労働移民を組織的に送り出す動きになっていた事実を示しています。これに続く初期移民の多くは出稼ぎの労働移民や白人家庭に住み込んで働き学ぶ書生たちでしたが、一八八〇年代には「松方デフレ」と呼ばれた緊縮財政の下での日本農村の経済的困窮もあって、希望者が増大して官斡旋も開始され、その行く先も、製糖業が急伸したハワイや、都市化・人口増加により労働力需要が拡大していたアメリカ本土から、カナダ、メキシコ、ペルー、さらにはブラジルへと広がっていくことになります。その中から各地に日本人コミュニティが生まれ、そこに後続の移住者も加わって、まずはこの流れが同時期の日本人移民の主な形態として曲折を経ながらも拡大し（表1参照）、それが外務省の報告書に言われた「最も移住に力こぶを入れた時代」としての一九二〇年代につながっていったと見ることができるでしょう。

もっとも、思いのほか大きな規模で進んだそうした初期の移民活動は、拡大するに伴って移住先で競合する他の労働者（特に貧困な白人労働者）との軋轢を生み、やがてそれが日本人排斥の動きにもなって日本人移民社会に深刻な影を落とすことになりました。そのような動きは一九〇〇年代に入った頃にまずアメリカやカナダで顕在化し、そこでは日露戦争での日本の「勝利」が激しい「黄禍《こうか》論（yellow peril）」を誘発もして、〇六年頃には日本人を対象にした過激な排斥運動や暴動にまで発展しています。そして、それが日米間の重要な外交案件となってさまざまな移民制限につながり、ついにアメリカでは一九二四年に新規移民が事実上不可能になってしまいました。また、それに替わる受け入れ地として大きく浮上したブラジルでも三〇年代半ばには日本人排斥が強まり、ここも新規移民の送出先としての意義を失っていくのです。そのような南北アメリカ移民の急速な衰退状況

表1　日本から北米・中南米への渡航者数（単位：人）

年次	アメリカ	ハワイ	カナダ	メキシコ	ペルー	ブラジル
1868-1880	901					
1881-1890	3530	16260				
1891-1895	8329	20829	2661	83		
1896-1900	17370	52853	6230	38	790	
1901-1905	1774	46973	568	2066	1303	
1906-1910	7715	46650	4615	8897	5843	1714
1911-1915	20773	17846	5177	145	4776	13101
1916-1920	30756	16655	7196	320	7456	13576
1921-1925	14849	10935	4915	450	2825	11349
1926-1930	1256	1546	3688	1691	6347	59564
1931-1935			457	650	2436	72661
1936-1941			270	327	1294	16750

出典：岡部牧夫『海を渡った日本人』14頁より作成

表２　日本の植民地・占領地の人口構成の変化（単位：千人。樺太を除く）

年次	朝鮮		台湾			樺太（単位：人）			年次	満州		
	朝鮮人	日本人	台湾人	先住民	日本人	先住民	朝鮮人	日本人		満人	朝鮮人	日本人
1900			2707.3	95.6	38.0	1291		10807				
1905			2936.9	36.4	57.3							
1910	13129	171.5				2114		34442				
1915	15958	303.7	3279.6	46.2	135.4	2066		58482				
1920	16916	347.9	3420.2	46.3	164.3	1954	934	102841				
1925	18543	424.7	3724.9	49.6	183.8							
1930	19680	501.9	4172.7	111.7	228.3	2164	8301	284198	1933	31288	582.1	317.6
1935	21249	583.4	4733.3	150.1	272.7	1955	7053	313115	1936	35475	854.4	536.5
1940	22955	689.8	5677.2	155.7	365.5	1660	16056	380803	1940	40508	1350.9	1065.1

出典：大蔵省管理局『日本人の海外活動に関する歴史的調査』総論第三章より作成。
下線部は1911年の、波線部は1941年のデータ。

に対して、まさにそれに取って代わるように激増していくのが、朝鮮や台湾、さらに満州からアジア諸地域への植民、移民でした（表２参照）。

植民地主義と民衆の移住熱

出稼ぎの個人斡旋から始まったハワイや南北アメリカへの労働移民とは異なり、この朝鮮から中国・満州へと向かっていく日本人のアジアへの「海外活動」の特徴は、それが帝国日本の国策である植民地版図拡大への意志に促され、またそのような日本国家の対外政策を後ろ盾にしつつ進められていて、しかも実際にこの地域に一大植民地帝国が形成されるとともに飛躍的に拡大していった点にあると見なければなりません。そのようなアジアでの日本人の「海外活動」の形は、ここでの移民の初期の移住先となった朝鮮や中国における日本人居留地の人口構成にまずは示され、ハワイやアメリカでの日系移民排斥が強まる一九〇〇年代以降にはより積極的・攻勢的に大きな姿を現していくことになります。

特に最大の植民地となった朝鮮について言えば、そこで始まった日本人居留地の開設が、まずは日本軍艦の示威に端を発した江華島事件を契機にして一八七六年に結ばれた「日朝修好条規」で決まっていて（砲艦外交）、この条規が朝鮮にとってひどく片務的な性格をもっていたことに、その後の関係がすでに方向づけられていたと見ることができます。歴史家の木村健二は、ここから増えていく朝鮮居留地の日本人について本業別に表3のようにその数をまとめていますが、そこには一方で商業とそれに関連する雑業、工業に従事する者たちを軸にしつつ、他方では官吏、公吏がめだつ人口構成が示されていて、これが農場に働きに入る労働移民を軸としたハワイや南北アメリカへの移民活動とはずいぶん性格を異にしたものであったことがよく分かります。このような商業と官吏に主導された朝鮮への初期移民の増大を、木村は、「条約や戦争をベースに、特権をあてこみ一攫千金をねらった中小商人の進出がキーとなり、それに関連する諸商人、

表3　朝鮮居留地在留日本人本業者別人数（単位：人）

職種	1897年 人数	%	1906年 人数	%	1910年 人数	%
官吏	266	7.2	2107	6.7	4169	8.7
公吏			136	0.4	995	2.3
教員	14	0.4	181	0.6	345	0.8
新聞及雑誌記者					165	0.4
神官			5	0	25	0.1
僧侶及宣教師	8	0.2	72	0.2	121	0.3
弁護士及訴訟代理人			32	0.1	60	0.1
医師	11	0.3	200	0.6	216	0.5
産婆	7	0.2	62	0.2	121	0.3
農業	23	0.6	1063	3.4	1180	2.7
商業	1660	45.1	9350	29.8	10884	25.3
工業	752	20.4	3858	12.3	5064	11.8
漁業	127	3.4	793	2.5	1153	2.7
雑業	547	14.8	6435	20.5	9978	23.2
芸娼妓酌婦	260	7.1	2500	8.0	2517	5.8
労力	9	0.2	3618	11.5	4705	10.9
無職業			935	3.0	1397	3.2
計	3684	100	31347	100	43095	100

出典：木村健二「在外居留民の社会活動」34頁より作成

飲食店、旅館、家族、雇人が引っ張られ[9]」て進んだと解説しています。これは、ここでの移民活動が最初から、投機的な営利目的をもって特権に群がり政治に寄生する植民地主義の性格を色濃く帯びていたという事実を的確に指摘していると思います。

このような日本国家の国策を後ろ盾にしたアジアでの日本人の「海外活動」は、それゆえその国策の進捗状況に大きく左右されざるを得ず、例えば朝鮮では、日本にも矛先の向いた一八八二年の壬午軍乱や八四年の甲申政変などが起こると、一時的に後退を余儀なくされることがありました。[10]とはいえまたそうであればこそ、日清（一八九四—九五年）と日露（一九〇四—〇五年）という二つの戦争を経て日本国家による台湾と朝鮮の植民地化がはっきり進んでいくと、それにつれて日本民衆の移民もまた大きなブームとなり、この植民地に住む日本人はまさに激増していくことになります。そのようにして、一八九〇年代にはそれぞれ一万人を超える程度だった彼《か》の地の日本人は、「韓国併合」の年である一九一〇年には台湾で九万八千人を、朝鮮では十七万人を超え、さらに一〇年代の半ばになると台湾で十五万人を、朝鮮では三十万人を超えるまでに急速に膨らんでいったのです。この植民者、移民者たち本人に加えて、日本に残されている彼等の家族や親族、さまざまな利害関係者と縁者そして知人たちまで考えに入れると、この「植民」や「移民」はいったいどれほどの広がりをもって、人々の現実の生活や意識に影響を与えていたことになるのでしょうか。そもそも一〇年段階の日本の総人口は四千九百万人、朝鮮の総人口は一千三百万人ほどだったのですから、少なくともこれが今日感じられるより遥かに大きな規模の社会現象と受けとめられていたことは全く間違いありません。

日本国家の植民地獲得とそれによる版図拡張の国策は、このような日本民衆の移住熱に下支えされることによって軌道に乗り、そうした熱に煽られることでさらに拡大の一途を辿っていきます。この時期に燃え上がった日本民衆のそうした野心と熱気は、時に国家指導者たちの思惑さえ超えて対外的な国権拡張を強硬に要求し、一九〇五年には、賠償金を放棄した日露戦争講和条約の締結を対露弱腰外交と見る群衆が反政府暴動(日比谷焼打ち事件)まで引き起こすに到りました。

そうしてやがて「大正」という時代を迎え、日本民衆はここから「大正デモクラシー」と名づけられた政治状況の担い手にもなっていくのですが、それへの道がこのような移住熱と版図拡大要求をひとつの原動力にして開かれていたことは、その後の日本における民衆意識の性格を強く規定したと考えなければなりません。またその裏面で、このような一大植民地帝国にむかう日本国家とそれを支える日本民衆との協力(共犯)関係が、植民者である日本人と被植民者となった朝鮮人や中国人という対抗関係を形作って、この両側にいる〈民衆〉という存在の間に蔑視と敵意を生み、次第にそれが自他を思う感情に深く暗い影を落としていったというのもやはり間違いないことでした。この歴史的経緯への理解とそこで生まれている感情への想像力は、その後の事態を考える上でとても大切なことだとわたしは思います。

朝鮮民衆の抵抗と植民者民衆の不安

まず、朝鮮民衆の側から見て、日本国家が朝鮮を植民地支配するに当たって行った軍事行動は、決して日清と日露の二つの戦争だけではありませんでした。朝鮮の農民たちは、李朝末期である一八九三年に政治の腐敗と貧困にあえいで反乱を起こし、やがてそれを「甲午農民戦争」と呼ばれる一大蜂起に発展させています。このような農民の戦争に対して、それが掲げた「斥倭攘夷」のスローガンを反日と断じて近代的軍隊を差し向け、多くの流血を強いてそれを最終的に鎮圧したのは、日清戦争の勝利に勢いを得て朝鮮への干渉を強めていた日本だったのです。また、それが鎮圧された後にも朝鮮の農民は、そのような日本の動きに国家存亡の危機を見た活動的な儒学者たちと結びながら、貧弱な旧式の武器を手に携え、日露戦争の時期を前後して繰り返し抗日の「義兵闘争」を戦っています。この時も日本国家は近代装備を持った軍隊による徹底した焦土作戦などで応じていて、それにより義兵側が出した死者の数は、日清戦争時の日本兵の全戦死者を大きく上回ったと言われています。(11) それは、朝鮮農民にとってまぎれもなくひとつの戦争だったのです。

そして一九一〇年、いよいよ「韓国併合」を強行した日本は、まずは軍隊と警察の力を全面的に駆使して先制攻撃的に民衆の抵抗を抑え込む、「武断政治」と呼ばれた強権的な植民地支配の形を作り上げました。全朝鮮に波及して二百万人を超える民衆が決起したと言われる一九年の「三・一独立運動」は、これへの総反抗として起こったのであり、それまで日本国家と朝鮮民衆との間に繰り返されてきた一連の戦争が行き着いたひとつの極点であったと見なければなりません。

もちろん以上のような戦争のことは、事柄としては日本国家と朝鮮民衆との間の事態であり、その時に朝鮮に住んでいたすべての日本人が、日本国家の軍事行動に実際に責任ある形で関与していたというわけではないでしょう。とはいえそこにいた日本人の大部分は、日本国家が朝鮮を植民地とする国策の流れに乗っていて、それが生む数多のビジネスチャンスや就労チャンスを貪欲に求め、また植民地支配が日本人に保証するさまざまな営業上の特権や有利な賃金格差を当てにしながら、折から起こった移住熱の中で朝鮮に渡っていった人々なのでした。三・一独立運動が起こった頃、そのようにして朝鮮に在住するようになった日本人は巷に目に見えて溢れていて、総数もすでに三十五万人ほどまでに達していたのです。それが現実であれば、この日本人民衆に対して朝鮮民衆が不信や敵意のこもった眼差しを向けていたというのは、十分に理解できることなのではないでしょうか。

朝鮮民衆のそんな思いのこもった眼差しに、この時朝鮮にいた日本人たちが大きな不安や反感を抱いていたというのは間違いのない事実だったと思います。そうであればこそそこで多くの日本人たちは、事件に際しても朝鮮民衆に一層差別的な眼差しを返し、あるいは恐怖と敵意を感じて、同情よりは激しい攻撃志向をもって応じたと報告されています。三・一独立運動の頃に平壌の小学生だった富士正晴はその時の回想として、「帽子のあごひもを締めて、サーベルをさげた小学訓導の制服に身を固め」た父と、「(朝鮮人が) みな殺しになどきたら、こうして一刀のもとに斬ってくれると、刀をスラリと抜き放した」曽祖父の様子を証言しています。[12] また、植民地朝鮮で生まれ育った作家小林勝は、自らの植民者体験からこの三・一独立運動時の朝鮮を舞台にした小説「万歳・明治五十二年」を書き、そこで朝鮮民衆の「騒擾」に狼狽し火の粉が身に降りかかるのを恐れて自ら対抗武装した日本人たちの姿を活写しました。[13] また歴史家の高崎宗司も、当時の在朝日本人の間に共有されていた朝鮮人に対する蔑視・偏見についていくつも具体例を挙げて指摘しながら、三・一独立運動の際にもそれに反感と差別的な眼差しを向けた日本人たちの言説を紹介しています。[14] これらすべてが、事件当時に示された一般の在朝日本人の倒錯した被害者的心理と過剰防衛的な反応を知らせてくれています。

このような日本人民衆の恐怖と敵意は、やがて思いも寄らない状況の中で最悪の事態を呼び起こすことになります。それが、三・一独立運動の四年後である一九二三年、関東大震災の時に起こった朝鮮人の大虐殺という事件に他なりません。震災という大災害の混乱の中で、心細くなっている人々の不安を増幅させるかのように巷には「朝鮮人が井戸に毒を投げ込んでいる」などの流言飛語が飛び交い、その恐怖に駆られた人々は被害意識から武装した自警団を組織し、朝鮮人に対するこぞっての暴行を始めたのです。この蛮行はやがて大虐殺事件に拡大し、それにより犠牲になった朝鮮人の死者は六千余名に上ったと考えられています。朝鮮植民地支配に対する朝鮮民衆の広範な抵抗を目の当たりにし、かねてより日本の内地にもそれを敵視して「不逞鮮人」と見る差別的意識が広く浸透してきていましたが、ここでそれが最悪の暴力に転化してしまったということです。

民衆の植民地主義と郷愁の抒情

さて、ここまでわたしたちは、一九二一年に公刊された北原白秋の詩文集『童心』を焦点に据え、そこに成立している白秋の童心主義がどんな時代のコンテクストにあったのかを調べるために、同時代の状況に分け入って考えてきました。それにより見えてきたことは、植民地帝国＝日本の拡大という時代状況であり、またその趨勢に乗りながら自ら植民地主義を担って日本の外に移動していく民衆の姿でした。日本国家として対外的な拡張という前途が開かれているこの時代の中で、それに加担して移動する個々の民衆の心情は、一方でそこに開かれた経済的・社会的なチャンスをものにしようという渇望と野心に満ちていたのでしたが、他方ではもちろん異郷に向かう大きな不安に苛まれるものでもあったでしょう。このような植民地拡張の時代に、人々は「さすらひの唄」や「流浪の旅」にその不安な心情を仮託して歌い、郷愁をかき立てる詩歌曲の抒情に慰めを求めていたのです。しかしそこにわだかまる不安は、やがて立ちふさがる他者への不信や敵意につながり、この他者への蔑視や偏見を生み出し、それがまた倒錯した被害者意識にも結びついて、その極限では攻撃的な暴力として爆発していく。そんな事態がまさに現実のものになっているという意味で、関東大震災に襲われたその頃は、植民地主義への参与が民衆の心情を大きく揺り動かす時代に入っていたということです。

そのように時代状況を理解すると、この時代の民衆が北原白秋の童謡に深く心を揺さぶられた理由もよく感得できるとわたしは思います。小笠原への旅の体験、そこで受けた二つの傷の痛みを癒すべく白秋自身が童心主義に光を求めたように、異郷に向かう植民者・移住者たちがその不安ゆえに白秋童謡に表現された郷愁に強く惹きつけられ、そこに示された「優しさ」や「童心」に日本人の本質を見出すことで癒される、そんな心情の機制がここに作動していたということです。そう考えてみると、この時代に特に広がった詩歌曲の抒情への関心と民衆の植民地主義との照応関係がよく理解できます。わたしたちは、一九一九年に朝鮮で三・一独立運動が起こり、二一年には日本で「流浪の旅」が流行し白秋は「童謡復興」を唱えていて、その翌々年である二三年に関東大震災という大災害がありその時に朝鮮人虐殺も起こったという、この一連の事実の同時代性を忘れるわけにはいきません。この震災を前後する文化史の流れの底には、植民地主義と移動の時代に翻弄されている日本民衆の心情の強い不安や揺らぎが、確かに読み取れるだろうと考えるからです。
するのと、そのような時代の中にあって北原白秋という詩人は、こうした民衆の心情にどのような詩作をもって応じているのでしょうか。

第四節　震災前後の童謡・民謡と本質化される「日本」

新しい「日本の童謡」

詩文集『童心』の刊行は一九二一年六月十八日のことでしたが、同じ年の八月一日から北原白秋は、児童雑誌『小学女生』に「童謡のお話」を毎回の副題とする詩文の掲載を開始し、関東大震災直前の二三年七月まで二年間にわたって毎月休まず二十四回の連載を完結させています。この連載で綴られていく文章は、例えばつぎのように始まります。

とんぼォ。とんぼォ。
俺《おら》ちやちやの乳《ちち》のいぼとまれ。
とまれ。（越後）

蜻蛉《とんぼ》も赤《あか》ちゃんでお乳《ちち》をのむのだと、みんなの子供《こども》たちは思《おも》つてゐます。自分《じぶん》たちが赤《あか》ちゃんで、いつもおつ母《か》さんのお乳《ちち》にかぢりついてゐるものですから、蜻蛉《とんぼ》にものましてやらうと思《おも》ふのでせうね。「俺《おら》ちやちや」とは「俺《おれ》のお母《かア》さん」と云ふことです。（⑯四四四頁）

これは連載第二回の「蜻蛉」と題された一文の冒頭で、連載は「蛍」、「蜻蛉」、「酸漿《ほほづき》」、「お月《つき》さま」と続き、そこでは、母への思慕や自然の情景への愛着やそれらと結びつく故郷への思いなどが日本各地の童謡にことよせながら綴られていきます。このような連載の意味について、白秋自身はそれをまとめた詩文集『お話・日本の童謡』の巻頭言で触れ、「日本の童謡はどういふものか。それを日本の子供たちに、とりまとめて、わかりやすくお話したいと思つて」編んだと述べています（⑯三三五頁）。「蜻蛉」は越後（新潟県）の童謡に触れていますが、日本全国から童謡がいくつも集められているこの連載で、白秋の「日本の童謡」に対する深い関心と思い入れがはっきりと際だっていることは明らかです。

また、それと関連してもうひとつ注目したいのは、連載の十四回目、すなわち一九二二年九月の回が「茱萸《ぐみ》と雀」と題される一文で、この中で白秋自身の創作による童謡作品「砂山」が発表されている点です。この作品「砂山」において、郷愁というモチーフが空間次元から時間次元に軸足を移して語られていることについてはすでに触れました（第一章）。そのことの意味は、それをこの連載のコンテクストに置くととてもはっきり理解できるのです。

暮れりや、砂山、
汐鳴《しほな》りばかり、
すずめちりぢり。また風荒れる。
みんなちりぢり。もう誰も見えぬ。

かへろかへろよ、
茱萸原《ぐみはら》わけて。
すずめ。さよなら。さよなら。あした。
うみよ。さよなら。さよなら。あした。
（16四五〇―四五一頁）

この童謡においては、「かへろかへろよ」と呼びかけられているのはもちろん第一に砂山で遊ぶ子供たちですから、この空間の中で帰るべき先にはそれぞれの家族の住む家があると想像するのが、まずは普通の理解と言えるでしょう。とはいえ、このような歌が日本各地に昔から残る童謡を集めた連載の中に新作として現れていることに注目すると、時間次元で語られているここでの郷愁が日本の「かつて」への郷愁に強く導かれてゆくことに気づかされます。すなわち、そんな連載のコンテクストにおいてこれを歌うなら、ここで「みんなちりぢり」と感じられるのは日本人である現在の自分たちみんなのこととなり、また「かへろかへろよ」という呼びかけも、連載で発掘されている童謡が生きていたかつての自分たちの日本への回帰の呼びかけと感じられるだろうということです。実際にこの歌は、連載のコンテクストを離れても、そのように「日本のみんな」をなにがしか意識しながら日本人たちに歌い継がれてきました。ですが、この連載に現れた童謡「砂山」には、もともとそうした心情を呼び起こす機制が備え付けられていたと理解できるわけです。この「砂山」が発表された一九二二年九月とは、関東大震災が発生するちょうど一年前のことです。

そのような日本と日本の童謡に対する白秋の思いは、一九二三年一月一日に発行された雑誌『詩と音楽』掲載の「童謡私観」では、さらに積極的な童謡論の形をとっていきます。

日本の、童謡のふるさとも人情も此の昔にある。それを忘れてはならない。日本の童謡は日本の童謡、日本の子供は日本の子供である。新らしい日本の童謡は根本を在来の日本の童謡に置く。日本の風土、伝統、童心を忘れた小学唱歌との相違はここにあるのである。従つてまた、単に芸術的唱歌といふ見地のみより新童謡の語義を定めようとする人々に私は伍《く》みせぬ。[15]

（⑳三七―三八頁）

見られるようにここでは、学校唱歌への批判、童心主義という立場の確定といった、白秋自身が童謡という創作領域でそれまで追求してきたことすべてに触れつつ、それらをまとめて引き受けるものとして「新しい日本の童謡」の理念が提示されています。そしてこのようにまとめられてみると、小笠原体験によって二重に傷ついた白秋がこれによって癒されていることの意味もよく分かるように思われます。要するに、童心が本来持っていたはずの母や自然への優しい思慕を想起し、自分（たち、日本人）はもともとこうだったのだと確認すること、そうすることによって、その「外部」と接触して傷ついた心はあらためて安心できる場を見出し、癒されていくというわけです。

このような経緯を辿って「新しい日本の童謡」の形が固まってくると、それと並行しつつ同じ見地から白秋の創作への意欲も童謡という領域を越えてさらに広がっていきます。白秋による民謡創作の始動です。

明治の民謡ブームと民衆のナショナリズム

童謡創作の理念が「童心主義」としてまとまった同じ頃、白秋は、「日本の言葉」という観点から本格的に大人を対象にした民謡の創作にも乗りだし、それを創作民謡集にまとめる作業を開始しています。そうして白秋にとって最初の民謡集が一九二二年四月十日に刊行される運びとなり[16]、この集成が他でもなく『日本の笛』と名づけられました。その冒頭に置かれた「民謡私論」は「民謡は民衆の言葉を以て歌はれねばならぬ」と始められ、ここでも白秋は「日本には日本の伝統がある。日本には日本の言葉がある」と強調して、民謡創作にかける自らの思いを語っています（㉙一二七―一二八頁）。

このような思いをもって童謡から民謡へと創作の領域を広げていく白秋が、ここでひとりの「ナショナリスト」として思考し振る舞い始めているのは明らかでしょう。この白秋のナショナリズムが、どのような性格をもち、それが当代の時代状況に対する白秋のいかなる対応を示しているかについては、実は、この時期に作られた白秋の民謡作品をその背景にある日本近代の民謡事情に照らしながら考察することで明確に分かってきます。よく知られているように、この一九二〇年代には、北原白秋や野口雨情らを作詞の主要な担い手とし、中山晋平などが多くの作曲を手がけて、大人向けに民謡調のたくさんの歌謡が作られました。そして、そのような創作民謡が全体として「新民謡」と名づけられたのですが、この名づけの背景には、それに先行する「明治二十年代」と括られる時期（一八八七―九六年）に起こった日本民謡の大流行という社会現象が想起されていました。[17]「伊勢音頭」「名古屋甚句」「よさこい節（土佐節）」「さんさ時雨」「相馬節」「越後甚句」「磯節」「おけさ」「宮島節」「金比羅船々」「博多節」「米山甚句」「琉球節」「木曽節」などなど、今日「日本民謡」と言えば必ず数え上げられるような民謡の多くが、明治二十年代のこの「民謡ブーム」により全国的に知られるようになっています。そのように、地方にあった民謡が全国に広まり、都会でも人々に広く好まれて歌われるようになったというのは、確かに日本の近代歌謡史上で特別に画期的な出来事であると言うことができます。

この「民謡が流行した」という社会現象について、それを社会学的に考察して、そのことが日本の近代という時代の大きな転換点を示す指標となっていることを初めて鋭く指摘したのは、社会学者の見田宗介《むねすけ》でした。そこで見田がまず提出したのは、そもそも「民謡は『流行』するものだろうか」という問いです。[18]もし「民謡の生命」が「ある特定の〈地方〉の風土や歴史との深いかかわり合いのうちに」あるとすれば、それは当のその地方で「れんめんと歌いつがれていく」ものであって、それが地方の範囲を越えて「流行」したりするときには「その固有の特質をなにがしか失う」と考えなければならないというわけです。つまり「民謡の流行」というのは、「民謡とそれをささえる共同体的な生活様式や心情」が単純に全国に広まったなどと理解することは決してできず、むしろ反対に、その内実がすでに「解体ないしは変質」（傍点は原著者）していることの徴候なのだ、と見田は考えるのです。[19]そこで見田は、つぎのように社会学的な診断を下します。

地方の民謡が全国的に、あるいは少なくとも東京を中心とする大都市において流行するという事は、それらの地方から都市に向かっての人口の流出があり、村々が全国的なコミュニケーションのネットワークに組み入れられていることを、多くのばあい前提とする。[20]

「村々が全国的なコミュニケーションのネットワークに組み入れられている」というのはやや抽象的ですが、それは国民的統合の下への編入と言い換えることも出来るでしょうか。つまり、日本の各地方で生まれ育った民謡が明治二十年代に全国に流通し大流行したというのは、この時期に、地方的な生活様式や心情の多様性がむしろ平準化され、共通日本語の了解可能範囲も広がって、「日本国民」という意識への統合が急速に進んだことの表れと認められるということです。

そう言えば、明治二十年代の民謡ブームの前半のピークである明治二十二（一八八九）年は市制・町村制が日本全国に順次施行されていった年で、この制度整備により中央と地方との政治的・社会的な関係が国家体制として確定することになります。そしてこの国家体制整備を前提にして、同明治二十二年には大日本帝国憲法が公布される運びとなっているのです。また同じ民謡ブームの後半のピークとなる明治二十九（一八九六）年は日清戦争の講和会議が下関で行われた次の年で、戦争の「勝利」に日本中が沸き立ち、そこに国民的な一体感が生まれていると感じられた時期でした。明治二十年代の日本民謡の「流行」は、まさに同時期に進んでいった地方制度の整備とナショナリズムの民衆レベルへの一般化を徴候的に示していたということになります。

そうだとすれば、それに対して大正末から昭和初期に作られた新民謡、とりわけその先駆けとなった白秋の創作民謡の初期作品には、どのような意味が含まれていたと言えるでしょうか。それを考えるために、ここで少し作品の内容に立ち入ってみたいと思います。

白秋の新民謡とナショナリズムの本質化

明治二十年代の民謡ブームというのは、生まれて間もない若い国家体制への参与が広がって国民としての一体感が少しずつ感じられるようになっていくという、やや浮かれた気分に駆動されていた側面があって、そこで歌われたのは特に「明るい歌」、「おめでたい歌」が多かったと言われています。その中でもよく知られているのは、つぎのような歌です。

伊勢音頭[21]

ヨイヤサア　伊勢でナアー
伊勢で名所は何じゃいな
お杉お玉は間《あひ》の山、朝熊《あさま》山には萬金丹
二見ケ岩や岩戸岩、津の町通る阿弥陀笠
古市女郎の大踊り、阿漕ケ浦に四日市
外宮に内宮にヨーイコラ　猿田彦
　ヤートコセー　ヨーイヤナ　アリヤリヤ
コレハノセ　サ、ナンデモセー

よさこい節[22]（土佐節）

土佐の高知の　はりまや橋で
坊さんかんざし買うをみた　アリャ
　よさこい　よさこい（以下囃子略）
（中略）（↖）

みませ見せましょうら戸をあけて
月の名所は桂浜
（中略）

いうたちいかんちゃおらんくの池にゃ
潮吹く魚が泳ぎよる

いずれも特徴のくっきりしたお国自慢の唄で、これらに「ハァ　メデタイ　メデタイ」と連呼する「さんさ時雨」や「磯で名所は　大洗様よ」と名所自慢から歌い出される「磯節」、そして陽気に金刀比羅神社を讃仰して芸者遊びの座敷唄にもなり日本全国に絶大な人気が広がった「金比羅船々」などを付け加えると、この民謡ブームが共有する一時代の気分がこれだけでもかなり明瞭に感じ取れると思います。楽天的な現状肯定と磊落《らいらく》なお国自慢、地方から都市に出てきた人々はこのような歌をもって互いに行き交い、ようやく了解可能なほどには広まってきた共通日本語でそれを広範に享受するようになる。こんな状況の下で、地方の「お国自慢」レベルでは陽気に競い合いながらそれを通じて「国民」レベルでの心情の連繋も醸成され強められて、ここに、この時代の国民国家形成を下支えする感情的な基盤が作られていったというわけです。このような仕方でこの列島の民衆は、ちょうど国家体制が確立していくそのプロセスと並行して地方から寄り集まり、近代日本のナショナリズム形成にも、下から陽気に参与し始めていたと考えることができます。

それに対して大正末から昭和初期に当たる一九二〇年代に新民謡の創作を開始した時の白秋は、その先駆けとなった民謡集『日本の笛』（一九二二年）に特徴的に見られるように、まずはつぎのような歌を作っていきます。

鮪組

一　南風《はえ》だ、船出だ、
鮪漁《まぐろれふ》だ、組だ。
ただこの意気だぞ、
裸でやつつけ。　えいそら、えいそら。

今に鮪の
富士の山。　えいそら、えいそら。

二　一度家《うち》を出りや、
女房、子もあろか。　えいそら、えいそら。
ただこの意気だぞ、
早櫓《はやろ》ですつ飛べ。

意気は三崎《みさき》の
鮪組《まぐろぐみ》。　えいそら、えいそら。　(㉙一四〇—一四一頁)

ぬしは牛飼

一　ぬしは牛飼《うしかひ》、
笛吹き上手、
いつも横目に、
見て通る。

二　見やれ、水甕《みづがめ》、
黄八丈《きはちじやう》の羽織、
わたしや、頭も
濡らしやせぬ。

(㉙一九七—一九八頁)

見られるようにこれらは、労働の場の心意気や、その労働に誇りを抱く男女の交情を歌っていて、まずは労働の歌や生活の歌という性格をもっています。そしてそれが「三崎」や「八丈」という固有地名に結びつけられて、人々の地域的な自尊感情に訴えるものともなっているのです。こうした歌謡の形は白秋の民謡理解そのものに関わるもので、『日本の笛』の序文として置かれた「民謡私論」ではそれがつぎのように説明されています。

> 真の民謡の根ざしは却《かへ》つて、山野の声より起つてゐる。馬子唄、船唄、田植唄、麦扱き唄、盆踊唄等、それら自然の響は誰が唄ふとなしに自らにして真卒《ママ》な民衆の歌謡を成した。民謡の本質はさうしたものである。
> （㉙一二八頁）

このような認識に立つ白秋の新民謡を明治二十年代の民謡ブームでの唄と比較すると、違いはやはり明らかでしょう。明治二十年代に流行した民謡は、全体として陽気で磊落と言えばその通りですが、どこか無闇に浮かれていて実のところ生活感に乏しく、手放しのお国自慢や地元讃美が満載されて、楽天的で畏《おそ》れを知らない危うさを感じないわけにはいきません。それに対比して見る限り、白秋が作り始めた初期の民謡は、もちろん愁いに満ちているというわけではありませんが、その語りはあくまで労働や生活に根ざすところから発せられる形式をもっていて、この意味で、まずは根拠をもった生活感情が表現されていると見られるはずのものになっています。少なくとも白秋の自己認識としてはそんな作品が、「山野の声」である馬子唄、船唄、田植唄などを受け継いで「自らにして真卒な民衆の歌謡」として響くという、「民謡の本質」に基づく形であると考えられていたのです。

そのように理解できるなら、この民謡という創作領域で当初白秋がやろうとしていたことも、先行する童謡創作の場合と基本認識が同一だと分かります。童謡において白秋は、童心に人間の「本然的」な感情を見出し、それを「ありのまま」に表現することを求めました。それと並行して郷愁も、単に故郷を離れた者のみに特有な望郷の思いとしてではなく、むしろ童心に原初的に抱かれる生みの母への思慕から生まれる本質的な心情として理解し、それを表現しようとしています。これに対して民謡では、「山野の声」を受け継ぎ「自らにして真卒な民衆の歌謡」を歌うことが民謡の本質と捉えられているのです。ここには、人間の身体とそれが生まれ育つ風土に本然のつながりがあると認め、それと本質的に結びついた心情を郷愁とともに歌おうとしている白秋の、まさに本質主義的な詩作観が通底して成立していると考えなければなりません。

> ああ、郷愁！　郷愁こそは人間本来の最も真純なる霊の愛着である。此の生れた風土山川を慕ふ心は、進んで寂光常楽の彼岸を慕ふ信と行とに自分を高め、生みの母を恋ふる涙はまた、遂に神への憧憬となる。此の郷愁の素因は未生以前にある。／この郷愁こそ依然として続き、更に高い意味のものとなつて常住私の救ひとなつてゐる。
> （⑳三八—三九頁）

前章で見たように、この言葉は白秋の童謡創作と彼自身の幼時体験との濃密な関わりを言う文章につながっていて、これ自体はまずは童謡に即して語られているものでした。しかし民謡の本質についての彼の語り口を以上のように見てくると、これが民謡にも通じるこの時期の白秋の詩作全体にとって基礎認識になっていると分かります。

しかもここで重要なことは、このような詩作についての認識の他ならぬ核心に、白秋が「日本の言葉」そして「日本」を重ねているということです。「日本には日本の伝統がある。日本には日本の言葉がある」とは先に見た「民謡私論」の一節でしたが、同年に書かれた詩論「芸術の円光」では、それが詩作全体の目標としてつぎのような形で語られています。

言葉をして言葉たらしめねばならぬ。日本の言葉をして真に日本の言葉たらしめねばならぬ。おお、この日本の言葉について感謝しよう。私たちのこの日本の言葉、言霊《ことだま》の幸《さき》ふ《は》国のこの言葉、まさに掌を合せて礼拝すべきこの言葉。（中略）日本の言葉を以て日本の詩を。――真の日本民族への、郷土への郷愁を持つならば、真に日本を愛し、また我自身を愛するならば。

（⑱一九―二〇頁）

もちろんここには、詩作に託された白秋のナショナリズムが最も純粋な形に言語化されて示されていると言ってよいでしょう。そしてここまでの考察でわたしたちが理解しなければならないのは、この言わば「純粋」なナショナリズムが、この時代の精神史の上でひとつの〈転回〉をもって成立しているということだと思います。

童謡においては、郷愁を本質主義的に捉える創作上の基礎認識が「童心主義」という立場に立つ「新しい日本の童謡」として表現されましたが、それは明治期に成立した学校唱歌における上からの国家主義の押しつけに抗して成立したのでした。そして民謡においても、馬子唄、船唄、田植唄などの「山野の声」を日本の伝統として受け継ぐことが民謡の本質と見る観点が白秋の初期創作民謡に表現されていて、これは明治二十年代に流行した民謡における手放しのお国自慢や楽天的な現状肯定のナショナリズムに対置される形で生成していたのです。このような意味で様態を転回させて本質主義の性格をもったナショナリズムが、小笠原体験を経た白秋によって抒情詩歌の形にもたらされたということです。

そう考えてみると、白秋が童謡・民謡創作を開始した頃の歌謡作品には、一九二〇年代という関東大震災を前後した時代の民衆の心情を映すと見られる、とても重要な特徴があると分かります。

内向する優しさと他者の消去

ここでわたしたちは、日本の民衆レベルに連なるナショナリズムに本質主義の登場を目撃しています。すると、詩歌の実作においてナショナリズムが本質化されるというのは、実質的にはどうなることなのでしょうか。

白秋童謡において郷愁が本質化されるとき、その実作において郷愁が時間次元をベースに語られるようになったことを前章で確認しました。それを踏まえてここで、白秋自身の小笠原体験や日本民衆の植民地体験を念頭に置きつつ、あらためてこの郷愁の時間化という詩作上の基本観点を考え直すと、それのとても重要な特質に気づかされます。それは、郷愁が時間化されるとその時間の線上に「わたしたち」という感情の同質空間が構築され、そこから他者の存在が消去されるというメカニズムです。

そもそも郷愁という感情は、それが空間次元で考えられている限りで、故郷から遠く離れた地で、それゆえさまざまな他者たちと直接に交わるような生活の場において、故郷に住む家族や友人たちやそこの風景を遥かに想い出し懐かしむ感情として理解されるはずのものでした。出郷した都会人が郷愁を抱くのは、他者たちとの競争を強いられて「世知辛い」と感じられる都会生活の中においてであり、海を渡った植民者が郷愁を抱くのは、異国の地で現地の住民から敵意や反感を感じながらそれに対抗して威を張らなければならない植民地生活の中においてでしょう。人々は他者たちとのそんな生活に倦《う》んで郷愁をかき立てられているのに、郷愁をうたう歌がその歌の中でもそうした他者との関わりに触れるなら、癒しとなるはずの歌の中でまたなにがしかは生活の現実に引き戻されてしまいます。これに対して郷愁の時間化とは、その本来の性質からして内外の区別を持たない時間という次元に郷愁をおくことで、まさに本質的な意味で「わたしたち」だけの世界を構築し、そこから「他者」の存在を消去して、空間次元でうたわれる郷愁のこの自己矛盾を根本解決してくれるのです。

例えば、一九二一年に発表されている白秋童謡の二つの代表作を見てみましょう。

ちんちん千鳥《ちどり》

ちんちん千鳥の啼《な》く夜《よ》さは、
啼く夜さは、
硝子戸《がらすど》しめてもまだ寒い、

揺籠《ゆりかご》のうた

揺籠のうたを、
カナリヤが歌ふよ。
ねんねこ、ねんねこ、

まだ寒い。
ちんちん千鳥の啼く声は、
啼く声は、
燈《あかり》を消してもまだ消えぬ、
まだ消えぬ。（㉕九二―九三頁）

ねんねこ、よ。
揺籠のうへに、
枇杷《びは》の実が揺れる、よ。
ねんねこ、ねんねこ、
ねんねこ、よ。（㉕二四六―二四七頁）

さすがに白秋の「うまいなあ」と感じさせる作品で、これらの童謡を聴き、あるいは歌いながら、優しい心根が動き「懐かしい」という想いにひたる人は今日なお少なくないのではないでしょうか。ここには、多くの人々を惹きつける白秋童謡の「癒し」の基本型が、とても秀でた作品例として示されています。確かに、ここで描写されているのは幼い子供たちもその日々に体験するであろうと想像される小さな日常の世界であり、ひたすらその範囲での「優しい」ふれあいのことだけです。そしてこれが郷愁をかき立てて安らぎを与えるのは、大人たちにとって、ここにはかつてあったはずの優しく閉じられた空間が構成されていて、想像されたこの世界には他者が意に反して突然登場することなど決してないために、人々は自分たちだけのその頃をひたすら優しい感情とともに想い起こしうるからでしょう。このように時間次元で郷愁が喚起されて、それにより人々は心おきなく傷ついた心を癒すことができるという仕組みになっているのです。

しかもうひとつ重要なことは、そのように他者が消去されてしまうと、ナショナルなベースを持つ心情を歌っている時でも、それがナショナリズムであるという事実そのものが見えなくなってしまうことです。作者である白秋自身はこれを作るときに間違いなく事実として「真の日本民族への、郷土への郷愁」を自覚して作っていて、しかもその作品が「美しい日本の抒情歌」という総タイトルの下で歌われているのに、それを歌っている当人たちにはそこにナショナリズムの心情があること自体が自覚されないわけです。「ちんちん千鳥」などを好んで歌って「日本にはいい歌があるなあ」などと感じているのに、それがナショナリズムであるなんて少しも思わないのです。

他者の存在の消去というこのような問題は、同時期の白秋についても、童謡ばかりでなく民謡の創作においてもやはり同様に指摘することができます。すでに二つほど例を見ましたが、白秋が民謡創作を始めたその最初期の作品においては、なによりも「山野の声」を「真卒」に語るのが「民謡の本質」だという観点が固守され、労働の場や生活の場に寄り添う形で心情を語るという創作態度が原則的に貫かれているために、それが語る情景の構成要素の中に基本的には他者の占める場が設定されていないのです。主題と定めた一定の狭い空間の情景の中にだけ完結するそれらの作品の視界構成は、「お国自慢」という、他郷の人々に対してそれなりに開かれた語りを基調とする明治二十年代流行の民謡と比べてさえ、やはり顕著に内向的な特質を示していると考えられるでしょう。

そのように童謡のみならず民謡の創作にまで及んでいる他者の存在の消去という問題を考えていくと、郷愁の時間化ということだけでなく、実はそもそもその創作方法の基礎にある本質主義という思考が「本質的」に他者の存在を後景に追いやるものであると思い到ります。「童心とは」「郷愁とは」「民謡とは」そして「日本とは」という問いを立て、それを他との関係において問うのではなく、むしろその「本質」を問い、それを基点に構想を組み上げていこうとするとき、そうした創作は概念の意味内容に内在的に進められるという形になっていきます。この思考の形が、はっきりした方向づけの力をもって視野を内向させ他者の存在を見えなくする作品を生んでいくということです。白秋は、他者の存在を消去していくそのような本質主義の語りに深くはまり込む形で、「美しい日本の歌」を歌い、そこに「純粋」なナショナリズムを構築していると言っていいかもしれません。

震災後への接続――本質に暴力を潜ませて

さて、以上のような詩人北原白秋の童謡および民謡の創作活動に即して読み取れる本質主義の形は、実はひとり白秋についてだけのことなのではなく、童謡や民謡に志向した同時代の詩人たちを広く捉えていて、しかも時あたかも襲った関東大震災の経験が、その傾向を決定的に強めたと考えることができます。白秋とともにこの時期に童謡・新民謡のシーンをリードしていた野口雨情は、震災から学んだ教訓の核心を、被災の衝撃醒めやらぬ「大正十二年九月廿五日」という日付のある文章でつぎのように語っています。

故郷に対する愛慕心が国民間に失はれたとき、国家は怖るべき深淵に陥つて了ふ。これを未然に防ぐべく童謡教育は大なる使命を有してゐる。（中略）理窟はつけやうでどうにもなるが、要するに国家、国土に代ふべき何物もない。童謡教育は一に国民性擁護の基礎教育である。

……今回の関東震災は、吾々によき教訓を与へてくれた。すべてが本質的に立ち帰らねばならないことを教へてくれた。国家はこれによつて救はれ、教育もこれによつて救はれ、童謡もこれによつて救はれるであらう。[23]

キリスト者の内村鑑三が、関東大震災の被害を日本の時代状況への警告と捉えて、渋沢栄一に倣いつつそれを「天譴《てんけん》」と言ったことはよく知られています。[24] 今日の東日本大震災後の状況下でもそうであるように、この大災害を日本の被害と理解し、国家の危機、国土の危機、そして国民の危機を感じるというのは、この時もやはり一般的な受け止め方だったと言うことができるのです。そんな震災後という状況の中で、同時代に童謡や民謡に関心を寄せ優しい抒情を歌ってきた人々の多くに、この「国難」に対処するためには上から押しつけの国家主義ではなく民衆に「内在」する「愛郷心」を育てねばならないという、本質主義の性格を持つナショナリズムが明確な形をなしたのでした。

そして、ここでもまた帝国主義と植民地主義という同時代の状況を想起するなら、この時代に生きる広範な日本民衆の心情がまた、このような本質主義に向かう心情の機制にはっきりとした照応関係をもっていたと考えることができます。というのも、すでに見てきたようにこの時期の日本では、帝国主義の覇権抗争という世界史的な時代状況の中で、民衆自身がさまざまな形で植民地と関わりをもちそこで他者との軋轢を実際に生む植民地主義にコミットもしていて、そこにもやはり同様に深く内向する本質主義的なナショナリズムの心情が育まれる土壌があり、またこの心情がそんな童謡や民謡を歓迎する気分の底流をつくっていたと認められるからです。まさにそこを襲った大震災が、人々の内に潜む不安を痛切に増幅させ、日本人という「本質」を共有する者同士で絆を強めようという志向を強力に駆動したというのであれば、それは今日の東日本大震災後の社会心理状況から類推しても十分に理解可能なことです。序章で一九二六年の「建国祭」新設の動きにも触れましたが、震災後に高まったのは、このナショナリズムだったのです。

この時期の思想状況については、これまでの研究では主として「大正デモクラシー」の政治的な指導理念のレベルで、内に向けての自由主義的な立憲主義が外に向けての覇権主義的な帝国主義と背中合わせに結びついているという、「内には立憲主義、外には帝国主義」の実相が繰り返し指摘されてきました[25]。その中でももちろん、吉野作造や緒方竹虎といった大正デモクラシーの最先端部の議論を見れば、この時期にも「民族自決」を積極的に承認し中国や朝鮮のナショナリズムを肯定する論調のあったことが見逃されていたわけではありません[26]。とはいえ、そうした論調は同時代の思潮の中でなお孤立したものに留まっていて、しかもそんな彼らでさえ、帝国日本の現実利益という観点は手放すことがなく、まして植民地の独立運動を支持するような志向はとても弱かったと確認されています。

また民衆の政治思考レベルでは、この時期には一九一八年の米騒動の噴出があって、それが一〇年の大逆事件以降やや閉塞状況にあった社会運動にあらためて火を付け、労働争議や小作争議の激発、部落解放運動の高まり、女性や青年たちの運動の創生が続いて、こちらでも生活上の要求を前面にかかげる自発的な「デモクラシー」の新しい形が生まれていると認められます[27]。しかもそれは、帝国主義戦争にまで到った資本主義の世界的な行き詰まりを反映していて、それゆえ一七年のロシア革命や一九年の三・一独立運動あるいは五・四運動とも時代の問題としては連関を持っていましたから、ここに民衆運動の世界的な連繋が生まれる可能性が皆無だったわけではありません。しかし事実としては、そんなデモクラシーが生まれている時期にも日本民衆には外に向かう帝国主義を批判的反省的に捉える志向は乏しく、むしろ逆に、日露講和時に日比谷焼打ち事件を引き起こしたような民衆の排外主義を強固に抱えていて、それが大震災の時には他者に向かう暴力として現れる極度に内向きな志向を強めていたのだと見なければなりません。

　以上のような状況を、これまで見てきた同時代の童謡や民謡の優しい抒情に反応する民衆の心情レベルから考えてみると、内向きの〈優しさ〉と他者への〈否認と暴力〉とがここで表裏をなして醸成されていたのだと確認できる点がとても重要です。そしてこのような民衆の心情を「内には立憲主義、外には帝国主義」という政治上の時代思潮とつなげて把握するなら、わたしたちは、関東大震災に襲われた一九二〇年代、普通は「平和な戦間期」で「大衆文化」と「デモクラシー」が花開いた時代とみなされるこの時期にこそ、民衆の心情の深部にナショナリズムが本質主義的に根付き、来るべき総力戦期の国民精神総動員に向かう精神的な基盤が作られていったという、とても皮肉な事態をはっきり認識できるのではないでしょうか。

　そうだとすれば、このような特別なナショナリズムを培養している心情は、震災後の社会状況の中でいかなる経路を辿り、どのように戦時の日本民衆の声高な詩歌翼賛にまで進んでいくのでしょうか。

第三章

歌を求める民衆／再発見される「この道」

——震災後の地方新民謡運動と植民地帝国の心象地理

樺太へ向かう途中、津軽海峡をゆく船上の白秋（1925年8月）

樺太真岡に到着した裕仁皇太子（1925年8月）

第一節　新民謡という民衆運動の始まり

歌を求める民衆の運動へ

北原白秋は、一九二二年三月の「民謡私論」で「民謡詩人の必要」を論ずる際に、葛飾で暮らした時期（一九一六―一七年）のつぎのようなエピソードに触れています。

私が曽《か》つて葛飾の或る寒村にゐた時に、毎夜のやうに庭の木戸から這入《はい》つて来る頬冠りの若い衆達があつた。そして「唄はできてるかい」である。彼等は歌謡に飢ゑてゐたのである。で、私は「できてるよ」と云つて、一つ二つ書いてやる、それは喜んですぐに唄ひ乍《なが》ら出て行く、而して月の夜、蛍の飛ぶ星の夜など、向うの川べりや田圃道を勝手に彼等の歌ひ慣れた追分や盆踊唄や都々逸《どどいつ》などの調子に移しては流して歩るくのだつた。　（㉙一三二頁）

貧困を極めた葛飾での生活において、雀や子供たちとの戯れが白秋にとって心の癒しとなり、それにより「洗心」されていった白秋がやがて童心主義に目覚める経緯については、前章で述べました。ここでは、その同じプロセスにおいて、民謡を書く白秋と民謡を求める民衆との間にこんな接触があったということにさらに注意を向けたいと思います。

白秋が童心主義の立場を初めて表明する詩文「童心」を書いたのは一九一七年でしたが、その翌年の一八年には鈴木三重吉により童詩童謡の雑誌『赤い鳥』が創刊され、ここから数多の詩人たちが参加した童謡創作の活発な動きが始まっています。そしてこの動きは、震災を前後するこの時期に日本全国に波及し、各地で童謡を専門とする雑誌の類もさまざまに刊行されて、官製の学校唱歌に不満を持つ教育現場の教師たちをも巻き込んだ大きな文化運動として広がったのでした。また、関東大震災の被災により東京への一極集中が一時的に後退した頃には、地方への文化の拡散に政治的な地方自治への要求が重なり、そこに個性ある地域の振興という志向もさまざまに現れてきます。ここから、それぞれの地域の民謡を新作しみんなで歌い踊る地方新民謡運動が、多くの民衆を巻き込んで各地に広がりました。そして、ここでも新民謡創作の中心的な担い手となった北原白秋や野口雨情らの専門作家たちは、日本の各地を旅して歌を求める広範な民衆の要求に実際に出会い、それに直接に応ずる作品を多く書くようになっています。

もちろん、そのような運動が共通の原点とした「童心」や「郷愁」の抒情における本質志向は、前章で見たように確かに同時代の民衆の心情を映しだしていて、それが帝国主義と植民地主義に乗り出す近代という時代経験とともに生まれていることは間違いないと思います。とはいえ、それを捉えた前章の考察は、現実に人々の心情を揺さぶっていた童謡や民謡のモチーフを同時代の全般的な時代状況という背景から説明するものでしたが、そこではまだ、そんな詩歌を作る詩人とそれを求める民衆とが実際に出会い、直接に関わり合っている場面に即した考察がなされたわけではありません。

しかし、そうした童謡や民謡が、単に専門詩人たちの個性的な創作活動の所産であるだけではなく、むしろ同時代を捉える民衆的な文化運動となって実際に人々の間に広がり深く浸透していったのであれば、それらの歌はこの時代を動かす特別に実質的な意義を持つようになるでしょう。そこで本章では、とりわけ震災前後の状況において広範に展開した詩人と民衆とのそのような実際の接触と応答関係に着目して、時代の要求に応じて創作の場を広げていく詩人と自ら積極的に歌謡を求めて動き出した民衆の動きが重なり、それらが相呼応しながらやがて戦争の時代の詩歌翼賛へと進んでいくその足取りを、さらに追跡していきたいと思います。

労働歌としての始動——繰糸の歌

北原白秋にとって新民謡という創作ジャンルの第一作となった民謡集『日本の笛』は、彼が新しい民謡の想を得た最初期にそれ以前の「永い永い間、自分の胸に巣くうてゐたもの」をはき出すように短期間で書いた作品の集成とされていますが（㉙三五七頁）、その中に、「これらは上州北甘楽《かんら》、原《はら》富岡製糸所の女工たちの為めに作つたものである」と特に付記され、実際に民衆との関わり合いから出来たと分かる作品が三つほど収められています（㉙三四八頁）。民衆歌謡としての新民謡は実はこれを発端に始まっていますから、わたしたちの考察もここから立ち入っていくことにしましょう。

白秋が「原富岡製糸所」と呼んでいるその製糸所は、一八七二（明治五）年に上野《こうづけ》（現在の群馬県）の富岡に建てられた有名な官営製糸場の後を継ぐもので、九三年に三井家に払い下げられ、さらにそれが一九〇二年に原《はら》合名会社に譲渡されて営業が続けられていました。この工場は、御法川《みのりがわ》式繰糸機と呼ばれる機械などを駆使した「高品質生糸生産」で知られ、この時期にもなお日本の産業界でひとつの模範と認められるような存在でありました。

この工場に一九二一年に新しい工場歌が作られた経緯については、作曲者である弘田龍太郎が民謡研究家である町田嘉章にあてた手紙の中で語っています。[1] それによれば、その当時「工場音楽の普及に努力して居た」弘田が、製糸所の所長であった大久保佐一とその点で共鳴して「(大久保)氏と相談の結果北原白秋氏を聘《へい》して工場音楽の作歌を依頼する事になつた」とされています。同じ頃に弘田は「日本在来の民謡の調査」で全国を旅していて「工場音楽には多分に民謡の気分を取り込む事の必要を感」じており、その観点から、二一年十月の製糸場創立五十年の記念祝賀の際に富岡に白秋と同行して共同作業に取り組み、そこで「民謡風」のいくつかの歌が作られたということです。[2] 弘田本人の証言ですから弘田自身のイニシアチヴがやや強調されすぎている感じはしますが、それとともに製糸所所長の大久保にも工場歌を求める強い意向があって、そこから歌が作られていることがこれで分かります。まずはそのようにして、つぎの歌が生まれました。

アリヤリヤンの歌

鳩《はと》がなきます、タンクの上で、ヨウ、
かはい声して、ほろほろと、
蚕《かひこ》うまれてまだ七八日《ななやうか》、

月が出ました、川瀬《かはせ》の蘆《あし》に、ヨウ、
水にや河鹿《かじか》もころころと、
お繭《まゆ》仕上げて、糸とりそめて、(↖)

春も暮れます、うつうつと。
　アリヤリヤン、コリヤリヤン、
　アリヤ、リヤンソロ、リヤン。

夏も過ぎます、そよそよと。
　アリヤリヤン、コリヤリヤン、
　アリヤ、リヤンソロ、リヤン。
（㉙三四九頁）

繰糸の歌

一　箒《はうき》しづかに索緒《くちたて》しやんせ、
　繭《まゆ》は柔肌《やははだ》、絹一重《きぬひとえ》。
　　わたしやお十七、花なら蕾《つぼみ》、
　手荒《てあら》なさるな、まだ未通女《おぼこ》。

二　いつもほどよい繰糸湯《とりゆ》の繭よ、
　すまず、にごらず、つやつやと。
　　惚《ほ》れりやほどよく、熱いはさめる、
　焼かず、はなれず、さらさらと。
（㉙三五〇―三五一頁）

わたしたちは前章で、新民謡の創作を開始した当初の白秋作品がいずれも労働や生活に根ざすところから発せられる形をとっていて、それが白秋によって「民謡の本質」に基づくと考えられていることを見てきました。それを想起しつつ読めば、新民謡運動の出発点にあるこれらの歌が、まさにその形に当てはまっていることがよく分かるでしょう。というより白秋からすれば、工場という労働の場とそこで働く製糸工女たちがいて、その人々の求めに応じて労働歌を創作する、そんな関係の構図がまず成り立って、ここに「民衆そのものの声」に発する新民謡運動の第一原型が定まったということです。

そう考えてみるとここでもうひとつ興味深いことは、この原富岡製糸所には実は以前から工場の歌と言うべきものがあって、それと白秋が作った新しい歌とがとてもはっきりした対照をなしている点です。以前からの工場の歌とはつぎのようなものです。

原富岡製糸場の歌③

一　明治の御代のはじめより
くるまのめぐりをやみなく
くりだすまゆのいとたえず
浅間の山ともろともに
ひびきとどろく汽笛の声

二　はるけき海のあなたより
おほくのたからひきよせて
国富をませる富岡の
御荷鉾《みかぼ》の山は高けれど
なほも名だかき製糸場

見られるようにこの「原富岡製糸場の歌」は、官営工場だった歴史を物語るように上からの国家主義に応じた勤労精神の育成をめざしそれを顕揚していて、このような歌詞の内容はまた、本書の第一章で見てきたような国定の文部省唱歌の精神と軌を一にしていると分かります。なるほど白秋は、この新しい労働歌の創作においても、唱歌に対抗して童謡へと進んでいた同時期の詩想の歩みをそのままに維持、発展させて始動しているのでした。この意味でもまさに新しい意識に発する労働歌が、他でもなくこの原富岡製糸所のために作られ、その工女たちに歌いつがれて行くことになったのです。

このような労働歌の生成は、詩人北原白秋の作品史という観点から見れば、確かに新民謡という新しい創作ジャンルを開く機縁になりましたし、この経験が「民衆そのものの声」に応じて詩作する詩人の使命感を高めたことも間違いありません。するとその同じ事態を、他方で、民衆も進んで参与した新民謡運動という観点から見ると、どのような意味を持っていたのでしょうか。それを考えるときには、この歌が、原富岡製糸所所長であった大久保佐一の強い意向の下に作られている点に留意しなければなりません。

まず、この製糸所を中心において当時の社会状況を回顧してみると、そもそもこの時期の日本にとって製糸業というのは、近代国家として世界を相手に交易する際に武器となるべき最大の輸出産業だったという事実がありました。貿易額という点で調べると、生糸の輸出高は一九〇九年に中国を抜いて世界第一位になり、さらに二二年には金額ベースで日本の輸出総額の四一％を占めるまでに到っています。[4] すなわち製糸業は、この時の日本という国家全体にとって最重要の重点産業分野であって、この産業の地位はここで文字通り頂点に達していたと言うことができるのです。

とはいえ、その時にこの産業分野での事業経営がまったく順調かつ安定的であったかというと、決してそうではありませんでした。[5] というのも、それが「最大の輸出産業」であったこと自体が、業界躍進の基盤であったとともにそれの不安定の原因にもなっていたからです。すなわち、そうした輸出依存体質ゆえに、この業界の好不調は国際的な生糸需要の動向から直接の影響をうけざるをえず、しかもこの国際的な生糸需要が、世界大戦を前後して激動する時々の国際政治および経済の動向、また特に生糸の主要輸出相手国であったアメリカの消費動向に大きく左右されて、きわめて不安定であったのです。このため製糸業者や生糸問屋らは、生糸価格の暴落に対応するために一九一五年、二〇年、二七年と三次にわたって糸価調整のための生糸買入機関「帝国蚕糸株式会社」を設立するなど、連繋した努力をつねに強いられていましたし、政府などもこれに介入してさまざまな生産調整や在庫調整が繰り返されていたのでした。

このような状況はもちろん生産現場にも直接の影響を及ぼし、生産調整の要請は工女たち労働者の労働環境を不断に劣化させて、ここから労務対策上の大きな課題が生まれてきます。そもそもこの製糸業は、近代的産業分野として展開した明治以来、輸出産業として不断に厳しい価格競争と品質競争に曝されていて、その品質維持の重要な部分が工女たちの熟練労働に支えられていたのです[6]。このために、そうした熟練労働者の確保あるいは育成が工場経営にとって生命線ともなっており、製糸工女養成所を特別に設けるなどして育成を図っていた他に、さまざまな手段を駆使した熟練工女の引き抜き合戦も活発で、それに応じて工場を転々とする工女も稀ではなかったのです。そんななかで工場経営者たちは、一方では生産調整にも取り組みつつ、それと同時に熟練工女の離職を防いで労働意欲を高めるためのさまざまな労務対策に頭を悩ませるようになっていました。工場歌を作ろうという要請は、盆踊りや遠足、キャンプ、運動会、活動写真、演芸大会、観劇などの催し物の他、ピンポンや撞球《どうきゆう》、囲碁や将棋など、種々の慰安娯楽に関する施設の設置などとともに、そうした対策の一環として発案されていたと考えなければなりません[7]。

工女たちの求めに応じて労働の苦労を歌って忘れさせ、労働の場に慰安をもたらすとともに、そこで働く者の帰属意識を高めて労働意欲をかき立ててもいく。北原白秋が創作に着手した新民謡は、近代日本の産業化に特別な意味を持つ富岡製糸場で、それまで歌われていた工場歌に代わり、まずはこのような目的を託されて歩き出していたのでした。

山丸組製糸工場の運動会。近くの山を目指して踊りながら町をねり歩く（須坂市立博物館蔵）

地方民謡の萌芽――須坂小唄

さて、このように群馬県の富岡で新しい労働歌が作られることで始まった新民謡創作の動きは、時をおかずに隣接する長野県の須坂で引き継がれ、そこで「地方民謡」を求める民衆運動としての第一歩を歩み始めることになります。

富岡に新しい労働歌が生まれた一九二一年、長野県の須坂にある山丸組製糸工場の支配人越栄蔵は、日頃から製糸業として富岡と同じような労務対策に頭を悩ませていたことから大いに刺激を受け、郷土出身の作曲家として中山晋平の存在に思い到って彼に新しい歌の制作を依頼します。そしてその制作を督励するべく、翌二二年の春には中山をメインゲストとした「童踊会」を開催し、詩人の野口雨情にも同行を求めて、須坂から準備を進めていきます。その際に作家二人は、まずは新しい工場歌制作という依頼の趣旨に沿って須坂を訪れ、周囲の自然や工場の様子を視察して帰ったのでした。

もっとも、富岡に触発されてただちに始動した新しい工場歌を求める須坂でのこの動きは、山丸組の強い要請にもかかわらずすぐには実現せず、それが須坂小唄としてようやく形になるのは関東大震災が起こった一九二三年のしかも暮れになってのことでした。そしてこの遅れと相関しつつ、まずは工場歌として企画された歌の意味もかなり変質し拡大していくことになったと考えられます。

野口雨情の作詞、中山晋平の作曲になるこの須坂小唄が辿っていく歌としての運命は、それがまず震災後の東京の中心、しかも地震にもほとんど無傷だった石造りの偉容を誇る帝国ホテル新館（ライト館）で開かれた音楽会で発表されたことからして、白秋の繰糸の唄の場合とはかなり異なったものになっていました。労働歌として始動した新民謡が、ここから地方の固有地名や特産の事物をタイトルや歌詞に織り込んだ「地方民謡」という形に進んでいくわけですが、わたしたちはまず、この地方民謡という形をもつ新民謡が初めは東京の真ん中（その名も「帝国ホテル」です）から歩き出しているという象徴的な事実に留意しておかなければなりません。それはつぎのような歌でした。

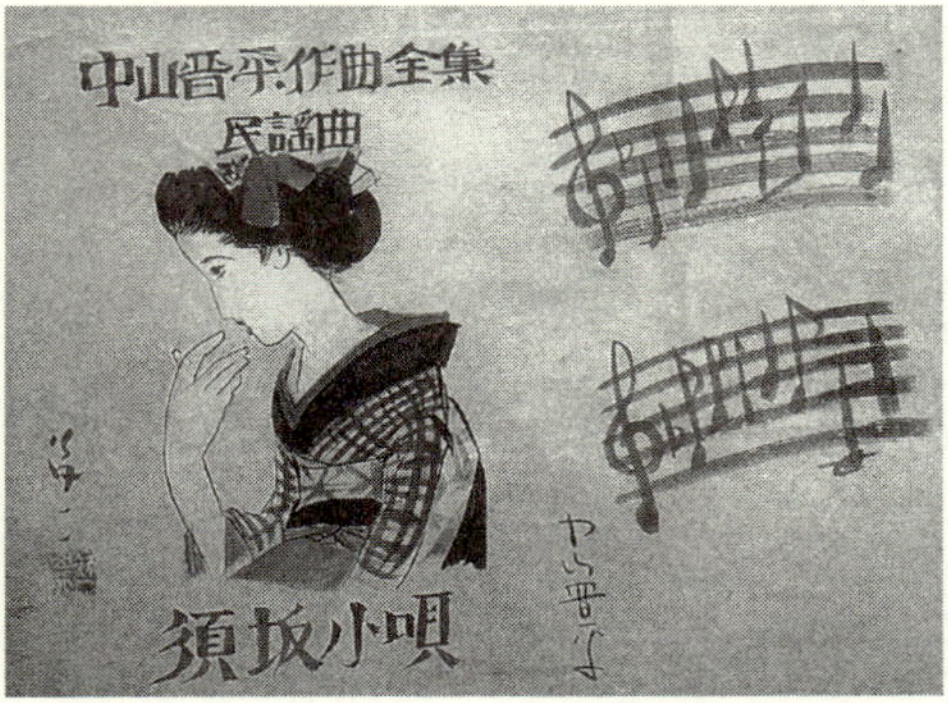

『須坂小唄』楽譜の表紙。装画は竹久夢二による（『須坂の製糸業』より転載）

須坂小唄[8]

山の上から、チョイと出たお月
誰を待つのか、待たれるか
　ヤ、カツタカタノタ
　　ソリヤ、カツタカタノタ

誰も待たない、待たれもしない
可愛いお前に、逢ひたさに
　ヤ、カツタカタノタ
　　ソリヤ、カツタカタノタ

ここで「カツタカタノタ」という囃子言葉は、製糸の機械が回る音の印象が模されていると言われています。それはそうであるとしても、恋愛感情を刺激するこのような歌が、白秋の「繰糸の唄」などと比べるとやはり労働歌という性格を薄め、中山晋平の作になる軽快なメロディに乗って一般に流通する歌謡曲という色彩の濃いものになっていることは明らかでしょう。[9] しかもちょうどこの時期には、野口雨情と中山晋平のコンビによる作品として、その直前に大ヒットしたつぎの歌が人々に広く知られていたところなのでした。

船頭小唄[10]

一　おれは河原の　枯れすすき
　同じお前も　枯れすすき
　どうせ二人は　この世では
　花の咲かない　枯れすすき

二　死ぬも生きるも　ねえお前
　水の流れに　何に変《かは》ろ
　おれもお前も　利根川の
　舟の船頭で　暮らさうよ

この歌は、貧乏で不遇な生活を送っていた頃の雨情が故郷茨城の情景を思いながら作ったと言われていますが、「枯れすすき」という原題に「退廃的だ」という当局のクレームがついて「船頭小唄」に変えさせられた経緯があり、またこの歌の大流行の中で震災が起こったため「あんな退廃的な歌が流行るから大地震が起こった」などと非難がましく言われたこともありました[11]。そんな震災後の状況の中で発表された須坂小唄は、前曲とは異なる軽快で明るい雰囲気がかえって被災した人々の心情を捉えて共感を呼んだのか、帝国ホテルでの発表会場において直ちに好評を得て「反響は絶大であった」と言われています[12]。

こうした事態の急展開に驚いたのは、むしろ歌の制作を依頼していた須坂の山丸組の方でした。急なことだった東京での発表会は東京支店長を出席させてとりあえず済ませましたが、年が明けた一九二四年二月に須坂でもそれを披露するという段になると大騒ぎで、みんなして歌を習い覚えたばかりでなく、工場の工女から百名を選び舞踊の藤間静枝が振り付けた踊りの伝習会を開いて練習させた他、当日には藤間一門の踊りのプロにも加わってもらって、まさに盛大に発表会を挙行することになりました。そしてそんな騒ぎが工場内から町に広がり、地元の料芸組合も許可を求めて宴席などで盛んに歌い踊るようになって、町中がおおいに盛りあがっていきます。さらには、それがレコードにされ、またラジオ放送もされるようになると、工場歌というよりむしろ須坂町の唄として評判となり、全信州へ、そして全国へと次第に広まっていったのでした[13]。

このような須坂小唄の出発と人気の広がりには、歌そのものの時宜にあった軽快なリズムや内容の一般性、作品の新鮮さや質の高さだけでなく、船頭小唄の大流行の後を受けて同じ作詞、作曲のコンビが作ったという話題性など、いくつかの要因が絡んでいたのは明らかです。その上にもうひとつ特別に留意しておきたいのは、すでに作家の和田登が指摘しているように、「震災によって起こった東京から田舎へ、また逆に田舎から東京への大量の人々の移動」[14]が顕著になっていた同時期の社会状況であろうと考えられます。市制をとっていた当時の東京市の人口は一九二〇年に二百十七万ほどに達しましたが、二三年の関東大震災の影響でそれが一時期急激に減少して二五年には百九十九万五千ほどになり、三〇年段階でも二百七万程度に留まって元の水準には回復せず、後述するように三二年に近隣町村を編入して「大東京」に拡大するまでの数年間は大阪市に実数で第一位の座を奪われていた事実がありました[15]。つまり、明治日本の近代化と都市化という時代状況の先頭で右肩あがりに巨大化してきたメトロポリス東京は、この時に一時的な停滞を余儀なくされ、人口のかなりの部分が郊外へ、そして地方へと流出していったのです。震災後のこのような人口変動は、文化史的に見てもやはりひとつの重大事件であったと理解しなければなりません。

震災が引き起こした東京の町の破壊と人口の地方への移動、これがもたらした文化現象とは、ひとつはもちろん浅草オペラの基盤の壊滅に見られるような先端部の解体と交替でした。しかし影響はそればかりでなく、むしろ、それまでもっぱら東京で育成され享受されていた文化事象が、その担い手・受け手の移動に伴って、地方へと伝播し拡散していくという事態が文化史的にはより重要でしょう。この時に、東京の力が一時的に弱まることによって、逆説的にも東京で生まれた文化事象がかえって地方に広く深く浸透していくことになるわけです。その具体的な現れのひとつが、地方民謡としての新民謡であり、その嚆矢《こうし》としての須坂小唄であったと考えてみることが必要です。

ともあれ須坂小唄の出発の仕方をあらためて子細に検討すると、震災後の状況にも規定されて、中央と地方との応答が生まれ文化事象が拡散していく姿がはっきり捉えられるように見えます。これは重要で、そのことが一般的に確認できるなら、これまで文字通り「地方」の民謡運動とだけ見られて、もっぱら「地方の再発見」とか「地方の再評価」とかの観点からのみ捉えられてきた新民謡運動全体についても、だいぶ異なった意味が見出されるのではないでしょうか。そこでそんな関心を携えながら節をあらため、新民謡運動が関東大震災後の日本全国に広がる状況を検討し、その意味を考えていくことにしましょう。

第二節　震災後の地方民謡の広がりと町の自治

旅に出る詩人たち

新民謡運動に関わる多くの証言がそう指摘するように、一九二四年の須坂小唄のヒットがその近隣の町村を始めとする多くの地方や地域において「我が町にも唄を」という地方民謡への渇望に火を付け、やがてそれが全国を文字通り席巻するようになったというのは、当事者の回顧としてそれなりに実感の伴った事後認識であると考えなければなりません。須坂の経験が初めてそんな機運を生んで、それがやがて育ち広がっていったというのは、事態の大枠の推移としてはやはり間違いのない事実と認められるからです。

とはいえ、そのような機運が実際の創作につながり、そこからつぎつぎと新作の地方民謡が生まれるようになるまでには実は少し時間がかかっていることに、ここでは注意しておきたいと思います。野口雨情と中山晋平のコンビが須坂と同じ地域にある中野町の人々に依頼されて、地方民謡としては第二の作品となる「中野小唄」を制作し発表したのは、須坂小唄の流行から三年ほどが過ぎた一九二七（昭和二）年十一月のことでした。また北原白秋が静岡電鉄の依頼により詞を作り、それが町田嘉章作の曲に乗せられ「ちやつきり節」として発表されたのも、同じ二七年十一月のことです。「わたくしのかうした歌謡は、昭和二年作の静岡のちやつきり節から始まる」（30五頁）。これは白秋自身の言ですが、確かに地方民謡としての新民謡運動がその姿を大きく現すのは二七年秋になってのことであり、この後に多くの地方民謡が作られ、それが全国に広がっていくのです。そこでわたしたちは、この間の経緯を理解するために、須坂小唄が地方民謡に広がっていくまでのこの時期、ちょうど関東大震災直後に当たるこの時期に少し目を留めて考えておきたいと思います。

白秋や雨情によって主導された新民謡のこの運動に、その前史として、これまで触れてきた大正期の童謡創作と童謡教育の大きな運動があったことについては、もうあらためて言うまでもないでしょうか。『赤い鳥』を拠点とした北原白秋と『金の船』に拠っていた野口雨情は、この童謡運動の段階ですでにそれぞれ日本全国に大きな反響と支持者を生み出しており、そこから実際に、童謡の研究と創作そしてその教育を実践する団体や、それを正課として取り入れる小学校を数多く生むまでに到っていました。

野口雨情について当時の事情を研究した平輪光三は、そんな小学校が「雨情関係のものだけでも東京都をはじめ全国七十余校に及んでいた」と調査結果を報告し、特に雨情の出身地である茨城県については、水戸市尋常高等小学校（長岡譲）、真壁郡若柳校（栗野柳太郎）、猿島郡古河男子校（藤沼四郎）など十八校の学校名と指導者名を挙げて、その運動の広がりを示しました。[16] 平輪によれば、なかでも雨情の直接指導を受けた真壁郡若柳校は独自に童謡集『蝙蝠《こうもり》の唄』を出すなど活発な活動を進めて全国的に有名になりましたし、またそのような人々が、雨情を支持するグループと白秋を支持するグループの両派に分かれて主義主張を闘わせるなど「華々しい童謡運動を展開した」ということです。[17]

こんな現場の教師や教育指導者たちの童謡運動の盛り上がりに対して、白秋と雨情は、自身の童謡の実作や添削指導により実物をもってあるべき童謡の形を示したばかりでなく、童謡創作や童謡教育に関わる理論的な著作によっても基本的な考え方を示して、教育界の童謡熱に応えています。すでに見てきたように、白秋の詩文集『童心』は一九二一年に刊行され、詩論集『緑の触覚』に収められた「童謡復興」や「童謡私観」、「児童自由詩鑑賞」などの童謡論はそれぞれ二一年、二三年、二五年に発表されましたが、雨情の方でも、『童謡作法問答』『童謡十講』『童謡教育論』といった童謡論をそれぞれ二一年と二三年に続けて刊行しています。これらのことは、童謡創作と童謡教育をめぐるこの時期の人々の意識の高まりを示すばかりでなく、そうした人々のニーズに応えようとする白秋と雨情のリーダーとしての自覚をも示していると考えられるでしょう。震災を前後する時期に童謡を軸とした全国に広がる運動があり、白秋と雨情はそこですでにこのような実績を積んでいて、その両者が民謡の創作にも取り組み始めたことが、新民謡運動にとって出発の重要な駆動力になったのはやはり間違いないと思います。
それと関連してもうひとつ重要なことに、白秋にしても雨情にしても、この時期から、童謡創作や童謡教育、そして民謡にも関わって講演を依頼され、地方を旅行する機会が次第に増えていったということがあります。とりわけ雨情は、一九二二年に藤井清水《きよみ》と権藤円立《えんりゅう》という二人の音楽家との出会いがあり、彼らが組織していた「楽浪園」という音楽グループの同人に加わることにもなって、グループが各地で開催する民謡・童謡の演奏会に同行して講演を行う機会が目立って増えていきました。こうして、音楽家と詩人とが歌を携えて地方を旅するという、中央から地方へと向かう文化運動の形が生まれていきます。

藤井清水と権藤円立という二人の音楽家は、一九一二年に東京音楽学校に同期で入学して作曲と声楽をそれぞれ学んだ後に福岡県下で女学校の音楽教師をしていた者たちでしたが、二一年に藤井が大阪北市民会館の音楽部主任として勤務するようになると権藤も大阪に転居し、「日本古来の音楽を愛好し、そのよきものを近代化し発展させ普及させ」ようという考えから音楽グループを結成して「楽浪園」と名づけ、活発に演奏会活動などを始めたのでした。この二人の音楽家と雨情との関わりを調べた古茂田信男によれば、演奏会はたいてい、雨情や白秋の童謡や民謡の詩に藤井が曲を付け、それを藤井の伴奏で権藤が歌うという構成になっていましたが、それに雨情自身の講演が加わることで、聴衆にいっそう大きな感動を与えるものとなったようです。[18] 演奏曲目には、雨情の民謡集『別後』から「河原柳」「旅の鳥」「みそさざい」などが好んで選ばれ、白秋の民謡集『日本の笛』からも「沖の小嶋の」「搗布《かぢめ》とたんぽぽ」「旅の大船」が、そして『あしの葉』からは「笹原雀」などが選ばれ演奏されています。そのような講演演奏会が、二二年九月から二三年十二月という一年あまりの記録から確認できるだけでも、大阪から関西圏へ、そして九州まで広がって、合計百十回にも及んでいるのです。[19] そうしたまさに精力的な活動が、やがて始まる新民謡運動の下地を作ったのは間違いないと思われます。

白秋や雨情の創作民謡がそのように地方に広がりつつあった一九二五年、民俗学者で風俗史家でもある藤沢衛彦《もりひこ》は『日本民謡史』を著し、同時代の民謡を「民謡研究期時代の民謡」と性格づけて、代表作家である白秋や雨情の創作の意味をつぎのように論じています。

> 今、民謡作家と唄はれる有名なる詩人が、進んで民謡の詩作をする、然もそれが伝播の道程には、勿論、例へば、白秋、雨情の名を離れて、その土の民謡として分布されるところに、此期に於ける新しい芸術民謡としての意義があるものだと自分は考へてゐる。[20]

ここには、白秋や雨情を含めてこの頃に創作民謡に関わった人々の、ある共通した思いが語られています。すなわち、誰か固有名を持った詩人が創作した歌謡作品であっても、それが民衆に受け入れられることで創作者の名を離れ、もともと民衆の中から生まれ出た「その土の民謡」として歌われるようになるという理想です。わたしたちは前章で、白秋の民謡創作における本質主義について見てきました。それは、創作物でありながら、「山野の声」を受け継ぎ「自らにして真卒な民衆の歌謡」であろうとする理想でした。ここではその本質主義の理想が、藤沢を含めた同時代の創作民謡を求める一定の人々に深く共有されていた事実を確認することができると思います。

このような民謡創作と普及についての自己理解は、この頃、確かに白秋や雨情の範囲を超えて人々に共有され、そこからさまざまな芸術教育運動の試みも展開されました。古茂田信男の研究によれば、それはまず関西で形をなし、大阪にいた藤井清水と権藤円立など楽浪園同人が中心になって、一九二四年四月に「芸術と教育の一致」を運動目標にかかげた「芸術教育協会」がここで設立されています[21]。この協会では、権藤の友人である小島政一郎が主事を務め、権藤円立が監事を、そして野口雨情、藤井清水、志賀志那人らが理事に就いた他、顧問に巌谷小波と坪内逍遙を迎え、評議員には北原白秋、中山晋平、山田耕筰、本居長世などに就任を依頼して、月刊の機関誌『芸術と教育』を発行して歌謡作品（楽譜つき）や評論などを紹介した他、講演演奏会や夏期大学を催すなど、芸術と教育の多彩な活動が展開されています。

このような芸術教育活動はさらに、中心になっていた藤井と権藤とがそれぞれ一九二五年と二六年に震災後の東京に移り住む頃にはますます活発になり、中央である東京の地でいっそう多くの詩人たち音楽家たちを巻き込んで、大きく広がっていきます。またこの時期には中央から地方に向かう詩人たちの旅もさまざまに企てられており、年譜によれば、白秋には二五年の樺太・北海道旅行や二七年の関西・名古屋方面への講演旅行および木曽路や静岡への取材旅行など、雨情にも二四年の朝鮮旅行、二六年の満州旅行、二七年の台湾旅行など、比較的長い日程の旅行記録がいくつも残されています[22]。

そしてこのような活動の発展が、一九二八年には、前述した藤沢衛彦の呼びかけによる「日本民謡協会」の設立につながりました。この民謡協会には、北原白秋、野口雨情、三木露風、時雨音羽、白鳥省吾、本居長世、中山晋平、山田耕筰、梁田貞、宮城道雄、佐藤千夜子、四谷文子、照井栄三など、この時代の主だった詩人、作曲家、演奏者たちが参加しており、藤井清水と権藤円立もそれぞれ理事と監事を引き受けています。このような多くの人々の参与を得て協会は、主催を引き受けた東京市の力添えにより毎年一回、日比谷野外音楽堂で民謡祭を開催して新作民謡を発表・紹介するようになっています。

歌うラジオと青年運動

ところで、このような創作民謡を軸とした芸術教育運動の展開にとって、ちょうど時を同じくして進んでいたラジオ放送の本格始動が重要な追い風になったと見ることができます。東京（JOAK）と大阪（JOBK）と名古屋（JOCK）の三局体制で出発した日本のラジオ放送は、一九二五年三月二十二日、東京放送局からの仮放送開始により正式に始動し、新時代のメディアとして急速に関心を広げ実際に大きな影響力をもつようになっていきます。東京放送局のこの仮放送開始時には五千あまりに過ぎなかった聴取契約者数も、三局が統合されて「日本放送協会」が成立した二六年度末には三十六万を超え、満州事変が勃発した三一年にはいよいよ百万を超えるまでに到ります[23]。この新しく強力なメディアに創作民謡が登場したことが、それの地方への伝播にとても重要な役割を果たしたのです。

その番組編成を全体として見るならば、最初期のラジオ放送においては「地方俚謡は豊富多様でなかった」[24]との指摘があります。とはいえそんな中でも、白秋や雨情の童謡や創作民謡は開局直後の番組にすでに登場しておりました。東京放送局ではそもそも本放送の初日つまり一九二五年七月十二日の夜の番組に、「からたちの花」（白秋作）や「なげき」（露風作）の外山国彦による独唱が含まれていましたし、大阪放送局でも開局後まもなくの仮放送時に、白秋作の「沖の小嶋の」「祭物日に」「旅の大船」や、雨情作の「佐渡が島」「昼の月」「スイッチョ」「おぼろお月さん」「赤い桜んぼ」が、権藤の独唱、藤井の伴奏で放送されていたのです。[25]そしてその後も、権藤と藤井は三つの放送局からしばしば招かれて、童謡や創作民謡の演奏を披露しています。最初期のラジオ放送で、ベートーベンやワグナーなどが選ばれている洋楽番組や、謡曲、長唄、常磐津などが並んだ高尚な邦楽演奏に挟まれて、このように創作民謡がいくつも放送されていることはやはり重要で象徴的な意味を持ったと認めねばならないでしょう。それは、とりわけ地方で聞くものにとっては、彼方の文化の中心で高く評価され承認を受けている音楽をラジオがあればこそリアルタイムで享受できるという新鮮な実感が伴っていたはずだからです。

このラジオ放送とも関連してもうひとつ指摘しておきたいのは、かねてより建設の醵金《きょきん》寄付が広く募られていた日本青年館が一九二五年にいよいよ開館し、その記念事業として「郷土舞踊と民謡の会」を開催して全国から郷土芸能や民謡を選んで紹介したのを、開局まもない東京放送局が中継放送し、それが毎年の恒例行事となって、この時期の民謡の活性化と日本全国への普及におおいに寄与した事実です。日本青年館というのは、明治天皇と昭憲皇太后を祭神とする明治神宮の造営に多くの青年たちが勤労奉仕で貢献し、それを時の皇太子（のちの昭和天皇）が顕彰したのを記念して、二一年に全国の青年団・青年会運動を支援する目的で作られた社会教育団体であり、これが一人一円醵出《きょしゅつ》運動を広く展開して総工費百六十二万円の会館がここに完成に到ったのでした。皇国臣民としての勤労奉仕（ボランティア）として始まった活動がこのような形で「自主的」運動としての青年団・青年会運動の広がりに結びつき、その中心が明治神宮に隣接して建設されたということは、やがて来る総力戦の時代における「勤労奉仕」の総動員体制を考える上でとても興味深い事実でしょう[26]。しかもそんな経緯のある日本青年館が、開館して最初に着手したのが郷土民謡の活性化と普及の事業であることは、まさに始まろうとしている新民謡運動と各地の青年団・青年会運動との深い関わりを強く示唆していて、とりわけ重要だと考えられます。

ともあれこのように見てくると、一九二四年の須坂小唄が二七年秋に雨情の中野小唄や白秋のちゃっきり節へと繋がっていよいよ地方民謡の創作の火が燃え広がっていくまでに、すでに以上のように、詩を携え歌を携えて中央から地方へと旅する詩人や音楽家たち専門作家の活発な活動があり、また中央にはそうした活動を連繫させ助成し広報するさまざまな装置が作られるという、重要な動きが確かにあったのだと認められるでしょう。すると、これに対して地方では、そんな動きを民衆はどのように迎え入れたのでしょうか。

歌を求める民衆——信濃を例に

一九二九年二月、信濃毎日新聞社は『信濃民謡集』という美しい色刷り版画を表紙に配した歌謡集を制作し、そこに「新作並に復興宣伝されてゐる廿八種」の長野県信濃地方の新民謡・復興民謡

『信濃民謡集』

を集めて、それぞれの歌詞と楽譜に写真付きの「踊りの解説」まで加え、さらには各曲の成立の由来を語る当事者証言などを添えて刊行しています。ここには、すでに全国的な流行となっていた須坂小唄をはじめとするこの地方の新民謡について、文字通り矢継ぎ早に作られていた当時のそれぞれの地元の思いがリアルタイムにかつホットに綴られているわけですが、その中で中野小唄に関わる証言はつぎのように始まります。

大したもんでしたよ。川崎踊りの盛んな頃の南照寺の境内は町中の若衆が総出、それに娘共も、婆ァさんも、ぢいさんも若返つてね踊つて踊つて踊りぬいたもんでしたよ。それがいつの間にやら絶えてしまつて、今日では全く跡形なしでサ。何とかしやうぢやありませんか。須坂や飯山に小唄が出来るといふに御天領五万石の奥手の都の中野に、小唄一つ踊り一つないなんて昔はやつた川崎踊の手前もあらうといふもんぢやありませんか。

そうそう、今流行り児の中山さんはおらが隣村の人ではなかつたんですか。あの人に、一つ力瘤を入れて貰ふ事にしたら日本一のものが出来ませうぞ。ぢやァそうしませう……と、三四年前から湯町諏訪町両花柳界の連中が寄るとさはると、中野にも小唄の話が華を咲かせてゐた。[27]

証言は、中野小唄が作られる以前に信州中野の松川地区にはもともと「川崎踊り」という伊勢音頭に由来する唄と踊りがあって、それがかつては南照寺というお寺の境内を中心に老若男女こぞってとても盛んに踊られていたという、遠い思い出から語り出されています。[28]そんな川崎踊りの賑わいが今や過去のものになって、しかしここ数年の時期にその賑わいを何とか復活させたいという願望が町の人々の間で強まり、とりわけ花柳界の関わる宴席では交々《こもごも》繰り返し語られるようになっていたというのです。もっともその願望は、かつての文化財産であった川崎踊りをそのまま復活させようというのではなく、むしろ流行作家に依頼して何か目新しいもの（「日本一のもの」！）を作って売りだそうという新作志向に進んでいます。ここから、まずは「同郷人」と言ってよい中山晋平に白羽の矢が立ち、さらには「歌詞を野口さんに振りを藤間さんにと、当代民謡の人気役者計りを選んで[29]」、いよいよ中野小唄が作られることになったという次第です。

このように読んでいくと、確かに証言は、須坂小唄の成立が刺戟となってそれぞれの地元に歌を求める機運が広がり、それが中野小唄に繋がっていったこの時期の地方の意識状況を、まことに正直に生々しく伝えていると分かります。しかも、地元に歌を求める願望が育っているこのような地域の事情は、中野の町だけに特別なことではなかったのです。そこで、ここから歌が生まれる事情を理解するために、その証言集でもある『信濃民謡集』にさらに立ち入って、この時期の信濃地方の状況を例に考えてみることにしましょう。

表4は、須坂小唄以降にこの信濃地方に関連して創作された新民謡を、制作年月とその制作を依

新作民謡の制作経緯　　＊1889年は町村制の施行年。1921年に改正。

振り付け	依頼者・推進者・支援者・制作経緯
藤間静枝	山丸組製糸工場支配人（越栄蔵）が依頼。童踊会が出来る。
藤間静枝	町の花柳界が動き、町長は町会に諮り町の公的補助を与える。披露会には町の有力者300名が参加し、小学校長が挨拶。
藤間静枝	スキー協会と料芸組合の提携により高野に作詞を依頼。飯山小唄会が出来て、中山と藤間の指導で披露会開催。
藤間静枝	青年の組織する舞踊研究会が後援し、表面では商工会と料芸組合が動く。
藤間静枝	医者で作家の正木が戸倉上山田温泉と縁があり、その関係で創作されたとされる。16年に戸倉温泉再開。
	坂城宿の廓・宮崎楼が依頼。
花柳壽輔・花柳三之輔	湯田中など平穏八湯が動く。披露会には村費も支出される。
西川鶴吉	製糸業中心の小工業都市である町の有志が動く。
藤間蔦枝	小唄を作る提案が町村長会に出され、制作を依頼。小唄会が組織されて準備を進める。県下町村長大会で公表。
花柳壽輔	「町の劇場、村の劇場」運動に携わる人々の援助で、新時代的な民謡が作られる。
花柳徳次	最初の計画では二業組合と芸妓が経費を負担し、芸妓が後援者を募る小規模なもの。次第に計画は大きくなり更級郡全体の小唄会が組織される。
杵屋喜太郎 松島金昇	昭和天皇即位記念にと町の有志青年が動き、廓の妓楼が応援した。
花柳徳太郎	昭和天皇即位記念に村で歌詞を募集。高倉が選んで添削。小唄会が組織され、村費の補助も。小学生にいたる村民の寄付。
花柳壽輔・花柳三之輔	市長を会長にし有力者を網羅した小唄研究会が組織されて動く。作詞は信州出身の島崎藤村の推薦で雨情に。
林きむ子	製糸工場中心の町に活気を起こそうと、松代二六詩会を中心に挙町一致の小唄会が組織され動く。
藤間蔦枝	飯田町の人々が関わり、郷土民謡が求められた。天龍峡の美を顕示することが目的とされた。
藤間蔦枝・藤間芳枝	浅間温泉組合が新作委員会を作る。

表4　信濃における

タイトル	制作年月	推進母体地域	町村制施行年	作詞	作曲
須坂小唄	1923年12月	上高井郡須坂町	1889	野口雨情	中山晋平
中野小唄	1927年10月	下高井郡中野町	1889	野口雨情	中山晋平
飯山小唄	1928年３月	下水内郡飯山町	1889	高野辰之	中山晋平
望月小唄	1928年５月	北佐久郡本牧村望月		甘利英男	中山晋平
千曲小唄	1928年８月	戸倉、上山田温泉		正木不如丘	中山晋平
坂城音頭	1928年８月	埴科郡坂城町	1904	鳥寒左衛門	豊後太夫
平穏小唄	1928年９月	下高井郡平穏村・平穏八湯	1889	中山柳翠	杵石六次郎
丸子小唄	1928年10月	小県郡丸子町	1912	土屋泉石	土屋泉石
大町小唄	1928年10月	北安曇郡大町	1889	伊藤松雄	中山晋平
諏訪小唄	1928年10月	諏訪郡上諏訪町	1891	伊藤松雄	中山晋平
川中島小唄	1928年10月	更級郡篠ノ井町	1914	北原白秋	町田嘉章
葛尾音頭	1928年11月	埴科郡坂城町	1904	佐二木千隈	杵屋喜兵衛
別所小唄	1928年11月	小県郡別所村・別所温泉	1889	高倉輝選	杵屋佐吉
信濃ぶし	1928年11月	長野市	1897	野口雨情	杵屋六二郎
松代ぶし、ソイソイ節	1928年11月	埴科郡松代町	1889	北原白秋	草川信
龍峡小唄	1928年11月	下伊那郡下川路村	1889	白鳥省吾	中山晋平
浅間小唄	1929年１月	東筑摩郡本郷村・浅間温泉	1889	野口雨情	中山晋平

『信濃民謡集』（信濃毎日出版部、1929年）より作成

頼、推進、支援した人々、および制作依頼にまつわる事情までまとめて取り出して、一覧表にしたものです。これは一九二九年公刊の『信濃民謡集』での記述を基礎にしたものですから、その後の時期に作られた新曲は含まれていませんし、制作の由来を語る証言にも証言者の主観が混在してい て精粗があり、これだけで裏付けの確定した網羅的資料とみなすことはもちろん出来ません。それでもこれには、この地方の新民謡の主要なものはだいたい顔を出していると言えますし、何より中心的な当事者の同時代の証言資料として、当時の担い手たちの共通認識を基本的には代表していると認めてよいはずのものです。そう考えて見ると、ここにはかなり興味深い事実がいくつも示されていると分かります。

まず、その中でも顕著なことは、一九二七年十月の中野小唄に始まって二九年一月の浅間小唄まで、ほんの一年あまりの短い期間にこの地方に関係する新作民謡がこれだけ集中して作られているという事実でしょう。このことは、地元のための新作民謡を求める願望が、ひとり中野町に限らず、この時期の町々に同時に共有された強い思いであったことを示していると考えなければなりません。

また、その制作依頼と費用の捻出に向けては、そのために町や村を挙げた運動が各地で起こっていることも重要な事実でしょう。ここでは料亭組合や花柳界、温泉組合などが動いている例も目立ちますが、その場合でも芸妓たちが後援者を募っているのは、酒席の客となる町の有力者たちが実際には多く醵金しているということで、そんな運動の広がり方を示しているとも考えられます。それと合わせて考えると、町村長や町の有力者が動いて町費や村費など公費が支出されているのも注目すべきことですし、また有志青年が動いたばかりでなく、ときには小学生まで寄付活動に加わったというのはその運動の沸騰ぶりを明らかに示すものです。しかも、小学校長が披露会で挨拶をしている場合まであるのは、この運動が単なる酒席の遊芸とか特定業界の営利のみを目的にしたものとは決してみなされていなかった事実を示すと考えなければなりません。

さらに、この運動の広がりに伴って各地に童踊会、小唄会、小唄研究会、舞踊研究会などが組織され、これが制作運動の推進母体になったばかりでなく、出来た歌や踊りの教習や宣伝拡大、そして披露会の開催などに活躍した点もやはり注目すべきだろうと思います。これは、新作民謡の制作と発表が、単に一回だけのイベントに終わるのではなく、持続する能動的な文化運動となり、それがさまざまな青年運動や住民運動とも連繫して広がっていた可能性を示しています。このような小唄会などが中心になって、制作された新民謡を歌い踊る会が持続的に開かれたり、地域の祭礼や学校の運動会など行事の際にその踊りが披露されたり、また盆踊り大会などが年中行事となって定着していくということもあったでしょう。このようにして、新作民謡の制作は、それが地域コミュニティの集合軸となって持続発展していく可能性を示しています。

そして最後に、新民謡の制作目的が語られるときよく言われる、観光誘致や町おこし村おこしという企図のことがあります。この信濃地方では温泉場や温泉組合そしてスキー協会などが推進母体となった例がそれに当たるわけですが、これを見れば、この時期に新作民謡の制作が進んだ背後で、観光誘致や町おこしなどのために地域を宣伝し活性化を図ろうとする意欲が動いていることもやはり明らかだと言わなければなりません。地方は異なりますが、遊園地の開園を記念して静岡電鉄が北原白秋に依頼し作られた「ちゃっきり節」のことなどを合わせて考えれば、そうした事情はいっそうよく理解できるでしょう。

とはいえ、それをあまり単純化して当時の新民謡を単なる営利目的のコマーシャルソングと捉えてしまうならば、そこに重要な見落としが生まれるので注意しておきたいと思います。それがもし一企業や特定業種の営利目的だけで動いているならば、この新作民謡の制作運動は、地域の小学生を含むあれほどさまざまな人々を実際に巻き込んで進行することはなかったはずだからです。このような運動ならば、商業目的よりは、町や村という「地域」の意識がやはり重要な意味を持っていたと理解しなければならないのです。

地方の変化／町のデモクラシー

それでは、そのように「地域」を意識して新作民謡がこの時期にこれほど集中して作られていることには、その時代背景として何か特別な社会的事情があったのでしょうか。もちろんすでに述べてきているように、中央から地方に向かう詩人や音楽家たちの旅があり、ラジオも始まり、とりわけ震災で東京から拡散した人々や文化の影響もあって、新しい形の音楽文化に人々がとりわけ敏感になっていたという事実はあるでしょう。しかしそれにしても、それを受動的に聴取するばかりでなく、むしろそこに能動的な文化運動を立ち上げていると見える地方の人々の側に、何か重要な変化がこの時期にあったのでしょうか。

そう考えてみると、この時期が、日本の地方自治制度にとって第二の重要な変化の時代に当たっているとあらためて気づかされます。日本の地方行政組織の末端機構をなす市制町村制が大日本帝国憲法の公布された一八八九年から全国に順次施行されて、これにより明治国家の基本的な国家体制が整えられたことについては、すでに触れました。前章で論じたように明治二十年代という時代は、そのような地方制度の整備と並行して日本各地に育っていた多くの民謡が全国に知られるようになり、「民謡ブーム」と言われうる社会現象が起きた時代でもあったのでした。これに対して一九二一年という年はこの明治国家の市制町村制の改正法が公布された年で、それに伴って公民権がようやく一般男性の範囲にまで拡張されて、市町村民の政治参加の枠が大きく広がったという歴史的事実があります。それとともに、国の官僚的支配体制の出先機構として市町村を直接に統制する役割を担っていた郡制についても、同年に廃止法案が公布され、二三年から施行されています。とすれば、本章で見てきている新民謡運動は、このような地方自治制度の改変とともに生起している地方の変化の時代の社会現象であったと見ることができるようです。

この一九二〇年代に進んだ地方自治制度の改変というのは、同時代の大正デモクラシーの地方への波及として、もちろんまずは地方政治史上の事柄として捉えられるものです。しかしそれは同時に、新しい社会意識が地域の日常的な生活領域に浸透していく徴候として、地方における地域社会の社会関係を大きく変化させるとともに、この時代の人々の社会的、文化的な自己意識にも深い影響をもたらしたと考えなければなりません。(30)

地方制度として見ると、とりわけ「地主的自治」と言われた明治国家における地方自治制度の根幹をなしていた郡制は、勅任官である府県知事の任命により官吏が郡長となって県政の一翼を直接に担うとともに、多くの議席を大地主が占める郡会をもち、しかも町村に過大な分賦金を課して統制していたために、それまで町村の自治にとって重大な桎梏《しっこく》になっていました。そんな郡制が廃止されるとともに、納税額を基準とした町村会議員の等級選挙制が廃止され、さらには一九二一年および二六年の町村制改正で町村議会での男子普通選挙制が実現されると、地方自治への関心も高まり、地方の町村でも大衆的な民主主義を求める意識が大きく広がりました。そしてそれと並行して、交通や商工業が発展し人口も増大していた地域では、新たに町制へと移行する村や町村合併により町域を拡大する町が増えて、地域自治の中軸的な担い手も旧来の地主層から商工業者など町域住民に移行し、この面でも「地域」についての自己意識に重要な変化が起こっていたのでした。

わたしたちが見てきた信濃地方でもそのことは顕著で、『長野県史』はこの時期の地方自治への動きを「町村自治の拡大要求と郡制廃止」という表題で独立の項を立てて取り上げ、その経緯を詳細に記述しています。その末尾のまとめによれば、まさにこの時期に、県下の各地域で「交通と商工業の発達は共通しているが、それぞれ個性のある地域を振興するための町制施行がはかられた」と認められるのです[31]（傍点は引用者）。

このように地方自治を求めるこの時期の政治、社会的な動向を見ると、「個性のある地域の振興」を求めるそれは、確かに先に見た信濃地方の新作民謡を求める文化、社会的な動きとはっきり照応していて、そのことが新民謡運動を迎える地方の民衆側の状況を示していると認められることが分かります。そしてこの地方自治への関心の高まりはひとり長野県の特殊事情ではなかったのですから、信濃で確かめられた新作民謡を求める地域の状況も、日本全国の諸地方で共通に起こっている事態のひとつの具体例なのだと理解できるでしょう。すると、そのように生起している地方新民謡運動は、地域の個性をどのように理解し、そこにどのようなアイデンティティを生み出す文化運動だったのでしょうか。

「地方」のマッピング

東京の桜華社出版部は『全国観光地歌謡集成』(一九三八年)という歌謡集を編集発行し、樺太から四十七道府県そして朝鮮と台湾まで含むこの時の植民地帝国=「日本」の全国から集められた新旧の地方民謡千六十八曲をそこで紹介しています。これは「全国各地観光課」の支援のもとに「観光地を中心」に集めたとされる歌謡集で、これだけでは新民謡についてさえなお十分に網羅的なものと言えませんが、それでも「広く観光日本の新しい全国歌謡地図とするを其の念願となす」と序で言うように、道府県ごとに配列された歌謡の全構成を見れば、「日本」全国に文字通り漏れなく分布した地方民謡の大きな広がりがとてもよく感得できると思います[32]。町村制が改正された直後(一九二二年)の日本では市の数が九十一、町の数は千二百四十二あったのですから、昭和の初めの比較的短い期間に新作されたものだけでも二千を優に超えるとされている地方新民謡の広がりは、確かにほとんどの市や町に「我らがまちの唄」が生まれていたことを示しています。そんな地方新民謡の意味をまとめて考えるに当たってわたしたちは、この時期の新民謡運動が日本の地方社会に及ぼしたインパクトの大きさを、まずははっきり確認しておかなければなりません。

さて、そうだとすれば、そのように広がっていた地方新民謡は、歌謡として、地方の民衆にどのような影響を与えていたでしょうか。それを考えるときに、ここでもまずその考察の対照項になるのは明治二十年代に起こった日本民謡ブームであり、その頃に日本全国に広まった日本民謡の形であるだろうと思われます。前章で見てきたように、明治二十年代に流行した日本民謡というのは、大日本帝国憲法の下で進んだ明治国家の市制・町村制の施行と軌を一にしていて、その時に地方で生まれ育っていた歌謡が「お国自慢」の唄などとしてまずは都会に持ち出されて「流行」し、それが全国に広まっていったものです。これに対して昭和初期の地方新民謡は、その町村制の改正とともに高まる地方自治への意欲と並行していて、基本的にはその地方からの依頼に中央の専門作家が応じて制作し、それが当該の地域に持ち込まれる形で成立したものです。このように唄の成立と伝播から見るとまさに逆向きの流れが、一見同じように当該地域を歌っていると見える両者の意識内容あるいは視点の成り立ちを、根本的に異質なものにしていると考えられるのです。

ここで、明治の日本民謡の典型としてもういちど伊勢音頭を引用し、それを野口雨情の地方新民謡第一作である中野小唄（作曲：中山晋平　一九二七年）と比較してみましょう。

伊勢音頭[33]

ヨイヤサア　伊勢でナアー
伊勢で名所は何じやいな
お杉お玉は間《あひ》の山、朝熊《あさま》山には萬金丹
二見ケ岩や岩戸岩、津の町通る阿弥陀笠
古市女郎の大踊り、阿漕ケ浦に四日市

中野小唄

信州広くも　中野がなけりや
ヨイトコラ　ドッコイサノ　セッセッセ
何処に日の照る何処に日の照る　町がある町がある
カナカナカノカ　ナンセカンセ

外宮に内宮にヨーイコラ　猿田彦
ヤートコセー　ヨーイヤナ　アリヤリヤ
コレハノセ　サ、ナンデモセー

ドッコイサノ　セッセッセ

信州中野は　おかいこどころ
中野紬《つむぎ》の中野紬の　出るところ出るところ
（以下囃子略）

この二つの唄は、ともにお国自慢あるいは地域の自己主張として、シンプルな地方民謡の典型であると見ることがまずは可能なものでしょう。ところが、もう一歩立ち入ってその視点の成り立ちを考えると、両者の間に基本的な差異があると分かります。

まず前者の伊勢音頭の方は、北海盆唄や秋田音頭などとも同型で、まさに単刀直入なお国自慢として地元にある名所や名物をひたすら並べ立てるものですが、しかしその名所や名物が他者にとってどれほど意味をもつかについて疑いが無いために、陽気で無邪気だがひとえに自己中心的な存在主張だと感じられるところがあります。それに対して、後者の中野小唄は少し入り組んでいて、中野の存在によって信州が成り立つことをまずは他の町との比較を通じて主張し、しかもその重要性の主張には生糸や紬という生産物によって全体に寄与しているという理由が添えられていると解釈することができるでしょう（「おかいこどころ」！）。つまりその存在主張は、いわば「客観的」な視点から、あるいはより大きなコミュニティに役立っているという視点から正当化され根拠づけられていると理解できるのです。このような自己主張の仕方における微妙ですが明らかな差異は、明治期流行の日本民謡と昭和初期の地方新民謡との間に生じた重大な意識変化を示唆しているのではないでしょうか。

そこでそれをとりあえず仮説的に意識して、さらに北原白秋の作る地方新民謡に目を向けていくと、そこにはそのような意識変化を示すと認められる強力で独特なモチーフがあって、それが白秋の多くの地方民謡作品をずっと貫いていると気づかされます。まず、その第一作であるちゃっきり節を見てみましょう。

ちやつきり節
唄は　ちやつきりぶし、男は次郎長、
花はたちばな、夏はたちばな、茶のかをり。
　ちやつきりちやつきりちやつきりよ、
　きやアるが啼くんて雨づらよ

茶山、茶どころ、茶は縁どころ、
ねえね行かづか、　やアれ行かづか、お茶つみに。（以下囃子略）　（[30]九頁）

ここで注目したいと思うのは、「唄はちやつきりぶし」「男は次郎長」と続けられてこの唄の基本を構成していく、「〜は〜」と規定する句の連続のことです。つまり、「唄は（＝唄といえば）」「男は（＝男といえば）」とまず一般的な注目点あるいは評価基準を提示して、その上でその視点に沿って「ちゃつきり節」や「次郎長」の存在を主張するというその主題構成のことです。このような形の句は、実はちゃっきり節だけに限らず、続く第二作の松島音頭でもつぎのように冒頭に出てきています。

松は松しま
磯馴《そなれ》の松の、
松のねかたに、桔梗が咲いた。　（30二九頁）

ここでは、「松といえば、松島」というように場を指定し、そこからひとつの物語が紡ぎ出されていく。つまりこれは、ちゃっきり節よりは構成が一段複雑になった、いわば展開型と言えるものです。このように発展的に引き継がれている「〜は〜」の定型句は、その後も繰り返し使用される常套句となり、やがて白秋の地方新民謡においては定番とも言える発想の出発点とされているように見えます。そこで、それらを目につく限りで拾い上げてみると、つぎのようなものが直ちに列挙されます。

道は平塚　（平塚小唄）　日暮は甲斐よ　（川中島音頭）　笠は鮎鷹　（多摩川音頭）
塚は平塚　（平塚小唄）　花は治田よ　（更科節）　堰の長池　（多摩川音頭）

花は花水　(平塚小唄)　春は千曲よ　(更科節)　潮は満島　(唐津小唄)
春は松代　(ソイソイ節)　葱は塩崎　(更科節)　文は近松　(唐津小唄)
人は象山　(松代節)　山は赤城よ　(からりこ節)　鯛は玄海　(唐津小唄)
藤は清滝　(松代節)　節は亀節　(伊東音頭)　水は浜名湖　(鷲津節)
桜は海津　(松代節)　水の新潟　(新潟小唄)　出潮の鷲津　(鷲津節)
朝は越後よ　(川中島音頭)　凧は今町　(よっしょい節)　松の大山　(鷲津節)
春は柳の栄町　(福島音頭)　岩は霊山　(信夫小唄)
水の阿武隈　(福島音頭)　お湯は湯ヶ島　(湯ヶ島音頭)

このような定型句表現は、ある唄が取り扱う地域について「〜は」と注目点を定めることによりその土地の個性を際だたせようとするものですが、それは同時に、他の点に注目すれば別の土地が際だってくるというかたちで明らかに相互連繋していて、そこではその両者を包括する何らかの「全体」が想定されていると見なければなりません。つまりここには、雨情の中野小唄の場合と同じように、第三者の視点が、あるいはより大きなコミュニティの視点が作動していると理解する必要があるわけです。

そんな定型句表現を駆使した唄がこのようにつぎつぎと作られ並べられていくのを見ると、そもそもこの時期の白秋による地方新民謡の創作活動そのものが、つねにそのようなより大きなコミュニティの視点に立って、地方の個性をそれぞれ個別に順次位置づけていく作業だったのだと理解できることが分かるでしょう。先に見た桜華社の『全国観光地歌謡集成』は編集者の立場から「広く観光日本の新しい歌謡地図とするを其の念願となす」と主張していたのでしたが、それ以前にそもそも白秋や雨情など作家たち自身の作業が、さながら地図（マップ）を作っていくように、各地方の個性をそのように地理的に位置づけ（マッピング）していく営みだったというわけです。そしてその時に想定されている「より大きなコミュニティ」とは、作家たちの旅の行程からしても、前章で見たこの時期の白秋の強い主張からしても、やはり帝国「日本」であると見る他はありません。そしてこのような日本へのマッピングを地方にいる民衆が当然のように是認しているのは、そもそも民衆の植民地主義がそれを求め、大震災を期にいっそう大きく昂揚したと認められる本質主義の性格をもつナショナリズムが、そこで共通の前提にされているからだと考えられるのではないでしょうか。

自発的な統合という逆説

このように考えてくると、地方自治への関心の高まりを社会的な基盤として進展したはずの地方新民謡運動は、「個性ある地域」の振興というそれ本来の希望からすればまことに逆説的な回路に入り込んでいると見えます。というのも、「個性ある地域」の自己主張を求めた地方のこの文化運動は、当の「個性」の表現を中央の専門作家に託すことで、結果として中央の文化的な優位を受け入れ、むしろそれの力によって「日本」の文化地図の中に位置を与えられ、自らの文化的アイデンティティまでそれに委ねることになってしまうからです。もちろん事柄は、白秋ら専門詩人の作る歌詞の中での位置づけが、文字通りそのまま地方のそれぞれの地域の人々の自己認識になるという単純な話ではないかもしれません。そうだとしても、中央の専門作家に制作を依頼して作られた新民謡を自らの文化的アイデンティティの新たな指標にしようとする営為が、「町おこし」や「観光誘致」という動機も手伝ってこの時に全国規模の民衆運動として広がることにより、それを進めた当事者の意図如何に拘わらず[34]、結果として中央の文化的ヘゲモニーを広範にかつ深く確立させてしまうということが、とても重要だと思います。

しかも、このような地方新民謡運動の担い手が、この時期に旧来の地主層に代わる地方自治の担い手として台頭していた商工業者など町域住民である事実もまた見逃すことの出来ない要点です。この社会層は、大正デモクラシーの地方における主な担い手として、明治期の官僚制的な国家主義や地主的な保守主義に対抗し登場していた層であり、社会文化的にはこの時代の自由主義の影響下にあったと一般的には見てよい人々です。そして確かにこの人々は、白秋や雨情に惹かれている点から見ても、国家主義的な唱歌教育に対抗して大正期の教育現場において自由主義的な童謡運動を推進した人々や、この運動の中で育ってきた人々、少なくともそれらと親和的な関係にあった人々と考えてよいでしょう。

他方でそのような社会層の人々は、保守的な地主層や農民層とは異なって、さまざまな営利チャンスや社会的上昇のチャンスを求めて行動する活発な流動性を本来備えており、可能で有利な機会さえ与えられれば、活動の範囲を大都市に広げ、さらには日本から海外にまで広げて、大きく「雄飛」しようという野心を抱くような傾向性を秘めた人々です。すなわちそれは、前章で見たような

「民衆の植民地主義」の担い手に社会層として重なると言ってよいでしょう。実際には、植民者としての移動には多様な条件が関係しますから、社会層の重なりにもずいぶん差異がありうるでしょうが、少なくとも文化的なメンタリティにおいては、ここに一定の親和性があるのは間違いないと考えられます。

このような言わば「新興」の社会層に属する人々が、個性ある地域の振興を求めつつ地方新民謡を作る運動で連繋した行動をとり、小唄会や舞踊研究会を組織して自ら唄や踊りに進んで参加し、また町内の祭礼や盆踊り大会や学校の運動会など行事の際にはその唄や踊りを披露しみんな揃って踊るなど、自主的な集合行動を通じて社会的な力を発揮しだしているというのが、地方新民謡運動の基本的な成り立ちです。しかもこの自主的な集合行動そのものが、自ら積極的に中央の専門作家の関与を求め、その日本文化地図の中への書き込みを受け入れ、そこに自分たちの文化的アイデンティティを託すことで、自発的に中央の文化的ヘゲモニーの下に統合されていっていると見ることができます。昭和初期に全国に広がったこうした一連の文化運動の動向は、やがて到来する総力戦体制期の日本を見通すときに、とても重要な前提となる事実であるとわたしは思います。

さて、このような地方新民謡運動が始動していたその時、それに応じる専門詩人の中心になっていた白秋は、それと同時に詩想の枠組みをこちらでも心象地理的に拡張整備する特別なある一歩を踏み出しています。そしてその一歩は、戦時期に向かう白秋にとって、とても重要な一歩になったと理解することが出来るのです。そこで、ここからはまた白秋その人に考察の焦点を戻して、その歩みをさらに確認していくことにしましょう。

第三節　植民地帝国の課題としての他者

課題としての他者／植民地、人種、性

わたしたちは前章で、北原白秋における初期の童謡や民謡の創作活動に内在しながら、そこでのナショナリズムの本質化と他者の消去という問題を考えてきました。そこに見えていたのは、白秋の小笠原における外来者としての他者経験が、植民地主義という時代背景の下で反転して「内向するナショナリズム」に帰着した経緯でした。このことを考えに入れてみるなら、白秋の作る純粋な「美しい日本の歌」には、実はその背後に他者の影がいつも潜んでいると言わなければなりません。そうであれば、この背後に潜んでいる他者にもいずれはなにかの表現が与えられなければならなくなるはずですし、そして確かにそれは、地方を意識して帝国の境界まで旅を始めている白秋にとって避けられない課題となっていきます。ここから目を留めて考えたいのは、そのことです。

白秋その人に限らず、海を越えていく民衆の植民地主義と大規模な移動のこの時代に、「他者」の存在が人々の思念の上にいつも消し去ることの出来ない大きな問題となっていたのはやはり間違いないことのようです。そうであればこそこの時代には、人々に広く愛唱された童謡や歌謡にも、そのことが確かにさまざまに印象深く表現されるようになっています。そんな歌の中に、とりわけ広く人々の心をとらえ今日なお代表的な童謡作品として愛され続けている、つぎの歌があります。

赤い靴(35)(一九二二年)

赤い靴　はいてた　女の子
異人さんに　つれられて　行つちやつた
横浜の　埠頭《はとば》から　船に乗って
異人さんに　つれられて　行つちやつた

今では　青い目に　なつちやつて
異人さんのお国に　ゐるんだらう
赤い靴　見るたび　考へる
異人さんに逢ふたび　考へる

この作品「赤い靴」(作詞：野口雨情　作曲：本居長世)の由来については、作者の野口雨情が聞いたアメリカ人宣教師の養女となった少女の逸話が下敷きになっているという説があり、またそれについての異論もあって、実際の作られた経緯についてはいまもなお諸説が分かれています。しかしここでは、そんなモデルの詮索はさておき、このような歌がこの時代に広く人々の心に響いたというその事実の方に注目してみたいと思います。

この「赤い靴」について、それがとりわけ当時の少年たちに「強い刺戟性」を持った理由として、その深部に異人さんに「強奪される女性」、「買われてゆく女性」という「極めて性的な底流するモチーフ」のあることを指摘したのは、詩人の大岡信でした(36)。大岡はそこで、昭和十年代の軍国体制下に小学校男子生徒であった自らを回想しながら、「赤い靴　はいてた　女の子　異人さんに　つれられて　行つちやつた」という歌詞や、同時期の作品である「青い眼の人形」の「青い眼をしたお人形は　アメリカ生まれの　セルロイド　日本の港へ　ついたとき　一杯涙を　うかべてた」とという歌詞から、「ちょっと口ずさむだけでもたちまち何とも言いようなく胸騒ぎがするような、不思議な体験」を与えられたという記憶を語っています。「異人さん」も「横浜の埠頭《はとば》」も、「赤い靴」も「青い眼」も、その時代の少年にとってすべてが妖しい魅力をたたえたエキゾティックな彼方からの呼び声であり、それらは明らかに異性の世界を暗示していたと、大岡は言うのです。

確かに、すでに見たように海外移住の最盛期を迎えていたこの時期の日本で、海の彼方にある他者がエキゾティズムの対象であるとともに異人種の表象（「青い眼」！）をもって想像され、そこに持ち込まれた文明的な格差や人種的な優劣の意識が人々に広まって、そこから民衆の中にも人種主義的な心理コンプレックスがさまざまに抱かれるようになっていたというのは、まず間違いのないところでしょう。そうであれば、その彼方との間で現に生じている大量の人の移動が「強奪される」とか「買われてゆく」とか意識され、性的対象（異性）の喪失という強迫観念に結びついてこの時期にいっそう痛切な傷を人々の心に刻んでいたというのも、十分に理解可能なことです。「赤い靴」などを機縁に少年たちに感じ取られている「胸騒ぎ」は、確かにこのような時代性に根拠をもつものであり、それゆえ性的衝動を喚起する強いその刺戟性は、彼らを行動へと駆り立てる心理的エネルギーの根源に働くものであったと考えられます。

しかもさらに重要な点は、帝国主義と植民地主義という時代状況の中で、人種と性とに絡みついたこの他者表象は、卑屈と尊大、コンプレックスと傲慢が交錯する差別主義的で分裂したものになっていたということです。童謡「赤い靴」と同時期に演歌師が巷で歌って広く流行していたつぎの歌は、明らかに「赤い靴」とは正反対に、他者に対する同時代の人々の傲慢で攻撃的な心情の側面を明瞭に示していると認められます。

馬賊の唄[37]（一九二二年）

僕も行くから君も行かう、狭い日本にや住みあいた
浪隔つ彼方にや支那がある、支那にや四億の民が待つ
俺に父無く母も無く、別れを惜む者も無し
ただ傷はしの恋人や、夢に姿を辿るのみ

国を出た時や玉の肌、今ぢや槍傷剣傷
これぞ誠の男の子ぢやと、ほほ笑む面に針の髯
長白山の朝風に、剣を扼し俯し見れば
北満洲の大平野、己が住家にや未だ狭い

み国を去つて十余年、今ぢや満洲の大馬賊
亜細亜高根の繁間より、くり出す手下が五千人
今日吉林の城外に、駒の蹄を忍ばせて
明日は襲はん奉天府、長髪風に靡《なび》かせて

ここで「馬賊」というのは、清末から民初の頃に中国の東北部（当時の呼称で「満州」）で横行した盗賊団やそれに対抗して民衆が組織した武装自営組織を主に指していますが、この歌では、それを日本人が制圧し統合して大集団を組織するという荒唐無稽な「ロマン」が語られているのです。そして、大岡の言うとおり「赤い靴」が強奪される女性という性的イメージを語っているとすれば、この「馬賊の唄」（作詞：宮島郁芳　作曲：不詳）では、征服する男性（「これぞ誠の男の子ぢや」－！）というそれとは対極にある性的イメージが語られています。しかも「赤い靴」では、強奪する主体は青い眼の「異人さん」で強奪されるのは日本人の「女の子」であるのに対して、「馬賊の唄」では、支配するリーダーは日本人の「誠の男の子」でその手下になるのは「支那の民」という役柄配置です。まさにここには、人種的コンプレックスと性差別的なステレオタイプが交錯した人間表象を基礎にして、植民地主義的な世界認識の構図が全体として明瞭に描き出されていると分かります。

特に後者の征服する男性という性的イメージは、同時代の少年文化という観点から見ると、明治後期に登場している少年雑誌などを主な舞台にしてそのころ量産されていた少年向け冒険小説の類において中心テーマのひとつとなっていたものでした。[38]とりわけ、日清戦争を契機に高まった国家主義を背景に博文館が発刊した雑誌『少年世界』は、巌谷小波を編集主任として、「正しく強い日本軍」を讃えて愛国心を煽る論説や小説を数多く掲載しましたし、その中から登場した押川春浪の『海底軍艦』や『武俠艦隊』を始めとする軍事冒険小説は、多くの少年読者を得て強い影響を与え続けたと言われています。[39]そんな少年向けの冒険小説の世界でも、「韓国併合」が進んだ一九一〇年代以降になると、その物語の舞台として満州が好んで選ばれ、単身で馬賊の中に飛び込んだ日本人少年の英雄冒険譚というモチーフが頻出するようになっていきます。有本芳水の『武俠小説　馬賊の子』は一六年に実業之日本社から出版されていますし、また宮崎一雨の「熱血小説　馬賊大王」は二三年から雑誌『少年倶楽部』に、池田芙蓉の「馬賊の唄」は二五年から雑誌『日本少年』にそれぞれ連載されたものでした。北原白秋が『赤い鳥』に拠りながら童心主義に立つ童謡運動を展開し、そこで日本人の「郷愁」や「童心」を謳い始めていたまさにその同時期に、他方では、英雄に憧れ軍事的な冒険心をかき立てるこのような小説や読み物が日本の少年たちに広く受け入れられ愛読されていた事実を、わたしたちはしっかり確認しておかなければなりません。この震災の頃の少年たちとは、総力戦が本格化する三〇年代には成人して、その戦争の中核的な担い手となる世代の人々なのです。

『馬賊の唄』単行本の挿絵。高畠華宵画

　また、ここで引用した「馬賊の唄」という演歌は、前章で引用した「流浪の旅」と同じ宮島郁芳の作品で、この二つの曲は相前後して同様に巷の演歌師たちに歌われ、そこから広く流行していったものです。すなわち、これらはだいたい共通の聴衆に受け入れられ、共感されてもいた歌だと見てよいでしょう。そうだとすれば、この「馬賊の唄」

の荒唐無稽な攻撃性の裏には、実は「流浪の旅」に表現された植民者、移住者など旅人が抱く強い郷愁が秘められていたと考えなければなりませんし、逆に言えば、この時期に「流浪の旅」に共感している人々の切実な郷愁は、「馬賊の唄」に表現されている征服者の攻撃性に事あらば転化していく危うい内実を孕んでいたと認めなければなりません。大正末年のこの時期に、日本の植民地主義はこのような形で民衆の心情に入り込み、やがて来る総力戦に向かってその心情を方向づけていたと理解できると思います。

このような時代状況下にかの地方新民謡運動は始動し、白秋を始めとする詩人たちの意識が地方へと向かっていったのです。この時に帝国日本の「地方」には、すでに朝鮮や台湾が組み込まれていましたし、樺太や満州もまたその射程内に捉えられていました。そうした「地方」に向かって、その土地を自らの詩想に捉えるべく白秋の旅が始まります。

他者に顕示する旅／他者を位置づける旅

震災から二年ほど経た一九二五年八月七日、北原白秋は高麗丸で横浜を出航し、鉄道省主催の樺太観光団の一員として、全行程一カ月に及ぶ樺太・北海道の旅に出かけています。この旅は、多くの旅をした白秋の生涯でも日本の植民地と言える境界地域への旅としては小笠原旅行以来の大旅行で、これについては自由な文体で紀行文の新境地を開いたと評価される『フレップ・トリップ』が残され、郷愁を歌う白秋童謡の中でも中核的な代表作「この道」がここで生まれるなど、白秋の作品史上でも非常に重要な節目となるものです。そして、震災とこの旅を経た頃から白秋の歌謡作品に強い国家主義の表現が頻出するようになるというのも、きわめて顕著な事実なのです。そうだとすれば、この樺太・北海道旅行は、白秋の詩想展開においていったいどんな意味をもつ経験だったのでしょうか。

ところで、それを考えようとするときもうひとつ留意したいのは、鉄道省の企画に乗った白秋のこの旅が、当時まだ摂政であった後の昭和天皇裕仁が行った樺太訪問とちょうど日程的に重なっていて、大日本帝国が実施した国際政治上のこの一大行事と事実上ワンセットの歴史的事件になっていた点です。摂政裕仁が初めての樺太訪問に向けて最新鋭戦艦の長門に乗艦し横須賀を出発したのは、一九二五年八月五日のことでした。そのちょうど二日後に後を追うようにして、白秋の乗る高麗丸は横浜を出航したのです。ここで日本の「地方」へと向かう白秋の旅が、植民地と勢力圏の拡大を目指して進んでいた大日本帝国の歩みと実際の旅程において重なり合っていたわけです。

一九二五年というこの年に摂政裕仁の樺太訪問が実施されたというのは、まずなによりも同年一月に日本とソビエト連邦との間に「日ソ基本条約」が締結され、両国の外交関係がようやく確定したのをふまえてのことでした。

かつて樺太という地は、そもそも日露を含む北方諸民族混住の地であって、日露間に最初に結ばれた条約である一八五五年の日露和親条約では国境が定められなかったために、しばしば日露の係争の種になっていました。それで一八七五年に「樺太・千島交換条約」が締結され、また日露戦争後のポーツマス条約で北緯五〇度以南の樺太が日本に譲渡されて、これによりとりあえず国境が確定したのでしたが、一九一七年のロシア革命が事態をまた変えてしまいます。すなわち、革命への干渉として行われた列強の「シベリア出兵」に際して日本も他に先んずるようにこれに参加し、独自に兵力を増強しつつ北樺太や沿海州さらには遠くバイカル湖地域にまで立ち入って軍事行動を展開して、各国が撤兵した後も単独で駐留を続けたのです。そんな日本も二二年にシベリアからは撤兵しますが、北樺太にはその後も駐留を続けて、それにより日ソ関係の正常化は大きく遅れていたのです。

一九二五年の日ソ基本条約は、このような事態に区切りをつけ、日本が北樺太から撤収して内政への相互不干渉を約束し外交関係を樹立するという趣旨で締結されたものです。これにより日本は、南樺太の新領土と沿海州沿岸での漁業権をあらためて保全し、北樺太については天然資源の利権を獲得しています。とはいえこの決着は、長期にわたって巨額の戦費をつぎ込み、パルチザンの抵抗で三千五百名にも及ぶ戦死者を出すという日本の大きな犠牲からすれば、その内実はいかにも貧弱なものに止まったと見られていました。歴史家の松尾尊兊《たかよし》はこれを「日本帝国主義最初の重大な敗北」とさえ見ています[40]。そこで日本帝国としては、ぎりぎり守った南樺太についてその武威による保全の意志を内外にあえて顕示し、諸民族が混住するこの地の人々に対してはあらためて帝国の威厳を示してそれに敬服せしめるという、特別な政治的行為がどうしても必要だったのです。摂政裕仁の樺太訪問は、植民地帝国のそんな政治的パフォーマンスとして企画されたものです。

これを政治的パフォーマンスとして見るなら、乗り物として動員された最新鋭戦艦長門はまさに恰好のものであったと分かります。戦艦長門は一九二〇年に完成して長らく日本海軍連合艦隊の旗艦を務めた大戦艦ですが、これは当時世界最大の一六・一インチ（約四一センチ）砲を装備し、最高速度二六・五ノットという非常な高速性能を持つ、文字通り世界最大の戦艦として軍事史に刻印される大きな存在でした。しかも、日本の現実的な国力を超えて国家予算にも重圧となるこのような戦艦の出現は大戦艦の建造で先を争っていた世界の趨勢にかえって警鐘を鳴らすことになり、それが二一年に始まったワシントン国際軍事会議の主たる議題となって、戦艦・航空母艦等の保有を制限する海軍軍縮条約に結びついたのでした。このようないわく付きの背景を押さえると、大戦艦長門に座乗した摂政裕仁の樺太訪問がいかに威圧的で重い政治的意味を持ったかがよく理解できると思います。

またそれに加えて、この時の摂政裕仁は、当時病気が進行していた大正天皇を代行する摂政として代替わりに向けた準備を着実に進め、特にこの時期には、天皇に代わって日本全国に出かける「巡啓」「行啓」の類もすでにかなりの回数を重ねていて、国民の視覚を支配する主体が「皇太子にほぼ移る」と言えるまでになっておりました。[41] すなわち、皇太子がその生身の身体をもって人々の前に現れ、人々はそこに数千、数万の単位で集まって、皇室シンボルであるその皇太子からの視線を浴びながら日の丸の旗を振り、最敬礼をして君が代を斉唱し万歳を叫んで「一君万民」の政治空間を造るという、昭和になってからは普通になるこの形の儀式が全国各地ですでに繰り返し実施されてきていて、人々は次第にそれを「臣民」である経験として体感するようになっていたのです。しかもメディアの発達により、そんな「巡啓」「行啓」が連日のように詳細に新聞報道されて写真も広く行き渡り、その動静を記録した活動写真の上映会の類もあちこちで開かれて、それを通じて「臣民」たる経験が広範な人々に追体験され共有されるという、メディア・イベントによる視覚と感情の大量動員の形が次第に整えられてきていました。二五年の樺太訪問は、その延長上にあるまさに視覚の帝国主義的な事業であったのです。

このように見てくると、樺太の地で交錯している摂政裕仁の旅と北原白秋の旅とは、単にその旅程において接近しているばかりでなく、むしろ旅そのものの意味において、ある近接性をもっていたと理解できるように思われます。というのも、摂政裕仁の旅が、以上のように日本帝国の植民地的境界にまで来てその地をしっかりと支配下に統合すべく武威を他者に顕示しようとする意図を抱えていたのだとすれば、白秋の旅もまた、日本の地方の果てに立ってその地とそこに住む人々を自らの詩想の圏域に捉えようとするものであったからです。それでなくても、大々的に報道された摂政裕仁のこの旅に日本帝国の版図の広がりを感じている人々は、それに同行しているかに見える白秋の旅からも、その旅先の地が日本や日本人にとってどのような地であるのか、そこに住む人々はどのような人であるのかを知りたいと思ったことでしょう。すると、そんな状況の中で、白秋自身はその旅に何を思い、旅の地での経験からどのような表現を生み出しているのでしょうか。

第四節　「この道」で確認されたこと

他者と出会う道

北原白秋は、全行程一カ月に及んだこの樺太・北海道旅行から帰って、直ちに詩・童謡・民謡そして旅行の紀行文の制作に精力的に取りかかり、雑誌『赤い鳥』や『女性』そして自ら主宰発行した詩誌『近代風景』などにそれら作品を矢継ぎ早に発表していきます。そしてこの作品群が、童謡作品については『月と胡桃《くるみ》』というタイトルで一九二九年六月に梓書房から、詩作品については『海豹と雲』というタイトルで二九年八月に出版社アルスから、それぞれ作品集として公刊され、これにより震災後の白秋がまとまった姿を現すことになりました。しかも本書の関心からここで特に注目されるのは、この作品群の中心に成熟期白秋の代表作として特別に重要な童謡「この道」が含まれている事実です。すなわち、郷愁を歌う白秋童謡の完成型と見える作品「この道」もこの時期に集中して生まれた成果の一コマとしてあり、それらを全体として捉えて初めてその意味が明らかになるはずのものなのです。ここではこの観点に立って、同時期の白秋を読み解いてみようと思います。

そこでまず童謡集『月と胡桃』ですが、ここでは樺太に関わる作品が「イワンの家」と題される第二部にまとめられていて、確かにこのテーマが童謡集のひとつの核をなしていると分かります。その冒頭に置かれているのが、つぎの作品「道ばた」でした。

　道ばた
荒地野菊や、箒《はうき》ぐさ、
きつい日ざしになりました。
――鳴けよ、馬追、この道も、
しんとしてます、どこまでも。(↖)

まづしいお小舎《こや》、箒ぐさ、
誰も見てゆく、このまへを。

誰も見てゆく、このまへを、
そして、とつとと行つちまふ。

（㉖三三四頁）

樺太・北海道旅行が生んだ創作成果の中心に童謡「この道」があると言いましたが、そのことを念頭に置いてみると、それが収録された童謡集で樺太をテーマとする第二部がこのように「道」を主題に始まっている事実は、やはり特別に留意すべきことでしょう。この「道」という主題は、ここからさらにつぎのように引き継がれていきます。

遠い野原

遠いあそこへ
行《ゆ》く道は、
行く道は、
ひろい、ななめの赤い道、
誰か向うへあるいてる。

（㉖三三五頁）

紅あんず

通りかかつた
山の道、
窓の障子は
閉めてある。
誰《たれ》か子供の
ゐるやうで
何も声せぬ
お午《ひる》です。

（㉖三四七頁）

山のホテル

山のホテルの幌馬車は、
いつもこはれた壁の前。

（中略）
まづしいホテル、蔓の薔薇、
いつか見ました、道のそば。（26 三三六頁）

このように続けて読み進めると、ここでは樺太のイメージそのものが「道」として表象され、その「道」の様態をもってその意味が語られていると分かります。そう思ってみると、それは紀行文『フレップ・トリップ』でも同様で、こちらでも、アイヌの村を汽車で駆け抜けた「多蘭泊《たらんとまり》」の鉄路の旅、がたがたの自動車で無謀にも陸路敢行された「樺太横断」の旅、また、道すがら立ち寄った「イワンの家」や「豊原旧市街」の見聞と、旅の体験のハイライトがいずれも道の上のこととして語られておりました。旅人＝白秋の樺太・北海道の旅は、童謡作品「この道」に到る以前に、このように始めからずっと「道」を問う旅として綴られていたのです。

するど、樺太ではこの道がどのようであるというのでしょうか。「しんとしてます、どこまでも」「まづしいお小舎」「そして、とつとと行つちまふ」「誰か向うへあるいてる」「いつもこはれた壁」「窓の障子は閉めてある」「誰か子供のゐるやうで何も声せぬ」、ここで重ねて現れるこのような表現は、もちろん、まさにその道の様子を繰り返し深く心に刻もうとするものであるのは明らかです。すなわちそれは、来訪者にとって取り付きがたい疎遠な世界であり、人間の生活の豊かさや活気の感じられない空間なのであって、それを前にして立ち入る縁《よすが》もつかめぬままに寂しい思いを抱き旅人は立ちつくしているという情景です。このように描かれる道の様態には、遠く離れた地へ移民や植民として移動する人々が実際に感じ、また白秋自身もかつて小笠原で外来者として体験したのとも似ている、他者との出会いの不安で疎外された関係のイメージが確かにあると認められるところでしょう。

もっとも、樺太の道について語られているこのような表現を、前章で見た流行歌「さすらひの唄」や「流浪の旅」で歌われる流浪の旅人の切なさと比較するなら、これらが同様に訪れた先の土地と来訪者との間の疎遠さを語りながら、両者の間には重要な視角の逆転があることに、ここでは注目しなければなりません。前章ですでに触れたように、「わたしや水草、風吹くままに、ながれながれて、はてしらず」と歌う「さすらひの唄」や、「流れ流れて落ち行く先は　北はシベリヤ南はジヤバよ」と歌う「流浪の旅」においては、漂泊の身となり落ちぶれていると感じられているのはわが身自身のことであり、この自分自身が希望を失って寄る辺ない境遇に陥っていることが「つらい」と感じられているのでした。ところが、樺太の道を歌っている白秋の童謡では、貧しく活気がなく寂しいというのは訪れた先である樺太の地のことであって、これに対して旅人は外来の観察者の視線でこの樺太の道の方に問題を「発見」しているのです。

このような観察者としての視角は、さらに、続けて置かれている作品「敷香《しくか》」ではもっとはっきりした問題として現れてきます。

敷香

北から北から泣いて来た　―子供は窓から目を出して

ろしあの子供はかはいさう。
子供をつれつれ逃げて来た
ろしあの母さんさびしさう。
やつとこ一匹ついて来た
ろしあの牝牛もひもじさう。

ちひさな向日葵《ひまはり》見てゐるし。
母さん、はだしで、乳売りに、
ちらちら耳輪に日が照るし。
牝牛は海見て、ねころんで、
ぼんぼん苜蓿《つめぐさ》たべてるし。

土人はオロチョン、ギリヤアク、
お魚ばつかり干してるし。

(26)三五四―三五五頁)

見られるようにここでは、もともと北方諸民族が混住してきたこの樺太の地に、日露戦争とロシア革命という政治変動を経つつロシア人が無籍となって残り、あるいは流れ込んで来ていて、それにより一層多様な生活様式が絡まり合っている混合社会の状況が描写されています。そして、ここでそれを見ている白秋のまなざしが、「かはいさう」「さびしさう」「ひもじさう」という同情の表現をとりながら、それを「土人」である「オロチョン、ギリヤアク」の生活とも並列させつつ、まとめて自分の生活感覚の高みから見下す人種主義の色合いを帯びていることは明らかでしょう。(42) というよりこれは、「文明」による統治の対象として「遅れた原住民」に問題を見出す植民地統治者の支配意識なのだと言った方がいいかもしれません。前節では白秋の旅と摂政裕仁の旅との旅程の並行を確認しましたが、少なくともここにその帝国意識の一端が見えるのは間違いありません。

再発見される「この道」

この植民地統治者のまなざしが、樺太の道にある選別を持ち込んでいくことになります。童謡集『月と胡桃』における樺太の道の物語は、ここでいかにも白秋らしい「優しさ」を表現するものとして一般に評価の高いつぎの作品に続いています。

アイヌの子

大豆畠の
露草は、
露にぬれぬれ、
かはいいいな。

大豆畠の
ほそ道を、
小さいアイヌの
子がひとり。

いろはにほへと
ちりぬるを、
唐黍《たうきび》たべたべ、
おぼえてく。

（㉖三四六—三四七頁）

この作品は、「まづしい」とか「さびしい」とか否定的にばかり語られていた樺太の道の上に「かはいい」ものが初めて現れてくるという点で極めて印象的な位置を占めていて、この意味からすれば、確かに童謡集『月と胡桃』の後半部に置かれたひたすら優しい白秋童謡の世界に人々を誘うひとつの結節点のような役割を担っていると言えるかもしれません。そして、「お母さま」を総題とするその第七部に、「この道」と「からたちの花」という二つの代表作が並んで収録されているのでした。

すると、寂しい樺太の道に初めて可愛い世界が立ち上がる作品「アイヌの子」において、登場人物であるアイヌの子は、どうして道ばたの露草と共に「かはいい」と認められているのでしょうか。それはもちろん、この子が「いろはにほへと　ちりぬるを」と日本語を習得する努力をしているからに他ならないでしょう。それによって、このアイヌの子は、もともと他者であったものが進んで日本に同化しようと努めていると認められ、その態度が「かはいい」と感じられるのです。そう認識してみると、この「アイヌの子」は、まさに樺太が植民地であるということと切り離せない作品であると理解できます。つまりその道がもともとは他者たちの場で、それゆえ「さびしい」、「まづしい」と感じられる道だったからこそ、そこに現れて進んで同化に歩むアイヌの子がことさら「かはいい」のであり、それを描くこの作品は、そのような植民地統治者的な願望を実にうまく表現しているということです。そしてそのことが認められるなら、その同じ意識によってそれに続くつぎの作品が作られていることもまた明瞭でしょう。

J・O・A・K

蕗のはやしのかたつむり、　　―しろいおうちをたてました。（↖）

しろいおうちのかたつむり、
角《つの》のアンテナ出しました。
ここは樺太真岡道《まをかみち》、
馬の背よりも高い蕗。
角のアンテナ、かたつむり、
J・O・A・Kきいてます。
(㉖三四八頁)

JOAKとはもちろんラジオの東京放送局であり、JOAKを聞いているこの空間は、日本の支配が及んでいる空間であると感じられています。他者である北方諸民族が混住し貧しく寂しいと感じられた樺太の道は、アイヌの子が日本語を学んで日本に同化しようと努力を始め、JOAKの電波が届いてそんな同化の可能性が他の人々にも及ぶようになることで、日本の統治下にある植民地の道として、自分たちの統治空間内にあると感じられる場に一気に変貌するのです。そうだからこそ、この作品「J・O・A・K」は、同じくJOAKを聞いていた日本人たちをどこかホッと安心させる力をもっていたのでした。

すると、樺太で唯一生きる可能性を見せていると認められたこの道は、いったいどの道に繋がっている、あるいは、繋がらねばならないと言うのでしょうか。まさにこの問いに応答するように白秋は、樺太からの帰途に北海道に渡ったとき、あらためてその道を再発見したと語っています。それが「この道」なのでした。

この道

この道はいつか来た道、
　ああ、さうだよ、
あかしやの花が咲いてる。
あの丘はいつか見た丘、
　ああ、さうだよ。
ほら、白い時計台だよ。

この道はいつか来た道、
　ああ、さうだよ。
母さんと馬車で行つたよ。
あの雲はいつか見た雲、
　ああ、さうだよ。
山査子《さんざし》の枝も垂れてる。

（㉖四五三―四五四頁）

この作品は、樺太旅行からの帰途に立ち寄った北海道での感慨を基礎に創作されたという経緯が本人の言により確認されていて（⑳三五三頁）、九州で生まれ育った白秋がこうした北海道の道の風景を「いつか来た」という想起の物語として綴るときに、その胸中でこの道を日本という空間の領域意識で捉えていることは間違いないと認められます。すなわち、外地である樺太のあの道ではなく、日本の本国内である北海道のこの道が、確かに「いつか来た」と感じられる道だったということです。こうして白秋は、樺太という植民地体験を介して、青年期に故郷柳河に特別に示した郷愁とは異質な、ナショナルな単位としての日本への郷愁のかたちを表現として完成させることになりました。

もちろんとはいえ他方で、樺太のあの道も、他者であったその地の人々が日本語を学んで日本に同化しようと努め、また（ＪＯＡＫを通じて）日本につながりをもっている限りで、つまり日本統治下の植民地である限りで、日本のこの道に変わっていく可能性を見せているし、この道に繋がっていかなければならない。それが植民地樺太についての確認です。要するに、白秋の樺太・北海道への旅から生まれた童謡作品は、相互に密接な連携をもって、このように植民地樺太までを圏域に捉える植民地帝国日本の「道」の差異と連続を再確認する物語として読むことができるのです。

すると、同じ時期の詩作品ではこの旅について何が語られているのでしょうか。

帝国の「この道」の神話的地理

一九二五年九月に樺太・北海道旅行から帰った北原白秋は、同年十月二十八日の『都新聞』紙上に「明治天皇頌歌」を発表し、また翌二六年二月十一日に挙行された「建国祭」のためには「建国歌」を書いて、それらはいずれも山田耕筰の作曲により歌曲として披露されています。このうち後者の「建国歌」については、序章で触れました。ここでは、旅行をその「建国歌」へと直接に繋いでいる「明治天皇頌歌」をまず見ておきましょう。

明治天皇頌歌　（一九二五年十月二十八日）

一　大空の窮《きは》みなき道、わが日《ひ》の本《もと》の、
天皇《すめらみこと》の神《かん》ながら知《し》ろしめす道。
故《ゆゑ》こそ畏《かしこ》き大御心《おほみごころ》
仰《あふ》げや、国民《くにたみ》。

四　まつろはぬ、稜威《いづ》のまにまにうち平《ことむ》けて、
四方《よも》を和《やは》すと高領《たかし》るや恩沢《めぐみ》うるほふ。
故こそ正しき大御軍《おほみいくさ》。
仰げや、国民。

崇《あが》めや、諸人《もろびと》、
われらが明治の大《おほ》き帝《みかど》を。

崇めや、諸人、
われらが明治の大き帝を。
（30二六〇—二六二頁）

ここでも、やはり始まりは「道」のことです。しかもここではその道が天皇の支配する道（神ながら知ろしめす道）につなげられていて、これに続く「建国歌」の皇国主義がすでに明確な形で現れていると理解できます。と考えると、童謡「この道」が発表されるのは一九二六年八月のことですから時間の順序から言えばむしろこちらの方が少し先で、童謡である「この道」も白秋の作品史の中で同時期のこのような詩歌作品と切り離すことはできないと認められるでしょう。そこで童謡作品が「道」の物語として語った旅行のことを詩集『海豹と雲』の詩作品を中心に置いて辿り直してみると、こちらでは「道」の物語と相関し、あるいはそれを背後で支えるもうひとつの物語が語られていると分かります。

旅行から帰った白秋の詩作品で見落とすことが出来ないのは、童謡作品で「さびしい」、「まづしい」と「道」に即して語られた樺太の印象が、こちらでは「神」の存在への問いにつなげられているということです。樺太においてさびしいのは、ただ人間の生活が貧しく、自然の風景が曇り澱《よど》んでいるからではなく、むしろ彼の地樺太に生きる人々において神が滅びようとしているからだ、と語られるのです。そこにつぎのような詩が生まれます。

老いしアイヌの歌　（一九二六年二月一日）

アイヌはよ、
老いしアイヌ、
神アエオイナ、
（中略）
吾《あ》は老い、吾は嘆けり。
吾は白し、早や輝けり。
吾は消えむ。ああ早や、
吾が妻、吾が子、吾が弟《いろと》、
吾が族《ぞう》の、残れる者、
ことごとく滅せん。
（中略）
彼アイヌ、
老いたる鷲、
蝦夷島《アイヌモシリ》の神、
古伝神《オイナカムイ》、オキクルミの裔《すゑ》、
ほろびゆく生ける屍《ライグル》、
光り、かつ白き屍《ライグル》、
彼アイヌ、眉毛かがやき
白き髯胸にかき垂り、
厳《いつ》かしきアツシシ、
マキリ持ち、研ぎ、あぐらゐ、
夜なす眼窩《めのくぼ》のアイヌ、
今は善し、オンコ削ると、
息長に息《い》ぶき沈み、
恍れ、遊び、心足らふと、
そのオンコ、
たらりたらりと削りけるかも。

（5四五九頁）

さびしい道の続く樺太では、神である「老いしアイヌ」がすでに「ほろびゆく生ける屍《ライグル》」となり「神ありや」（「蜃気楼」5四九八頁）と問わねばならないようになっている。この神々の事態は、道に見られる現象の根底にあって、この地の精神そのものの老化なのだという認識です。そのような樺太の情景の中で、童謡作品では道の上で日本語を覚えようと努める「アイヌの子」に新しい可能性が語られていたのでした。これに対して詩作品では、神の再生する希望が、滅びゆく「老いしアイヌ」に明瞭に対照させてつぎのように語られています。

汐首岬　（一九二八年六月一日）

たうたうと波騒《さや》ぐ汐首岬《しほくびざき》、
鮮《あざ》やけし、雑草《あらくさ》の青、さみどり、
　ああ、げに、いにしへのアイヌモシリ、
　言問へよ、今にして辺《へ》の岬々《さきざき》。

味鳧《あぢがも》の浮きなづむ海越え来て、
噴《ふ》き騰《あが》る縦雲《たてぐも》の秀《ほ》をあふげば、
　夏よ、げに、声はあり、カムイ、ユカラ、
　その声は風と満ち、照り響けり。

朗らかや、すがし葉の大広葉の、
蕗の葉の下つ人、コロボックル、
　呼べよ、げに、神はあり、オイナカムイ、
　さながらに立つ影の素《す》の裸男《はだかを》。

ここ過ぎて、神ながら身は新らし、
ここ過ぎて、我が息吹《いぶき》蘇れり。
　人よ、げに、ひたごころ、直《すぐ》なる神、
　白雲の噴《ふ》き騰《あが》る国思へや。（5五五三頁）

先の「老いしアイヌの歌」で精神の老化とともに訪れる神の死を感じた者には、その後に続く詩作品であるこの「汐首岬」に描かれる神の再生はまことに生き生きと眩しいような印象を喚起するでしょう。先のアイヌの歌で「老いた」とか「ほろびゆく」とされていたアイヌの神々は、ここでは鮮やかに生きていて、その声は「風と満ち、照り響けり」とされています。そればかりでなく、アイヌの伝説では消えてしまったとされる先人のコロボックルさえ、ここでは呼べば届くところに生きていると歌われるのです。すると、ここで神々はなぜそのように生きているというのでしょうか。

この詩で歌われる汐首岬というのは、北海道でも函館のさらに南寄りにある岬で、本州から見ると北海道の最短地点にあり、そこに立つと晴れた日には下北半島がまさに目の前に見えるという場所です。すると、ここに示された白秋の認識は、かつて「アイヌモシリ（アイヌの大地）」としてあった北海道が、本州に突き出たこの岬で日本につながることによって、いまや白雲が噴き騰《あが》り神々が新たに生きるそんな場所になっているということでしょう。すなわち詩作品「汐首岬」は、そのように心象地理（心のイメージに描かれる地理感覚）において日本につながることで再生している神々への賛歌であり（「ここ過ぎて、神ながら身は新らし」）、またそうした神々の再生に注目しようという呼びかけなのだと理解してよいと思います。神々が再生する北海道のこの場こそが、日本人が「いつか来た道」と思える安心をすでに生んでいて、樺太がこれから目指すべき模範なのだとして提示されているわけです。

このように詩集『海豹と雲』の詩作品を見てくると、ここで白秋はアイヌの神の死と再生の物語を語り、それが実はまた神の滅びゆく地を統合して再生させる新しい日本神話の構想にも繋がっていると分かります。そこから生まれる「明治天皇頌歌」や「建国歌」など、彼の童謡作品に親しんだ者にはいかにも古めかしく感じられる白秋の神話的表象も、実は日本の古神道の精神への単純な復古なのではなく、その精神のうちにアイヌの神々などかつては含まれなかったはずの神々まで統合する形で、より拡大された新しい神話体系として想像されているということです。言い換えると、ここで童謡作品に詩作品が連携して作り上げているのは、神話の世界で想像され正当化された植民地帝国の地理構想なのだと言っていいかもしれません。少なくとも白秋その人においては、このような植民地帝国の神話的地理を基底にして、北海道の道も帝国日本の「神《かん》ながら知ろしめす道」に接続すると理解されていて、そこから日本の童謡「この道」も生まれてきたのでした。そうだとすれば、わたしたちが童謡「この道」を歌うときには、それを意識しないままに白秋が提示する植民地帝国の神話的地理の空間に取り込まれていると考えなければなりません。

　ここまでわたしたちは、北原白秋という詩人における童謡と新民謡の世界の生成について、そこに見えた郷愁の本質化という問題を取り付き点にしてかなり立ち入った考察を続けてきました。そしてここにいたって、白秋のその本質主義の意識が、いまや帝国日本の神話的な地理の構想にまで進んできていることを確認しています。しかもこれまでの考察で重要なことは、詩人白秋におけるそのような詩想の展開が、実はつねに同時代の植民地主義との関わりを契機としながらステップアップしていると理解できることでしょう。そのことにより白秋の詩的世界は、一大植民地帝国の建設に進む同時代の日本の時代精神と次第に深くその基調を合わせるようになっているのだと分かります。大正デモクラシーの「自由」という社会的雰囲気の中で日本民衆の心情をしっかりつかんだ白秋童謡と新民謡の詩的世界が、ここまで進んで、いよいよはっきりと植民地帝国の歩みにその詩想の足並みをそろえるようになっているわけです。

時は、震災後という状況を脱して平時に復帰するのではなく、いよいよ本格的な総力戦とそれへの総動員の時代が始まるところまでやってきています。すると、そんな時の変化の中で、詩人白秋とそれを読む日本の民衆は、ここまで準備された詩想と心情をもってどのようにこの戦争の時代に関与していくのでしょうか。

第四章

国民歌謡と植民地帝国の心情動員

——翼賛する詩歌／自縛される心情

やぐらを囲んで東京音頭を踊る人々（1933年夏）

第一節　地方民謡から国民歌謡へ

戦時を迎える東京音頭の熱狂

昭和八年夏、異様な興奮が帝都東京を包んでいた。東京市内のありとあらゆる空地にやぐらが組まれ、装飾がほどこされ、浴衣がけの老若男女がそのやぐらを十重二十重に取り囲み、踊り狂っていた。(1)

「十五年戦争」とも呼ばれるアジア・太平洋戦争は、一九三一（昭和六）年九月に勃発した満州事変によって火蓋が切られました。それから二年ほど経った昭和八年夏の東京の様子を、ＮＨＫのテレビ番組『歴史への招待』を書籍化した同名の本の「昭和編」は、このように書き出しています。そのやぐらから「スピーカーも割れんばかりに響き渡る唄」とは、よく知られているつぎの唄でした。

東京音頭[2]

ハア
踊り踊るなら　チヨイト　東京音頭　ヨイヨイ
花の都の、花の都の真中で　サテ
　ヤートナ　ソレヨイヨイヨイ　ヤートナ
　　ソレ　ヨイヨイヨイ　（以下囃子略）

東京よいとこ　日本《ひのもと》てらす
君が御稜威《みいづ》は、君が御稜威は天《あま》照らす
花は上野よ　柳は銀座
月は隅田の、月は隅田の屋形船

（中略）
昔や武蔵野　芒の都
今はネオンの、今はネオンの灯の都
花になるなら　九段の桜
大和心の、大和心のいろに咲く
幼馴染の　観音様は
屋根の月さへ、屋根の月さへなつかしや

西条八十が作詞し、中山晋平が作曲して、当時人気絶頂にあった小唄勝太郎と三島一声が歌ったこの唄は、その踊りの輪を東京のみならず日本全国にまで広げてまさに空前の「音頭ブーム」を巻き起こしました。昭和という時代に入ると、音楽文化を支えるレコード産業がおおいに興隆してそこから「東京行進曲」や「酒は涙か溜息か」あるいは「島の娘」といった大ヒット曲が生まれましたが、その中でも「東京音頭」はダントツで、レコード売り上げは単独で百二十万枚を超えたと言われています。[3] そればかりでなく、各地で歌詞だけを変えたさまざまな土地の音頭が作られ、それがまた数百もレコード化されたということですから、そこからも現出した音頭ブームの規模のすさまじさが推し量られます。

確かに、「ありとあらゆる空き地にやぐらが組まれ」、しかも「そのやぐらを十重二十重に取り囲」む踊りの輪が作られたと伝えられるこの唄では、一枚のレコードにもその背後にそれぞれ何十、あるいは何百という数の踊り手たちがいたはずですから、総人口が六千七百万人に満たなかった当時の日本にこの百二十万枚という数字は、おおまかな算定だとしてもやはり驚くべきものでしょう。同時代の文字通りほとんどすべての人々が、これを歌い、踊りに参加し、その踊りの輪を囲んで歓呼し、注視し、あるいは少なくとも聴いていた。ここには間違いなくこの時期の民衆の気分を強烈に捉えた楽曲があり、それにより熱狂の渦がきわめて広範囲に広がっていたと言って決して過言ではありません。

すでに戦争が始まっていたこの時期に、このような歌と踊りの熱狂があったという事実は、軍国主義の時代というそのイメージから考えると一見不思議に感じられるところです。それにもかかわらず、これまでこの事象については、幕末の「ええじゃないか」との流行としての同型性をただ類推的に語るだけの見解はあったにせよ、歴史社会研究として十分な説明がなされて来たとは言えないように思います。戦争の時代を詩や歌の動員という観点から捉えようとする近年の研究でも、日中戦争期以降を中心に総動員体制下における新聞や雑誌そして専門文学者や音楽家たちの動向についてこそ立ち入った探査が行われ重要な成果を生んできていますが、それ以前にあったこの民衆の

熱狂の意味にまではいまだ解明の手が及んでいません。(4)

しかし、この戦争の時代の精神文化状況を、職業的なジャーナリストや専門文学者そして音楽家たちの行動からのみ見るのではなくその底にある民衆の心情にまで立ち入って考えようとするなら、これは決して無視することのできない事態であるに違いありません。というより、この東京音頭の熱狂こそ、日本において民衆が示した戦争という時代の始まりの迎え方だった。時間の経過を順に辿ればどうしても否定できないこの歴史的事実から、わたしたちは考え始めなければならないはずなのです。

そして本書でここまでわたしたちが進めてきた考察は、民衆を熱狂に駆り立てたこの事象に接続していると考えることができます。すなわちこの時期の東京音頭の流行は、前章で見た地方新民謡運動からの継続であり、また戦争という時代の開始に応じたその変質でもある、そのように見るときに、ひとつの筋の通った理解に見通しが開かれてくるからです。そうだとすれば、まずはそんな動きがこの戦時の始まりとともにいかにして起こり、それがいったいどのようにして民衆心情の戦争への総動員にまでつながっていったのか、またそこで北原白秋を始めとする詩人の抒情の力はいかなる役割を果たしていたのか。本章で考えたいと思うのはこの一連の事柄に他なりません。

地方新民謡運動の継続として

まず、東京音頭のブームが地方新民謡運動の継続線上にあるという、この問題の第一の側面を理解するためには、その前年に作られていた「丸の内音頭」という唄の成立経緯から始めて考えてみる必要があるでしょう。この唄は、曲は東京音頭とまったく同一のもので、歌詞の方は同じ西条八十作で次のような内容でした。

丸之内音頭(5)

ハア
踊《をどり》をどるなら、まるくなつて踊れ　ヨイヨイ
をどりやこころも　ソイ　をどりや心も、丸
の内　サテ
　ヤットナ　ソレヨイヨイヨイ　ヤットナ
　　ソレヨイヨイヨイ　（以下囃子略）
雲は九重《ここのへ》　御稜威《みいづ》は空に
音頭とる子は　音頭とる子は　真中に
（中略）
揃ふた揃ふたよ、踊子の手ぶり
ビルの窓ほど　ビルの窓ほどよう揃ふた

大手うれしく、顔三宅坂
ほんにおまへは　ほんにおまへは、数寄屋橋
（中略）
名さへなつかし　霞ヶ関を
春は蝶々が　春は蝶々が番をする
（中略）
花の桜田　血染めの雪も
消えて六昔　消えて六昔、七むかし

丸の内界隈を素材にこんな唄がつくられたのは、始めは東京の有楽町にある風呂屋で朝風呂につ

かりながら交わされたひとつの雑談がきっかけであったとされています。その雑談には丸の内界隈の商店街の人々が加わっていましたが、そのうちの一人であった日比谷松本楼《まつもとろう》の主人の話をその子息である小坂信也が伝えています。それによれば、不景気の中でとかく近隣の銀座などに客を奪われがちだった有楽町、内幸町あたりを「もっとアピールしよう」ということが交々語られ、そこに「盆踊り」開催のアイデアが持ち上がったということで、そのために唄を作る話が具体化してレコード会社のビクターを通じ西条八十と中山晋平のところに依頼が持ち込まれたのでした。(6)

このように町域の住民たちが地域の振興のために唄を求め、専門作家に依頼して新作民謡を作ってもらうということであれば、それは前章で見たような地方新民謡の制作場面と同型であり、この唄の成立がそうした流れの中にあるのはもちろん明らかでしょう。(7) そしてこの企画は、一地方としての東京の中ではそれなりに評判を呼び、揃いの浴衣と手ぬぐいを誂《あつら》えて催された踊りの会にも踊り手が多く揃って、それが会場である日比谷公園の「大きな景観となった」と言われています。(8) これが、つぎの東京音頭に進む重要なステップとなりました。

そして、この一地方新民謡としての丸の内音頭が、歌詞だけを変えることで東京音頭に変身し、これが日本全国を熱狂の渦に巻き込んでいくプロセスには、それに先行した地方新民謡運動の全国的な広がりが更に深く関わっていたと理解しなければなりません。

これまで、東京音頭というこの大ヒット曲のヒットの理由が語られるときには、まず第一にそれを売り出していったレコード会社の実に巧妙な営業戦略から始めるというのが通例でした。当時の日本ビクターで文芸部長をしていた岡庄五が証言するように、「丸の内音頭」を「東京音頭」と改題してあらためて売り出すとき、会社の内部では、「歌も亦《また》どこで歌つてもよいやうな、つまり家庭で歌はうが、どこで歌はうが、差支へのない忠君愛国といふやうなことを歌ひ込んで作り直さうではないかといふ相談」が交わされ、全国的な流行を目指してかなり意識的な変更が加えられたと言われています。(9)その痕跡は、上野、銀座、浅草、武蔵野など東京の名所を旅行パンフレット風に網羅して拡大した地理表象や、「君が御稜威《みいづ》は天照《あま》らす」とか「大和心のいろに咲く」とか天皇と愛国をより前面に語る歌詞に明らかですが、確かに、当局の監視からも世間の常識からも「差支へのない」このような詞句変更が戦時にあっても全国的流行を可能にするひとつの要因となったことは間違いなかろうと思います。

加えて、NHKの『歴史への招待』が指摘するように、この東京音頭のレコードが売られるときには、ビクターの採った「売り込み作戦」がその販路拡大に大きく貢献したということもありました。(10)そのとき営業販売員たちは、広場にやぐらを組んで町の人々を集めたり、販売店の店先で自ら踊ったり、地方の置屋《おきや》で芸者たちの前で踊ったり、さらには移動する汽車の中とか、ダンスホールにまで出かけて行って踊ったりと、実際に踊りの手ほどきをしつつ販売活動を進めたと伝えられています。

とはいえ、そのようなレコード会社の営業戦略なら、それがいつでも思うままにヒット曲を生み出せるマジックだったはずはありませんから、それだけによってこの東京音頭の大ヒットを説明するのは不可能でしょう。また、作曲家團伊玖磨《だんいくま》が指摘する「ヨナ抜きの陰音階」の使用という「日本人が大好き」という曲作りの仕掛けを考慮に加えたとしても、(11)それでは同一の曲である丸の内音頭と東京音頭とのヒットの差を理解することができません。だからこの事象を説明するには、そうしたヒットを生む営業戦略にむしろ先立って、それを進んで受け入れた民衆の側の条件や理由を考慮しなければならないのです。

そしてそんな条件として第一に挙げられるのが、それに先行して日本全国に広がっていた地方新民謡運動の経験に他なりません。多くの人々がレコードの楽曲に合わせ、決められた振りに合わせてこぞって実際に踊り出すという、このような社会現象であれば、まったく白紙の状況に生じるはずはなく、むしろ人々の間にそんな曲の同型的なリズムに合わせて踊る自発的な身体経験、しかもそれが楽しいと感じられた快楽経験が、先行して存在していなければならないでしょう。レコード販売の宣伝に促されたことがあったにせよ、実際に人々は、販売店の店先でも、宴席の場でも、ダンスホールでも、そしてなにより広場に組まれたやぐらの周りでも、日本全国あらゆるところで進んで人前に飛び出し、あたかも自然に踊り始めている。このような顕著な現象は人々の間に蓄積されていた文化経験の存在を示しているのであり、震災後に始まり日本全国に広がっていた地方新民謡運動の身体経験と動員力こそが、東京音頭の全国ヒットに基本前提を作ったと理解できると思います。

もっとも、このようなブームがさらに空前の高揚を見せて「熱狂」と言われるまでヒートアップしていくには、さらにいくつかの条件が重なり、そこにさまざまな相乗効果が働いていたことを知らなければなりません。

「大東京」に参与する民衆

そのような条件のひとつとして、東京音頭がヒットする前年である一九三二年十月に実現した「大東京」の誕生という事実がありました。「待望久しき大東京市制実施の日は来た」「人口五百万、面積にして約一億七千万坪に近い大東京の実現は、旧東京市に比較して人口に於て二倍半、面積に於ては実に七倍の拡張である。（中略）この膨大な市域拡張によつて大東京は人口に於ては一躍世界第二位となり、又面積に於ては第五位となつたのである」。同年十月一日付けの東京朝日新聞は、この日の大東京市誕生を喜びに弾む言葉でこう伝えています。郊外の八十二町村を併合して拡張した東京はここに産業の面でも消費の面でも都市としての力量を格段に高め、それを実現したという慶祝気分は、そこに住む人々をこぞって唄に踊りに駆り立てる強い心理的駆動力となって働きました。東京音頭の熱狂は、まさに東京のこの新時代を表現する祝祭であったと、まずは考えることができるのです。

とはいえこの祝祭は、とかく幕末の「ええじゃないか」と並べて語られるような単なる非合理的情動とか不安の発散などではなく、そこに人々を動機づけるとてもはっきりした社会経済的理由があったことを、しっかり理解しておかなければなりません。そのあたりの事情について、この時期の東京史を参照しながら整理して考えてみましょう。(12)

大正の末期に、関東大震災後という状況の中で、まず東京市の人口が大きく減少したことについては、すでに触れました。この東京市部の人口減少は、一方で「帰郷」という形での人口の地方回帰があってのことでしたが、他方では市部から郊外町村への「住居移転」という形での人口流出によってもたらされたものでもありました。明治以降増大し続けた東京市の人口は一九二〇年に二百十七万三千人あまりにまで達していたのでしたが、それが震災によって一時期急激に減少してその後もすぐには回復せず、「帝都復興事業」を経た三〇年の国勢調査でもなお二百七万人あまりにとどまっていました。これに対して隣接五郡の郊外町村をみると、その人口総数は二〇年に百十七万七千人あまりにすぎなかったのが、二五年には一気に二百十万三千人あまりとなり、三〇年には二百八十九万九千人を超えるところまで増加しています。すなわち、この十年間でほぼ二倍半になったというわけです。これにより、市部と郊外との人口分布は劇的な変化を遂げることになったのでした。

しかもこのような人口分布の変化は、単なる量的な変化であったのではなく、東京の都市としての構造そのものの変化をともなっていました。それまで東京の盛り場の中心であった浅草や日本橋に代わって、銀座、新宿、渋谷、上野広小路、そして池袋などがそれぞれ百貨店を中心に繁華街を拡張して多極的に台頭し、またここをターミナルとしつつ郊外電車路線が延びて、それに沿ってサラリーマンらが住む住宅地が広がり、そこに武蔵小山、自由が丘、下北沢、三軒茶屋、高円寺、阿佐ヶ谷、蒲田、亀戸、巣鴨などの新興商店街が形成されるというように、住民の生活圏がその空間構成から基本的に作り変えられていったのです。一九二九年に発表されてヒットした「東京行進曲」（作詞：西条八十　作曲：中山晋平）は、そんな新しい都市の情景を「シネマ見ませうかお茶のみませうか　いつそ小田急で逃げませうか　変る新宿あの武蔵野の　月もデパートの屋根に出る」[13]と歌い、郊外の新興商店街には各地で「〇〇銀座」の名がつけられて、この時の住民たちの野心に満ちた意識変化を鮮明に示していると考えられます。

このような変化が進んでいくと、それまでの東京市の構成が実態に比してあまりに手狭であり、都市空間としての有機的な展開を図るには障害の多いものと感じられるようになるのは不可避でしょう。郊外町村からすれば、急激に増加した人口を抱えながら、それに応ずるために例えば上下水道などのインフラ整備を進めようとしても、分断された町村の境界が壁となって合理的な都市計画ができないばかりでなく、財政的にも過重な負担を強いられていると感じてきます。他方で東京市側からすると、それまでのかなり限定された自治運営を強いられていた状況から脱して、むしろ帝都の実質を備えた特別市制さらには都制への移行を求める願望が膨らみ、その前提としてこの際に周辺町村を併合して都市としての実力を高めていこうという指向が強まります。かくして、この両側から、双方あわせて「大東京」を実現しようという機運が高まってきていたのです。

そしてここで注意しておきたいのは、このような機運が、基本的には震災後の広範な住民の意識変化と自治への要求を社会的な基盤にしていた点でしょう。サラリーマンや中小商店主など中間層を中心にした幅広い都市民衆が、消費生活の豊かさや営利チャンスの拡大を求めて、いわば「下」からそんな大東京に積極的に参与しようと期待を大きく膨らませていたわけです。この点は、震災後の社会変化の中で醸成されていた、東京音頭の熱狂を生む民衆の心情的基盤を理解する上でとても重要だと思われます。

もっとも、このような地域的な状況に、激動する国際関係に規定された昭和初年の時代状況、とりわけ大きく揺れ動く社会経済状況が重なって、事態はもうすこし複雑なものになっていました。

二つの落差

一九二九（昭和四）年にアメリカから始まって全世界を巻き込んでいった経済恐慌は、タイミング悪く「金解禁」を打ち出した日本をも直撃し、三〇年には「昭和恐慌」と言われる大不況の波が日本全国を席巻したことはよく知られています。この不況はもちろん東京だけを例外地域としたはずはなく、ここでも多くの失業者が生まれ、[14]物価の急落と金融危機はとりわけ中小企業経営者、中小商店主に深刻な打撃を与えていました。[15]なかでも下層社会の苦悩は大きく、ホームレスである「浮浪者」の存在が顕著になり、各地の職業紹介所や宿泊所では失業者同盟といった組織が結成されて「職よこせ」闘争が頻発するなど都市型の社会問題が深刻化していました。また、インテリ層にまで広がった失業により、小津安二郎監督の映画「大学は出たけれど」が一般に共感を呼んだのもこの頃です。

とは言えここでは、そのような大不況も、それを東京中心に都市部の観点から見る限り意外に速いスピードで危機状況を脱し、一九三二年の下半期には、貿易収支の好調に牽引されつつ早くも景気は復調に転じていたということに注意を向けねばなりません。東京音頭が大流行する時点では、むしろそちらが民衆の心情を強く規定していたと考えられるからです。

景気の復調というこの時期の事態には、いくつかの要因が重なっていました。まず、世界的な大恐慌のなかで特に「金解禁」から「金輸出再禁止」へと揺れた日本の円が国際為替市場において暴落し、この急激な円安がかえって輸出の促進に強く作用したこと、つぎに、ときあたかも一九三一年に開始された満州事変が軍需を中心に工業産品の需要をおおいに拡大したこと、そして、そのような戦争景気にも加速されて第一次世界大戦期に始まった産業の重化学工業化が急進展したことなどがそれです。このような諸要因が重なることにより、三一年からの五年間は、工業生産の伸び率がこの前後でもっとも高く「戦前において着実な成長がみられた最後の時期」と評価されるほどになっていったのです[16]。それをとりわけ東京という場所から見ると、戦争の開始とともに次第に大兵《へい》器廠《きしょう》の様相を呈していく京浜工業地帯の発展という状況と重なっており、この一大工業地帯を包容する人口の集中と高い所得水準が首都に特有な官公需要の大購買力と相まって「巨大な消費力、購買力」を生み出し、それが地域の商業と工業の活性化にさらに作用して、この都市の隆盛に大きく寄与していたというわけです。三六年の東京市の工業生産額は約十八億円であり、三一年と比較すると五年間で二倍超の増加率を示しています[17]。

要するに、今日の時点から考えると暗い戦争の時代の幕開けとみなされがちなこの一九三〇年代の前半は、同時代の都会人の短期的な体験として見る限りで、大不況からの脱却という光が見出されていた時期であり、満州事変も、遠い中国の地で勃発しながら自分たちには戦争景気をもたらしてくれる絶好の営利チャンスとして植民地主義的感覚で受け入れられていたということです。三三年一月二十九日付けの東京朝日新聞は、為替相場や軍需という「外部的原因によつて生れた産業利潤」に喜び浮かれる経済界に警告を発する高橋是清蔵相の「増配よりは整理に力をいれて会社の基礎を強固にすべきである」という発言を報じています。この事実は、不況から一転して思いがけなく訪れた「最近の業績好転」に浮き足立ち、それが戦争景気という危ういバブルであることさえ深く省みないままに、というよりむしろその戦争景気に進んで寄生して直ちに増配と生活の豊かさを求め走り出している人々のこの時期の精神状況を、明確に示すものと理解しなければなりません。

　もっとも、この同時期の状況をつぎに農村部に目を転じて見直してみると、事態はとても明るいと言うことができなくなってしまいます。大恐慌の影響は、農村部では農産物価格とりわけ米価の暴落として現れましたが、他方で農機具や肥料の価格はそれと同じようには下がらなかったために、まずは作れば作るほど窮迫するいわゆる「豊作飢饉」が人々を襲いました。そしてその上に、一九三一年には東北地方を中心に未曽有の凶作が見舞って、彼の地の農村の疲弊は極度にまで進んでいたのです。そのような状況下で、都市部にとっては不況からの脱出の兆候であった物価の上昇が始まると、現金収入の少ない農家にとってはそれがかえってさらなる打撃となり、このため生活が全面崩壊する中で、農村部では若い女性の身売りや欠食児童が溢れるという深刻な惨状が広がっていきました。また、こうして拡大していた都市と農村の落差ゆえに、生活のすべを失った多くの農民たちがほとんど無一物のまま仕事を求めて都会へと流入するという事態がそれに続いていきます。

　このように、一九三一年から三三年にいたるプロセスには二つのとても大きな状況の落差があって、それが人々の意識を強く揺さぶっていたのです。二つの落差とは、ひとつは不況から好況への反転という落差ですし、もうひとつは都市部と農村部との落差です。この顕著な事態は、一方に垣間見えた「好機」を逃すまいと前のめりに突き進む切迫した投機的野心を生み、他方ではあまりにひどい貧富の落差が「憂国」の心情に火をつけもして、やはり誰にとっても重大な精神の危機につながる可能性を秘めていました。三二年の前半には血盟団事件と五・一五事件という二つの大きなテロ事件がありました。そして三三年は、佐野学と鍋山貞親を先頭にした共産党員の大量転向が始まった年です。

そんな状況を考えてみると、世界第二位になると喧伝された「大東京」の実現は、この時期の人々には決して単なる一都市の出来事なのではなく、むしろ「日本人みんな」の気持ちを揺り動かし痺《しび》れさせる力を備えた麻薬のように魅惑的なシンボルにもなっていたことが理解できます。すなわちそれは、都会人にとっては厳しい不況から脱して豊かな消費生活に向かい始めたその前途を保証してくれるはずのかけがえのない目標であり、農村の人々にとっては絶望的な貧困から脱して安定した生活への可能性を開くなけなしの縁《よすが》のように見えただろうということです。「世界第二位」（オリンピックなら銀メダルだ！）という晴れがましい気分もそれに勢いを添えていたかもしれません。東京音頭という唄と踊りは、そんな大東京をイメージさせるものとして生まれ、またそう人々に受けとめられていた。そのように考えてこそ、まさにこの時期に東京でも地方でも人々がこぞって熱狂し、自ら進んで踊りの輪に加わっていたことの意味が理解できると思います。

流行歌から国民歌謡へ

さて、丸の内音頭が東京音頭に改作されてこのように高揚した音頭ブームは、翌一九三四年にはもうひとつの楽曲「さくら音頭」を生んで引き継がれていきます。そしてこの第三の唄まで視野に入れて考えると、戦争の進行に並行したブームに伴う歌の性格のある「進化」が読み取れてきます。

さくら音頭[18]

ハア　咲いた咲いたヨ（アリャサ）　弥生の空に　ヤットサノサ（アリャ　ヤットサノサ）
桜パット咲いた　咲いた咲いた咲いた　パッと咲いた
大和心の　エー大和心の八重一重（ソレ）（以下囃子略）
　シャンシャンシャンときて　シャンとおどれ　サテシャンとおどれ

ハア　花は桜木　九千余万　ヤットサノサ
散らばパッと散って　散って散って散って　パッと散って
ならばなりたや　エーならばなりたや国のため
　シャンシャンシャンときて　シャンとおどれ　さてシャンとおどれ

この「さくら音頭」という楽曲は、東京音頭の大流行を受け、その後継としてビクターレコードが制作したもので、作詞は佐伯孝夫、作曲は中山晋平、そして唄は前曲と同じ小唄勝太郎と三島一声が担当しました。また同年には、このビクターの作品の他に、コロムビア、ポリドール、テイチクの三レコード会社も競作でそれぞれ別の楽曲を同名「さくら音頭」で売り出しており、それぞれが映画会社とタイアップして同名の映画を制作したものですから熾烈《しれつ》なレコード販売と映画宣伝の競争が起こり、まさに空前の音頭ブームが継続して沸騰することになりました。前出の岡庄五の証言によれば、ビクター単独でもそのレコード売り上げは五十万枚に及んだということですから、このさくら音頭の流行も破格のものであったことは間違いありません。(19)

そこで、このさくら音頭の中身に立ち入ってみると、三曲目のこの音頭は確かにもう戦争を実際に意識し出した作りぶりになっており（「散って散って」「ならばなりたや国のため」）、しかもそれが植民地帝国日本の全体を強く指示するよう作られていると分かります。わざわざここで言われる「九千余万」という人口も、植民地の人々を含んだ当時の日本帝国臣民の総数に他ならないのです。しかも、このさくら音頭は制作過程においても歌の内容においても特定の地方とのつながりをもう断っていて、これをもはや地方民謡と言うわけにはいきません。このように音頭ブームの爆発は東京音頭からさくら音頭に到って、日本帝国という全体に急速に迎合し、ここでいよいよ戦争に向かう帝国の臣民一般の歌謡に方向が開かれていると言ってよいように思われます。

もっとも、いくらこれが大流行したからといって、内容的にはレコード会社主導で作られていたこの三つの歌だけから当時の民衆の意識変化を推し量るとすれば、それはやはり早計との誹《そし》りを免れません。しかも、そもそもこの音頭ブームそのものが、人々が踊りに熱狂する現象という表層を見る限りでは、さくら音頭を最後に収束してしまうのです。それ故これまでは、このブームを単に一過性のものと受け取り、レコード流行歌の変遷をその後に追尾して「東海林《しょうじ》太郎時代」の到来に関心を移して行ったり、流行歌作家としての中山晋平による「晋平節」の消長という文脈から問題を捉えたり、あるいは東京音頭の熱狂を戦時にある人々のひとときの不安の発散などと社会心理的に解釈したりして、比較的簡単にこれを処理するというのが普通だったように思います。

しかし、本書で見てきたように、大東京に参与していく民衆という社会的基盤からこの現象を捉えるなら、東京音頭に熱狂した人々がそれとともにどのような歌を自発的に求め、また歌うようになっていくか、またそこに白秋をはじめとする詩人や音楽家たちがどんな歌を提供しているか、そして、それにより民衆の生活の中にどんな歌が取り込まれ、いかなる役割を果たすようになるかについて、その考察を広げることが出来ると思います。

熱狂の夏を少し過ぎた一九三三年九月四日、東京朝日新聞には「警察と町会と連名で厳重な取締規則を張だした上」で実施されていたこの年の「盆踊り」の様子が紹介されています。その他の多くの証言などでも知られている通り、この時に率先して「ありとあらゆる空地にやぐらを組」んで人々を誘い出し東京音頭の踊りの輪を実際に組織していたのは、各地に成立していたそんな町会や青年団などの団体でした。そしてこの同じ時期には、多くの市や町には市歌や町歌が、青年団などさまざまな団体には団歌が、会社には社歌が、工場には工場歌が、そして学校には校歌がと、民衆の生活領域にとても多くの歌が生まれている事実があり、それがまた「ブーム」と呼ばれるほどにまでなっていたのです。[20] もちろん、そうした歌と東京音頭などとでは曲調がずいぶん違いますから、歌謡史という線で普通に考えていると、それらのブームと音頭ブームとは何のかかわりもないかのように思ってしまうところです。しかしわたしたちは、大東京の中でこの両者をともに初めに受け入れ、率先して自発的に歌い、また踊っていたのが同時期の同一の人々であったことに注意し、そこにある精神状況の内的な連関を理解しておきたいと思います。

そうした連関に立ち入るためには、この時期に多くの団歌・町歌・校歌を作っていた中心人物のひとりである北原白秋の、自らの仕事の意味づけが、ここでもまた重要な手がかりを与えていると考えられます。白秋は、同時期に作っていたそんな歌謡作品を集めて、一九二九年に改造社から文庫版で『作曲白秋国民歌謡集』を、三二年にはそれを踏襲しかつ拡充する形で立命館出版部から『国民歌謡集　青年日本の歌』を出しています。そしてこの「国民歌謡」という構想こそ、白秋にとっては、レコード産業の隆盛とともに同時代につぎつぎと生まれ出てくる「卑俗」な流行歌に対抗しつつ、前章で見たような拡大する植民地帝国＝日本のこの時代に基調を合わせていく、彼の創作の新しい方向づけであったのです。そして民衆の文化運動という観点から見て興味深いことは、同時代の教育行政や治安当局がレコード流行歌の目覚ましい大ヒットに秩序の紊乱《びんらん》を恐れ、「卑俗」であるという理由からそれの禁圧に向かい始めていたのに意識的に対抗して、白秋のこの対応が民衆の文化面での自発性を擁護する志向を持っていたという点です。[21]

　白秋は、一九二九年十一月に読売新聞紙上に論説「流行歌と当局の態度」を発表し、そこで、同時代に経験されている俗歌の大流行という現象の大きな力を指摘しつつ、それを「駆逐」しようとしている当局の意向がいかに無意味であるかから議論を進めています。「流行の力はおそろしい」、流行はいったん始まれば「堰の水を切つて放したやうなもの」で誰にも押しとどめがたく、しかもそれは「時代の反映」であるから、時代が頽廃すれば流行も頽廃してしまうのは不可避なのだ。しかし、国民がそんな流行に染まるのはそこで国民自ら「真の国民歌曲」を求めているからであって、それゆえ必要なことは取り締まりではなく、それに「歌ふべきもの」「与ふべきもの」をしっかり与えることである。詩人の使命はそこにある。白秋はこのように主張するのです(㉟三二九―三三五頁)。さらに白秋は、東京音頭の熱狂を経験した後の三五年一月にも論説「歌謡非常時論」を発表して、流行の力に逆らうことが「無駄な努力」であるといっそう痛切に思い知った立場から、

「此方から先づ良い流行を作つて、これを民衆に放つことが急務である」と強調するまでになっています（㊱八〇頁）。

このような白秋の流行歌への対応は、この時期の教育行政や治安当局の態度が「禁止」の権力であるとすれば、それに対抗する「育成」の立場（これももちろんひとつの権力なのですが）だと言うことができるでしょう。禁ずるのではなく良く育てようというわけです。そう理解してみるとここには確かに、第一章で見たような大正デモクラシーに棹さす白秋の、民衆の自由を擁護する形でそれに方向付けを与える「自由主義」の思想態度が表明されていると分かります。近年では主として日中戦争期以後における詩人や音楽家たちの戦争協力と歌謡の国民教化への動員についてその実態が明らかにされてきましたが[22]、それより先行して白秋は、民衆の国民としての自発性を育成する歌謡の力を認め、実際に歌謡によって民衆の国民意識を育成し動員する、そのような目的を意識した「国民歌謡」の構想にすでに乗り出していたのです。

そうであるのなら、他方でそれを受けとめる民衆の側には、育成されるべき歌謡へのどのような自発的要求が生まれていたのでしょうか。わたしたちはここから、戦争が始まったこの時期に東京音頭の熱狂を担った民衆のもうひとつの歌への要求と、その行方を見定めていくことにしましょう。

第二節　震災後の町内会自治と国民歌謡のシステム

震災後の町内会自治と歌への要求

東京音頭が流行する背景にあった大東京への民衆の参与という状況を考えてきましたが、ここではもう一歩踏み込み、それをさらに基礎で支えていたと考えられる、震災を前後する一九二〇年代を通じた東京都市部の社会変化、すなわち町内会（町会）の組織化と自治の進展という事実に触れておかなければなりません。このことについてはこれまでに、それを進めた要因として、行政側のいわば「上から」の要請と、住民側のいわば「下から」の要求との二つが一般に指摘されてきています[23]。

行政側の「上から」の要請というのは、東京の都市化の進展とともに江戸期に存在していた「町内自治制」が衰退する一方で、次第に多くの外来者を新たに住民として包摂するようになった社会状況の変化と関係します。つまり、それにより都市の地域社会の不安定性が増して、大正期には都市民衆騒擾が頻発するという事態まで招いたことから、これに対処すべく行政側から「良民」を組織して地域社会の「自治」の担い手を新たに創出しようという要求が生まれていたのでした。

これに対して住民側の「下から」の要求とは、大正デモクラシーの展開の中で住民の政治参加意識が高まり、それが地域においても「自発的」な組織を自分たちの力で作ろうという機運を生み出していたということです。とりわけ、一九二〇年には大阪で開始された「方面委員制度」が東京にも導入されて社会福祉への関心が一般に共有され、翌二一年には市制町村制の改正に伴って選挙権の納税資格が大幅に緩和されたことから、財産や地位などの資格要件を問わない「全戸加入型の町内住民組織」として町内会を組織するということが急速に現実味を帯びたものになっていました。こうして町内会は、一面では「大正デモクラシーのひとつの発露」[24]として下からも求められていたのです。

　このような「上から」と「下から」の要求が結びつきながら、実体をもつ町内会が実際に動き出すのに決定的なきっかけを与えたのが一九二三年の関東大震災であったと考えられます。昭和十一年十月一日という日付のある「町会管見」という文章の中で、当時東京市民局長であった前田賢次は東京の町内会の歴史についてつぎのように証言しています。

> 何といつても、東京市で町会が目に見えて活動しだしたのは大正十二年の大震災当時の頃であつた。……その時焼けなかつた山の手や隣接町村では町から町に「そら不逞の徒がやつて来る」といふやうな流言蜚語《ひご》に脅かされて、続々と自警団が出来て街々の固めが強められて行つた。無論そんなばかなものの襲来はなかつたが、保安維持の為めに変事に処するいろいろな教訓となつたことは確かであつた。現存する全市三千有余の町会の中にはさうした歴史を有《も》つものが余程あるだらうと思ふ。[25]（傍点は原著者）

行政の中心にいた前田のこの証言からは震災当時作られた自警団が犯している朝鮮人虐殺の記憶が注意深く拭い去られていますが、それでもそのことと町内会の出生の秘密が事実として深く関わっているのを知るにはこれだけでも十分でしょう。「自治せよ」という上からの要請と「自ら進んで」という下からの要求とは、このように大震災の被災の中で暴走した「自警」という暴力の記憶と経験によって結びあわされて、そこに町内会という自治団体が具体化することになったのです。震災を契機にして創設された町内会は五百五十町会、大東京市の発足を前後して創設された町内会は実に千三百五十五町会に及んでいます[26]。しかもこうした町内会の整備拡大は、

自警団（姜徳相『関東大震災・虐殺の記憶〔新版〕』149頁より転載）

そこにひきずられている「自警」の暴力の記憶とともに総力戦体制の準備にまでつながっていて、一九三〇年には町内会の存在を前提にした「東京市非常変災要務規定」が定められ、三二年の震災記念日である九月一日には組織上実際に町内会に立脚した「東京市聯合《れんごう》防護団」が立ち上げられるに到っていたのです。ここで朝鮮人虐殺の経験が公式な制度の中に組み込まれたのだと言えるかもしれません。これがまさに震災後の社会変化の核心をなしていたわけです。

このような事態が進行していたのだとすれば、一九三三年夏に突然燃え上がったように見える東京音頭の大流行が、空地という空地にやぐらが組まれ町内の人々が総出で熱狂したとされる限り、同時期に町内会という自治団体を組織しようと精力的に動いていた民衆のそのような熱気ある行動

と無縁であったとは考えられません。

するとこのような町内会の自治が組織されている地域で、その住民の生活領域で、その他にも歌はどのように要求され、実際に生まれ、生きていたのでしょうか。そうした状況を考えようとするとき注目されるのが、その町内会を構成している構成単位のことです。東京市は一九三八年四月十七日に告示により「東京市町会規準」を発表していますが、その第五項にはつぎのような構成員規定が示されています。

第五、町会は左に掲ぐるもの之を組織するものとす
一　町会区域内に居住する世帯
二　町会域内に在る法人、学校、病院、工場、倉庫、営業所、事務所其の他之に準ずるもの(27)

ここからまず分かるのは、こうした町内会が、個人によってではなく、「全戸加入型の町内住民組織」として基本的には「世帯」のような集団によって構成されていたということでしょう。しかもそのような集団として法人、学校などの団体が特に明示され、それらにもほぼ同様の成員権が認められていたのでした。こうした点は、今日の町内会のほとんどが個人を、あるいは集団でも世帯までを、会員と認めていて、法人や組合などの団体については、むしろそれを「賛助会員」に留める例が多いのと対照させればその特質がよく理解できます。

すなわち、当時の町内会はそれ自体が団体の集合なのであって、その中で個人はなにかの団体に

属することを通じてこの町内会に属しており、そこで人々は「○○商店の山田さん」「××製作所の佐藤さん」「△△中学の鈴木くん」などとして相互に交わり地域社会を構成していたということです。その時に町内会は、世帯主だけでなく、むしろ法人、工場、営業所などの団体から会費や寄付を募り、それにより「敬神及び祭祀」「隣保団結及び相互扶助」「自治協力及び振興」「銃後援護」「警防衛生及び土木」「敬老、慶弔、勧善及び奨学」「矯風、修養及び慰安」「共同福利の増進」と、かなり広い範囲の共助事業を実施してこの地域社会を支えていたと考えられます。(28)

そうだとすれば、自治組織としての町内会が下から自発的に求められ、また実際そのように作動し、人々の生活の上で重要な役割を果たしていたこの時代には、多くの人々は町内において町内会の構成員である法人や学校や営業所や工場などといった団体の一員として行動し、またそれらの団体に今日よりずっと重い意味を認めていたはずだと分かります。そうであればこそ、町内の祭礼や運動会などの行事の際には、そうした団体が「組」や「連」や「社中」などと名乗ってそれぞれチームをつくり、熱心にその貢献を競いあったりもしていたわけです。東京音頭の熱狂の中でも、そんな諸団体が率先してやぐらを建て、揃いの浴衣で一列に並んで踊りの輪を盛り上げるという、華やかな競い合いがあったのではないでしょうか。そういうときにも強まる帰属意識が歌を求めると考えると、ここに、町歌だけでなく校歌や社歌などが量産され、また人々がそれを進んで歌っていたそんな文化状況の社会的背景が見えてくるように思われます。

すると、このような震災後の時代に作られたそれらの歌は、実際にはどんな内容で、民衆の意識形成にとっていかなる役割を果たしていたのでしょうか。

自由の動員――校歌・社歌の使命

日本における国民国家形成の展開と唱歌、校歌、うたごえなど歌唱音楽とのかかわりを論じた渡辺裕の著書『歌う国民』によれば、日本の近代には校歌制定の動きが盛り上がった時期が二回あったといいます。(29) 一回目は「明治三十年前後」(一八九七年頃)ということですから、これはちょうど学校教育の中に唱歌教育が定着していく時期のことで、そのプロセスで校歌が学校での儀式や行事の際に歌われる「祝日唱歌」に準ずるものとして位置づけられ、この時は主に小学校において学校制度の整備と並行して校歌制定が進んでいます。これに対して二回目が、ここでわたしたちが見ている震災後のこの時期のことで、この頃には校歌制定への意欲が中等学校以上の上級学校に広がっていて、作詞者では北原白秋や西条八十、作曲者では山田耕筰や信時潔《のぶときよし》、弘田龍太郎といった人々が「引っ張りだこ」になり、「校歌ブーム」と呼ばれるような状況が生まれていたということです。

このような渡辺の理解が認められるなら、二回目のこの「校歌ブーム」は人気作家を競って求めつつ進んだ動きですから、学校制度の形式を整えようという上からの外面的要求によってというよりは、むしろ学校の成員たちの内側からの強いニーズがあってのものと考えられます。すると、震災後に起こったそのような二回目の「校歌ブーム」を担っている人々の意識と、そこから生まれた歌の特質や意味とはどのようなものだったのでしょうか。

この時期に校歌が多く作られた要因を考える視点としては、これまでのところ歴史家の上田《かみた》誠二の議論があって、そこでは、昭和恐慌などで疲弊した農村部の自力更生に寄与することを目指して各地で展開された「郷土教育」との関係が指摘され、郷土愛を媒介に国家愛を喚起する実践に寄与した校歌の役割が強調されています[30]。このような議論は確かに傾聴に値する側面をもっていますが、しかしこの説明からでは、この時期の校歌策定が都市部の上級学校を中心に広がり、しかも社歌や工場歌の制作とも連動しながら進んでいったという肝心なポイントが理解できませんし、またこの時期に作られた校歌に固有の際だった特質を理解することもできなくなってしまうと思います。

とりわけ注意したいのはこの時期の校歌の特質のことです。上田の見解では校歌による郷土意識の喚起とそれに結びついた公民としての道徳律の教化が強調されます。しかし、教育の場である学校がその存在を表現する校歌という歌を持つとき、そこで教育理念に関わる人格形成の理想や公民としての道徳律を示そうと考えるのは、そもそも明治の初めから当然のことだったと見なければなりません。最初期のものを含む多くの校歌を収集して調査した浅見雅子らの研究によれば、明治期の小学校の校歌には「つとめはげみて」「大御代の民」「徳を修め」「世の人みな隔てなく愛しむ」「堪えて忍びて　くずをれず」などの言葉が多く使われていて、浅見らはこれを「忠孝、修身を中心とした教育勅語の内容」の表れと見ています[31]。もちろん二回目の校歌ブームの中でも同様の国家主義や道徳律の表現は多く見られるわけですが、しかしそれをもってこの時期の校歌だけの特質と認めることはできないのです。

また、そうした道徳律が当の学校を取り囲んだ近隣の風景とともに語られるというのも、校歌という歌曲ジャンルにおいてはむしろ一般的な特質だったと言えるでしょう。浅見らは「山や川を連のはじめに歌いこむことは、校歌の定型」とまで言っていますが[32]、大正期童謡の隆盛を経た時期の校歌に風景描写がより繊細になる傾向はあるとしても、それと道徳律の両者がともに現れることも確かにこの時期の校歌だけに特別なことではありません。

　このようなことを意識しながら白秋らの書いたこの時期の校歌をさらに調べていくと、それとは別に、明治期のものにはありえなかったはずのとても興味深い特徴があると分かってきます。それは、例えばつぎのような校歌の一節に示されるところのことです。

ほがらかに我が呼べば、風よ光、
野に放つ駒は躍《をど》り、かがやかし秋は応《こた》ふ。
見よ、この自由。
（東京高等獣医学校校歌　一九三二年十月）
（㉛二四四頁）

風に思ふ　空の翼、輝く自由、
Mastery for service.
清明ここに　道あり、我が丘。
（関西学院校歌　一九三三年八月）
（㉛二二九―二三〇頁）

豊かに保つ自主の矜《ほこり》、
マアキュリ、
「新人ぞ、新人ぞ、我等。」
（東京商科大学予科会歌　一九三四年十月）
（㉛二三七頁）

樹《う》ゑよ人を、輝け自由、
我等、我等、地《つち》に生きむ。
（同志社大学校歌　一九三五年九月）
（㉛二三三頁）

ここに見られるように、白秋が作った校歌では、明治期の校歌にはありえなかった「自由」や「自主」という言葉が躍り、ここには確かに唱歌に対抗して童謡を育てた大正期の自由主義思想が踏まえられなお強く生きていると分かります。(33) もっとも、このような自由や自主の主張で注意しなければならないのは、それらの強調が他方での国家主義と矛盾を感じずに両立させられているということでしょう。例えば「県立湘南中学校校歌」では、二番と三番の同じメロディラインに「自由」と「立身報国」の両者がつぎのように重ねられています。

（二番の歌詞）
協同、ここに励む　我等、松蒼《あを》し、人は正《せい》なり。
自由の研学、思へ智徳、努めよ、普《あま》ねく絶えず求めむ。

（三番の歌詞）
剛健、ここに勢《きほ》ふ　我等、胆《たん》大に、意図は壮なり。
立身報国　期せよ友よ、響かせかの雲、共に興《おこ》らむ。

(31)二六〇頁）

今日の視点から考えると正反対の主張にも見える、自由や自主と国家主義の併記というこの時期の校歌に広く見られる中身が、すでに見た大正デモクラシーとその自由主義の特質から派生することは明らかでしょう。そんな由来はともあれ、震災から戦争へと向かっていくこの時に作られた校歌は、国家に献身するという立場を、決して上から強制すべきものとしてではなく、自由で自発的な意志の行為として歌っていたと分かります。

こうしたことが、さらにもうひとつ、白秋の作る校歌の少し奇妙な別の特色につながっています。それは、人を鼓舞して行動に駆り立てるかけ声である「フレー」という言葉が、校歌の各所でリフレインのように多用されているということです。「T．D．C．フレー」（東京歯科医学専門学校校歌）、「おお、高輪、フレー」（高輪商業学校校歌）、「大谷、フレー」（大谷中学校校歌）、「西ヶ原。フレー」（東京高等蚕糸学校校歌）などなど。応援歌のようなそもそも人を鼓舞することを目的に作られた歌ならいざ知らず、こんな言葉が校歌においても連発されているというのは確かに奇異で、この時期の校歌に特別な形であるように見えます。というより、このような校歌は、実はそれ自体が歌う者自身に向けられた応援歌として作られていると考えられるのです。つまり、学校を表現するものとして作られたその校歌には、自分たちを行動に駆り立てるために自ら自身に向かって自発的に歌いかけ鼓舞する応援歌という循環が仕組まれていて、この仕組みによりその校歌では指示されている責務や規範が「与えられたものだが自由に欲した」と認められる行動の指針となっているわけです。

このように考えてくると、この時期に白秋が作った校歌の特質とそれがどのような受け手のニーズに応じようとしているかが、はっきり理解できると思います。すなわちそこでは、学校に学ぶものたちの「自由」や「自主」への志向を前提とし、そうした自発的な志向を禁ずるのではなくむしろおおいに奨励し活性化させるようしむけた上で、それを道徳律の遵守と国家への献身に方向付けるという、いわば自由の動員という立場が言語化され歌にされているということです。
　すると、それにより人々は一体何をするべく動員されるのでしょうか。その内容については、同時期に生まれている社歌や工場歌まで視野を広げて考えてみるとよく分かってきます。それは、例えばつぎのような歌で示されています。

　我が農ぞ蓋《けだ》し大本《たいほん》、掲げ我等　尽忠報国。
　農学、農学、笠間我が校。
　　（笠間農学校校歌　一九三六年七月）
　　（31二五七頁）

　洋々浩《ひろ》き瀬戸の内海《うみ》、高鳴る潮《うしほ》念として、
　電力報国目指しつつ　伸びゆく我が社大広電。
　　（広島電気会社社歌　一九三五年四月）
　　（31二〇五頁）

　足を護《まも》る我等、
　人とあゆみ　明らかに音はひびく、
　往け、土を踏みて　仰げ　大君、
　国を思ふ　心一《いつ》なり。
　福助精神、立てり正しく。
　　（福助足袋《たび》株式会社社歌　一九三七年三月）
　　（31五九六―五九七頁）

　農学を学ぶものは農学によって、電力事業に携わるものは電力によって、そして足袋を商うものは「足を護る」ことで、それぞれ場をわきまえつつ「尽忠報国」する、それがここで提示されている当為の内容です。白秋の校歌や社歌がそこで訴えているのは、ただ一般的な郷土愛や国家愛や道徳律なのではありません。もっと具体的にそれぞれの職務が割り当てられているのです。そうであればこそ、専門性を高めて教育目的の特化した上級学校や、特定の業種が定まっている会社や工場で、そこに学ぶものには学びの、そこで働くものには働くことの意味を自覚させ、その場にいることの誇りを養い、実際にその職務に専心させる力を持つことになるというわけです。このようにして白秋は、学校や職場にあって自らの存在を確認し主張したいと強く求める人々に対して、それぞれの場の専門性や業種に合った具体的なニーズに応じつつ、必要とされた歌を提供していっていると認めることができます。

もっとも白秋のプランでは、このような校歌や社歌はひとつひとつが単独で十全な意味を持つとは認識されていなかったと考えなければなりません。むしろそれは、彼の考える「国民歌謡」の一構成要素として位置が定められているものです。そこで、ここからはそうした国民歌謡全体の構成を見通して、もう少し立ち入ってその意味を考えてみましょう。

国民歌謡のシステムと歌の機能マップ

白秋は一九三七年の論説「国民歌謡啓蒙」で、自ら提唱する国民歌謡の意義に触れてつぎのように述べています。

> 陸海軍といはず、内政外交といはず、芸術、教育、経済、逓信、冶鉱、労農、産業、警察、消防その他あらゆる文化の近代的展開が、この歌謡を如何に原動力として必要とするか、如何に

これがために精神に集中され、士気を鼓舞され統制を与へられ、いよいよに生々更新の明日を待望せしめ、勇躍せしめるかといふことは、知る人は知る。（㊱二四七頁）

わたしたちはこれまで、「農学によって」、「電力によって」、あるいは「足を護ることで」と、それぞれの職務を指定して尽忠報国を求める白秋の校歌や社歌の形を見てきましたが、それを踏まえれば、このようにさまざまな文化領域で「精神に集中」し「士気を鼓舞」し「統制を与へ」る働きをする歌がそれぞれに必要とされると考える白秋の認識はよく分かります。それだけでなく、前章でわたしたちは、白秋の地方新民謡創作がそれぞれの地域を植民地帝国日本という地理構想全体の中に位置づけるマッピングの意味を持つと確認しましたが、それに対比するとこちらでは、農学や電力や足袋の商いなどを、陸海軍からはじまって芸術、教育から警察、消防に到る社会と文化全体の「近代的展開」において位置づけ、その分業配置の中にそれぞれの職務を指定して、その機能上の意義を顕揚し、鼓舞しようという企図を見ることができるでしょう。すなわちここには、単に平面的な地図でなく、もっと立体的、構造的に「近代的展開」を遂げた社会の仕組み（社会システム）の中で、それぞれの専門性あるいは業種を位置づけるマッピングがあるわけです。

そのように考えてみると、この国民歌謡の構想では、地方新民謡の平面的な広がりのイメージに対して、そんな立体的なマッピングを有効にするもっと連携を機能的に高度化させた歌のシステムの形成が考えられていると言っていいかもしれません。そうであればこそひとつひとつの校歌や社歌は、それぞれ単独で意味を完結させることはできず、むしろ国民歌謡というこの歌のシステムの中で全体に連関した意味が与えられていると認められます。このような国民歌謡のシステムでは、それぞれの士気を鼓舞する歌が相互に強く依存しあっており、自分自身の存在に意味を確認する校歌や社歌を歌うときに、その行為そのものによって当の専門性や業種を意味づけている日本という全体システムの存在を肯定し、それに依存を強めるということになるのです。

ところで、白秋の提案するこの国民歌謡という歌のシステムは、そのような社会と文化の近代的展開、社会の分業配置に対応する仕方で編成がなされているだけでなく、歌の「種類」という面からも全体が区分されていて、ここにもうひとつの機能編成があると認められます。

ここで白秋が区分している国民歌謡の種類とは、一番目が皇室を讃仰し日本を頌《たた》える国民全体の「頌歌」や「讃歌」などであり、二番目は皇軍の歌から軍隊生活の歌にいたるいわゆる「軍歌」であり、三番目は市歌や町歌などから社歌、会歌にいたる団体の「団歌」であり、四番目は大学から小学校にいたる学校の「校歌」であり、そして五番目が国民の忠孝、友愛、信実、武勇、礼節などに関わる生活感情を顕揚するとされる「生活讃歌」と言われる歌の五種類のことです(36)(二四六頁)。こうして頌歌から校歌、生活讃歌に軍歌まで加え、そのように異なった種類の歌を集め、それらを種類に対応した目次構成で一冊の歌集に編集し、その全体を国民歌謡と名づけて合唱しようと呼びかけるという、そのことの意味にここでは注意する必要があると思います。

そのような異なった種類の歌の集成について、白秋自身は作詞者の立場から、その作歌の動機が「自己の感激により、あるひはある団体の委嘱により、あるひは募集に応ずることにより」など「いろいろ」であることをまずは認めます。そしてその上で、動機はいろいろであるにしても、その作者の自我は、「個の「我」であると共に、全集団の「我」として、全国民の「我」として」意識されていなければならず、その作歌の本質はすべてに共通する「あくまでも日本民族としての言挙でなければならぬ」と言います（㊱二四五頁）。すなわち、頌歌から生活讃歌まで種類と作歌動機においてはさまざまな歌を、あくまで共通の意識をもって作り上げることにより、どこからでもひとつの民族精神につながっていけるような機能的な連繋を高めた歌のシステムがここに構想されているわけです。

しかも、そんな国民歌謡の構成の中に「校歌」のほか「生活讃歌」というカテゴリーまで含まれていることに留意しなければなりません。それは例えばつぎのような歌のことです。

日は出《い》でぬ、
つつましく対《むか》ふ朝餐《あさげ》に
小鳥なき、空は晴れたり。
幸《さち》あれや、けふのひと日、
栄《さかえ》えあれ、過ぎしきのふも。

（朝のいのり　一九二七年十月）（㉚四一四頁）

淡々とあらむ、常に常に、
滞《とどこほ》る無しよ、無しよ。
健全に、健全に、
寧《むし》ろ寧ろ、平凡に、平凡に。

（平凡人の歌　一九二八年十月）（㉚四一七頁）

見られるように、ここには声高な愛国心の顕揚も厳しい道徳律の主張もなく、むしろそれを抑えて、毎日の生活をそれとして淡々と健全に営むということのみがやさしく書き留められています。しかし、普通の民衆が自分の平凡な毎日をただ大切に送るというこんな歌が、国民歌謡のひとつのカテゴリーとして位置づけられ、国家や皇軍の讃歌や、校歌や社歌など別のカテゴリーと並列されて、みんなで歌うべき歌とされていることが重要なのです。これによりすべての人々が、国民歌謡の全体の中に「平凡」ではあっても確かに自分の生活の歌を見出し、そこに自分自身の居場所を見出すことになるだろうからです。

これまで詩歌の戦争翼賛が問題とされる場合には、とかく単純に軍国主義的な内容の歌ばかりが注目されて、こちらの広い種類の詩歌はともすれば見落とされていたように思います。しかし、人々にそれぞれ自分の居場所を自覚させ、それが日々の職務や生活の精励に向かわせるという広い意味でなら、こちらの詩歌も白秋の説くように「国民の志気を昂揚する」(36七五頁)と考えることができるわけで、戦争という時代に向かって、それを含むこの国民歌謡は民衆の心情総動員にとても有効な文化構想となると言うことができるでしょう。

もちろん、北原白秋という詩人が提唱したこうした国民歌謡の先駆的な構想が、満州事変を前後するこの時期にそのまま一般に広く受容され思惑通りの形で十全に機能していたとまで言うことはできません。しかし、この頃には確かに各地の学校や会社が相互に意識しながら自らの独自な職務を確認する校歌、社歌を作っていて、それが現実に「校歌ブーム」、「社歌制定ブーム」とも言われうる大きな動きに広がっていたのは間違いありません。そのような動きが、中央からのラジオ放送番組「国民歌謡」がスタートし(一九三六年六月)、官制により設立された内閣情報委員会(三六年七月）が蘆溝橋《ろこうきょう》事件を契機に内閣情報部に改組される（三七年九月）など、国家による情報宣伝統制が本格整備されていき、また職場の労働組合も労使一体の産業報国会に組み替えられてこれが文化運動の担い手になっていく（三八年以降）という、こうした一連の上からの動きより以前にいち早く民衆の精神領域に立ち入り彼らのアイデンティティを統御し始めていたのでした。そしてそれは、学校や会社や青年団など各種団体の担い手たちと白秋ら歌の作り手たちとの共同作業によって下から始動させていた営みだったのであり、そこから始まる動きがあったからこそ、やがて組織される国民精神の総動員体制も確かに現実の社会的基盤をもって確立したのだと考えられます。

　ところで、そう考えてみると、そのような国民精神の総動員に前提となる基盤を作ったのは、実はここで提唱されている「国民歌謡」に含まれる校歌や社歌などばかりだったのではなく、むしろそれに先立って、それまで作られていた童謡や民謡を含む抒情詩歌の全体がそうだったと理解されてきます。というのも、本質化された童心や郷愁を歌う童謡や民謡の世界が創出されるとともに、人々がそんな詩歌の抒情に癒されつつ、そこに「日本人」という同質性を強く感じ取るようになってきていて、それが国民歌謡以前に戦時の国民意識を育てる強力な心情の基盤をすでに作っていると認められるからです。とりわけ震災後の状況にわたしたちが見てきたのは、本質主義の性格をもつ抒情のナショナリズムがいよいよ強まって、詩歌の力により、日本という地図上に地方がマッピングされ、国民という絆の中に個人がアイデンティティの確認を求めるという、民衆文化のそんな時代相だったのです。

　すると、そのように始まっていた国民歌謡や詩歌の抒情による心情動員は、植民地帝国の戦争体制の中に実際にはどのように組み込まれていったのでしょうか。またその中で、白秋ら詩人たちはどのような役割を果たしたのでしょうか。

第三節　旗を振る民衆の国家総動員体制

マスメディアとメディア・イベント

満州事変が始まってひとつ年が明けた一九三二年一月一日、北原白秋は、東京朝日新聞と大阪朝日新聞の正月元日号の戦線報告躍る特別紙面に「満洲随感」という一文を寄せ、それをつぎのように結んでいます。

皇軍の馬賊掃蕩と兵匪排撃とは当然のことであり、堂々たる国威発揚と権益擁護である。むしろ満蒙在住の民国人にとつては救世の天業であり、兵賊に対しては降魔《がうま》の利剣である。……何といつてもわたくしは日本民族の一人である。思ふにAの民族とBの民族とは根本においてちがふ。どうにも理解されないものがあるのである。わたくしが日本の言霊の信奉者であることはわたくしの幸福である。わたくしは詩を以てこの祖国にいささかでも尽させていただくことをどんなに歓びとしてゐるか。軍歌でも何でも作らうと思ふのである。わたくしはまた興奮してしまつた。

（㉒六二一—六二三頁）

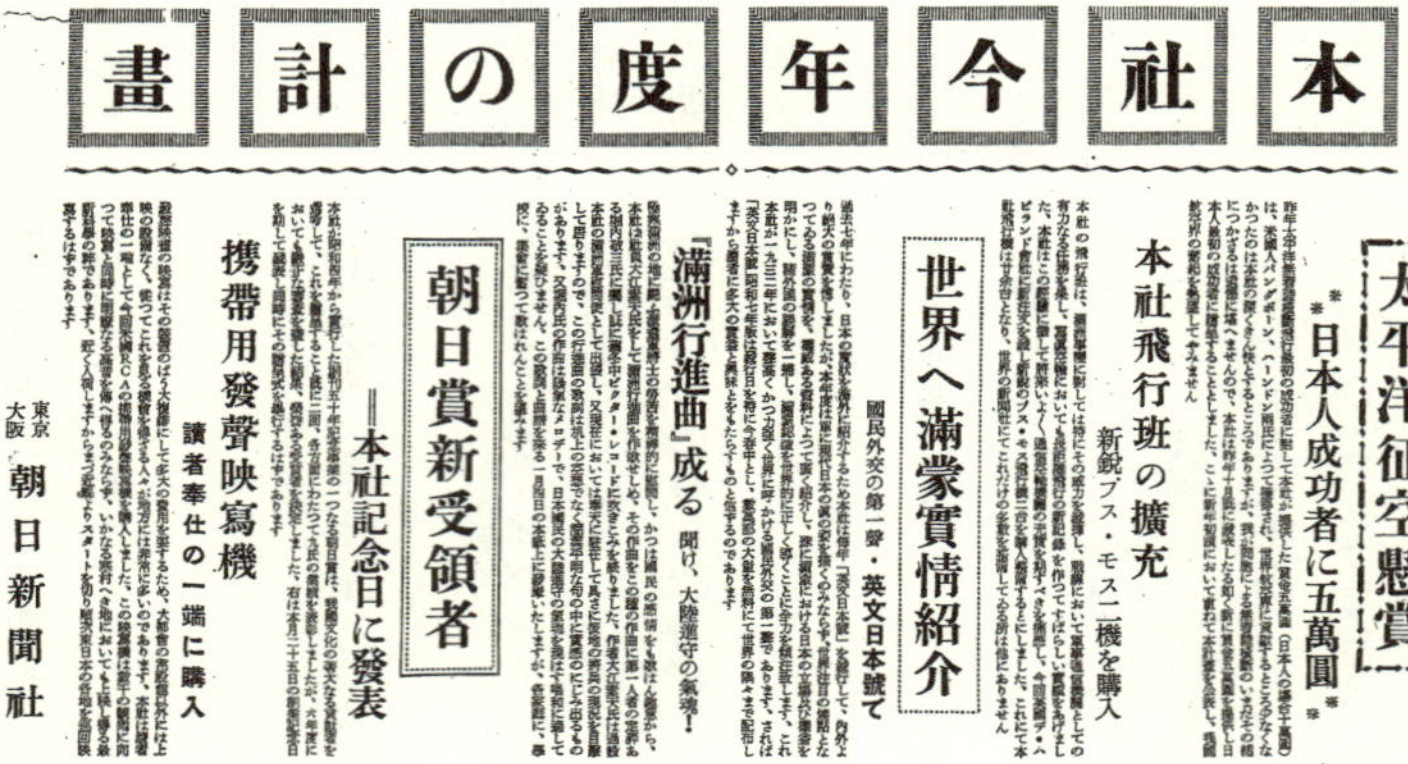
本社今年度の計畫
太平洋征空懸賞
日本人成功者に五萬圓
本社飛行班の擴充
新鋭ブス・モス二機を購入
世界へ滿蒙實情紹介
國民外交の第一聲・英文日本號て
『滿洲行進曲』成る
朝日賞新受領者
＝本社記念日に發表
携帶用發聲映寫機
讀者奉仕の一端に購入
東京 大阪 朝日新聞社
朝日新聞1932年１月１日の社告。中ほどに「『満洲行進曲』成る」の見出しがある

戦争がいよいよ現実のものとなり、多くの人々がそんな時代の到来を感じながら迎えた新しい年の初めに、大新聞の紙上でその興奮した思いを全国民に向けて表明した白秋のこの文章は、戦争に向かって民衆の心情をかき立てる役割でいち早く連携したマスメディアとこの詩人との戦争翼賛の始動を告げ知らせています。わたしたちがつぎに確認しておきたいと思うのは、このマスメディアと民衆の詩歌翼賛との関係です。

東京朝日新聞は、ここに引用した白秋の一文を掲載した同日の紙面で社告「本社今年度の計画」を発表し、その一項として同社がかねてより企画してきた「満洲行進曲」（作詞：大江素天　作曲：堀内敬三）の完成を告知しています。満州事変の勃発以来、写真を多用した特別紙面構成の従軍記事や号外の頻発をもってかなり詳細に「皇軍の奮戦」を報じ、また読者に「在支皇軍」に送る慰問金や慰問袋の寄付を広く呼びかけるなど、関東軍が始めたこの軍事行動への支持を当初より鮮明に打ち出してきていた大新聞『東京朝日』、『大阪朝日』は、ここでそのような文化面での戦争翼賛の新しい形を提示するに到ったのです。

すでに社会学者の永井良和が『大阪朝日』に即して跡づけているように、この楽曲「満洲行進曲」については、その後の一月四日に東京と大阪の両朝日新聞紙上で歌詞と楽譜が発表され、そこから学校などへの楽譜の無料配布、松竹と新興キネマによる映画化、ビクターからのレコード発売が続き、また関連企画である「満蒙」地図の読者への贈呈、「新満蒙展覧会」の開催などもそこに随伴して、それにより「メディア・イベント」と言われてよい一連のプログラムがセットとして実施されました。[34] それまでも新聞社、出版社などは何かの事件や記念日に関連させて歌曲制作を企画し、その歌詞を公募するようなことがありましたが、当選した楽曲を映画会社やレコード会社と協賛し多様なメディア形態を駆使して売り出す大規模な企画はこの時期以降に特徴的なことですから、これはそのようなメディア・イベントの嚆矢であったと言うことができます。こうして満州事変の勃発に伴い、マスメディアによる詩歌曲を動員した戦争翼賛の時代が開かれていったのです。

このようなメディア・イベントとしての戦争翼賛の形が引き継がれて、それが最初に大きく沸騰したのが、上海事変の際に起きた例の「肉弾三勇士」事件においてのことでした。これは一九三二年二月二十二日に上海で中国第十九路軍との交戦中に起きた日本陸軍工兵隊の兵士三名の戦死という事件で、それが味方の突撃路を開くため自ら破壊筒をもって敵陣に突入した兵士たちの英雄的な自己犠牲行動と報道されて、民衆の同胞愛を刺激し戦意昂揚に大きく作用する出来事となったのでした。このときには、新聞報道の加熱や関連刊行物の量産があったばかりでなく、映画界でも各社競って同テーマの作品をつくり、それに歌舞伎や新派などの演劇、文楽や浪曲などの寄席演芸、そして弔慰金の徴募や各種記念グッズの販売などまで加わって、まさに「三勇士ブーム」とも言うべき社会現象が広がっています。

そして、この事件の際のメディア・イベントとして注目すべきなのは、序章ですでに触れた、そのときに作られた歌のことです。この事件については、東京朝日新聞・大阪朝日新聞がそれを「肉弾三勇士」と名づけ、大阪毎日新聞・東京日日新聞は「爆弾三勇士」と称して、互いに競い合いながら大きく報道しましたが、それとともにこのときには歌詞を広く一般に公募して三勇士を讃える歌を作るという企画が両者に生まれました。そして、同じ二月二十八日に募集を始め三月十日に締め切ったそれら二つの公募には、短い公募期間にもかかわらず『朝日』には十二万四千五百六十一、『毎日』には八万四千百七十七もの応募があり、この熱気の大きな盛り上がりの中で、新聞社とレコード会社とがタイアップして主導する新作歌謡の企画に民衆が制作者として広く参加するという、軍国歌謡イベントの基本形が成立したのでした。新民謡運動、校歌ブーム、社歌制定ブームに歌を供給していた北原白秋ら専門詩人たちや音楽家たちは、ここではこれに選者、審査員として関わるようになっています。

このようなメディア・イベントとしての「軍歌・軍国歌謡」の始まりについてはすでに社会学者の津金澤聰廣《つがねさわとしひろ》らの研究などがあって、そこではこのことの意味が「新聞各社による時局報道の先陣争いとひいてはレコード業界の営業政策とがからみあって推進され、いわばマス・メディア先導による戦時意識動員イベントとして出発した」とまとめられています。[35] こうした見解は、日本の戦時体制について、かつては通説でもあった「天皇制ファシズム」論や「上からのファシズム」論（丸山眞男）など、もっぱら国家による「上から」の統制と動員を駆動力とする前近代的なものと見る見方に対して、一九二〇年代における大衆社会化の進行とマスメディアの成立を重視するものです。この新しい研究は、そのマスメディアにより民衆の「下から」の参加が促進されている面を具体的に解明していて、まずはこの点で重要な認識の革新をもたらしていると認められます。(36)

旗を振る民衆の心情動員

もっとも、わたしたちが本書で見てきていることは、そこで「下から」参加している民衆が、「大衆社会」や「マス」という言葉から連想されるような受動的でバラバラな群衆、あるいは、新聞や雑誌を単に享受者として購読しそれに影響を被るばかりの人々だったのではなく、むしろそれに先立つ独自な文化経験をもって団体を形成している人々であったという事実です。マスメディアから呼びかけられる以前に、団体に集って自分たちの歌を持ち、自分たち自身で歌や踊りを組織し、それにより自分たちのアイデンティティを確認し合った文化経験が民衆の側にすでにあって、その経験が軍国歌謡の公募イベントにもきわめて積極的な対応を可能にしていたというわけです。そうでなければ、いかに熱烈な呼びかけがあったとしても、たった十日あまりの間に『朝日』と『毎日』を合わせて二十万を超える人々が歌詞を寄せるなど、とても考えることができないでしょう。

満州事変を契機に始まったこのような軍国歌謡イベントは、一九三七年七月七日の蘆溝橋事件から日中戦争がいよいよ本格化すると、新聞各社の戦争報道合戦の激化とともにますます盛んに実施されることになりました。表5はそのようなイベントの概況を一覧にまとめたものですが、これか

表5　主な軍国歌謡・愛国歌謡の公募イベント

主　　催	テ　ー　マ	応 募 数	募集期間
報知	唱歌「満州の歌」、小唄「満州小唄」	62,019	1932.1.19–2.10
朝日	肉弾三勇士の歌	124,561	2.28–3.10
毎日	爆弾三勇士の歌	84,177	2.28–3.10
毎日	国難突破　日本国民歌	57,195	7.30–8.31
朝日	オリンピック選手応援歌	48,581	4.17–4.30
毎日	大東京市歌	14,120	5.28–6.12
毎日	日本国民歌	57,195	7.30–8.31
読売	東京祭	15,345	1933.6.21–6.26
朝日	健康児の歌	28,563	1934.3.12–4.5
読売	満州国皇帝陛下奉迎歌	13,650	1935.1.10–1.31
河北	東北伸興歌	3,420	1936.4.27–5.20
読売	「女の階級」主題歌	7,553	9.11–9.17
朝日	「神風」声援歌	44,495	1937.2.17–3.5
小樽	北海博行進曲	1,982	2.2–2.28
毎日	進軍の歌	25,000	7.31–8.6
報知	国家総動員の歌		8.8–8.20
	軍歌	15,300	
	少国民歌	11,100	
	歌謡曲	12,400	
情報部	愛国行進曲	57,578	9.25–10.20
朝日	皇国大捷の歌	35.991	11.27–12.10
毎日	日の丸行進曲	23,805	1938.2.11–2.28
主婦之友	婦人愛国の歌	17,828	4月号
毎日	大陸行進曲	21,000	9.10–9.30
主婦之友	少年少女愛国の歌	17,000	8月号
朝日	皇軍将士に感謝の歌	25,753	10.9–10.31
陸軍省	愛馬進軍歌	39,047	10.15–11.5
福岡日日	愛国勤労歌	9,630	11.17–11.30
都	国民舞踊の歌	11,453	1939.1.16–2.5
毎日	太平洋行進曲	28,000	2.18–3.15
朝日	母を讃へる歌	21,839	3.8–3.31
毎日	世界一周大飛行の歌	45,203	7.14–7.20
講談社	出征兵士を送る歌	128,592	7.7–7.31
読売	空の勇士を讃へる歌	24,783	7.26–8.31
ＮＨＫほか	紀元二千六百年奉祝国民歌	18,000	8.20–9.20
毎日	勤労奉仕の歌	10,412	11.15–11.25
朝日	防空の歌	16,000	1940.2.17–3.20
朝日	興亜行進曲	29,521	3.22–4.30
毎日	国民進軍歌	22,792	6.1–6.20
朝日	航空日本の歌	25,161	8.7–8.25
主婦之友	靖国神社の歌	20,000	6月号
大政翼賛会	大政翼賛の歌	18,731	12.12–12.25
朝日	国民学校の歌	18,536	1941.1.2–1.31
読売	海国魂の歌	4,906	3.3–3.25
読売	国民総意の歌	5,998	3.21–4.15
毎日	興国決戦の歌	25,000	12.9–12.13
読売	特別攻撃隊を讃へる歌	8,973	1942.3.7–3.20
毎日ほか	七洋制覇の歌	多数	4.15–5.5
朝日	勤労報国隊歌	15,721	6.21–7.20
主婦之友	日本の母の歌	20,000	6月号
朝日	躍進鉄道歌	4,500	9.19–10.14
朝日ほか	増産音頭	3,300	1943.1.13–2.5
朝日	アッツ島山崎部隊勇士記念国民歌	9,683	6.3–6.20
読売報知	学徒空の進軍	1,236	8.25–9.15
朝日	国民徴用挺身隊	3,000	10.22–11.10

倉田喜弘『日本レコード文化史』205頁、231頁、234頁の表を基礎に作成

らも、いかに多くの民衆がそれに積極的に関わり、比較的短い期間にいかに多くの歌が生まれたか、よく分かることと思います。そのような多くの歌の先駆けとして、戦時歌謡によるこの形の心情動員と民衆との関わりを示す、とても重要な歌がこの時期に生まれています。それが、三七年八月十二日に発表された「露営の歌」です。

蘆溝橋事件の勃発を受けて、大阪毎日新聞・東京日日新聞は直ちに新しい軍国歌謡の企画を始動させ、七月三十一日に「進軍の歌」の懸賞募集を発表、そこで賞金入選一篇千円、締切を一週間後の八月六日と告知しました。これに対して、そんな短期間にもかかわらず総数二万五千あまりに及ぶ応募があり、当選作には大蔵省職員であった本多信壽の作品が選ばれてそれが「進軍の歌」とされましたが、同時に佳作第一席として京都市役所に勤務する藪内喜一郎の作詞による別の歌が推されることになり、選者らによりこちらは「露営の歌」と名づけられ公表されたのでした（作曲：古関裕而）。この「露営の歌」については、選者であった北原白秋が「殊に戦地にある勇士によって愛唱されると信じます」として推し、もう一人の選者の菊池寛も「味は佳作第一席にある」としていて、コロムビアレコードからの発売時にはB面だったにもかかわらず、むしろこちらの方が一般にも人気が出て広く歌われるようになっていったのでした。それはつぎのような歌です。

露営の歌㊲

一　勝って来るぞと　勇ましく
　　誓って故郷《くに》を　出たからは
　　―――
　　手柄たてずに　死なりょうか
　　進軍ラッパ　聴くたびに（↖）

瞼《まぶた》に浮かぶ　旗の波

三　弾丸もタンクも　銃剣も
しばし露営の　草枕
夢に出て来た　父上に
死んで還れと　励まされ
さめて睨むは　敵の空

四　思えば昨日の　戦闘《たたかい》に
朱にそまって　にっこりと
笑って死んだ　戦友が
天皇陛下　万歳と
残した声が　忘らりょか

このような歌がどうして日本の軍国歌謡の代表作に数えられるほど多くの人々の心を捉えたのか、その理由について、これまで一般にはここにある死の影とそれが醸し出す悲愴感から説明するというのが通例でした。例えば音楽評論家の園部三郎は、戦闘的でも勇壮でもなかったこの歌の「本来の性格はむしろ哀愁にあった」とし、「死」という言葉が繰り返し現れ「一種の悲愴感」を感じさせるところにこれが民衆の心に届いた所以を見出していますし、音楽文化史家の戸ノ下達也も同様にこれに「死をテーマとした悲愴感漂う、また物語性を好む大衆の感情」を見て取っています。(38) 確かに、戦火が拡大して切迫する死の具体性を考えれば、それに正面から触れているこの歌に民衆の心を揺さぶるそんな理由を見出すこともあながち的外れだとは言えないでしょう。

とはいえそれなら、そのように戦争がもたらす死を直視するこの歌がどうして、ひょっとするとそうにもなり得たはずの厭戦や反戦の歌になるのではなく、事実としては戦場に向けて人を送り出しつづける軍歌になっていたのでしょうか。この点をさらに考えてみると、そこにこの歌の心情動員の仕組みが見えてくるように思います。死に直面する戦場にあえて向かう理由をこの歌は、それを強いるのは「勝って来るぞ」と周囲に誓った自分自身の言葉であり、自分を見送った人々の「旗の波」であり、「死んで還れ」と励ました父上の声なのだと端的に答えています。旗を振る周囲の人々のそんなまなざしの中で、その期待を自ら受け入れて戦場への動員に応じたという、このような心情の構図が成り立つときに、民衆に広く愛唱されたこの戦時歌謡はやはりひとつの「軍歌」になっていたのです。

紀元二千六百年式典式場で旗を振る民衆（『朝日歴史写真ライブラリー　戦争と庶民 1940-49』20頁より転載）

このような歌の広範なヒットは、そこに語られている心情動員のこの構図が誰にもなにがしか心当たりがあると、広く認められたことを示していると考えられるでしょう。出征兵士を送るときや、何かの「戦果」を言祝《ことほ》ぐときに必ず登場していた、日の丸の旗を振り、歌を歌いながら行進し、万歳を唱和する人々の存在、戦時の様子を今に伝える映画や写真にはいつも出てくるその姿は、確かにこのときの心情動員の仕組みを具体的な形に表していると見ることができます。メディア・イベントから生まれた軍国歌謡の数々も、またラジオ放送によって流された国民歌謡の数々も、それらが新聞社や出版社や放送局の企画でそのように作られたり放送されたりしたというだけでなく、むしろ家の門口や、町や村の集会場や、駅頭などに出てきて実際に旗を振る人々に歌われることによってこそ、戦時下にある民衆の心情を駆動し、あるいは支えていたということです。死の危険をも顧みず戦場に向かうなどという重大な決意に際して詩歌や歌謡が人の背中を押すのは、それらが生活上親密なつながりをもつ人々によって実際に歌われ、その歌で旗を振る人々のまなざしの中に立たされるという経験によってのことだったのです。

ここで問題はまた、わたしたちが本書で見てきた民衆の文化経験の場に戻ってきます。日中戦争期に突入し（一九三七年）、国家総動員への要請がいよいよ強まる中で、この民衆の文化経験の場が総力戦体制の基礎に公式に組み込まれ利用されるようになっていくのです。

防空防災の総力戦体制

「自治せよ」という上からの要請と「自発的に」という下からの要求とが結びついて、震災後の東京において民衆の生活世界に自治組織としての町内会の形成が進み、それが一九三二年の大東京市の成立とともに大きく広がったことについてはすでに見てきました。東京音頭の熱狂の背後にある民衆の生活世界では、自治を求めるこんな動きと並行しつつ、さまざまな新民謡が歌われ、果たすべき職務をもって自分の存在を確認する数多くの校歌や社歌なども作られてひとつの「ブーム」になっていたというのがこれまでに得られた認識です。そのような民衆の文化状況とともにあった自治と自発への志向を奨励しつつ、それを公式の制度に取り込んでいこうと対応したのは、まずは地方行政の立場にある東京市でした。
　そのきっかけを作ったのは、同時期に並行して進んだ選挙権の拡大が副次的に生み出していた選挙腐敗への対応で、とりわけ一九三五年五月の勅令「選挙粛正委員会令」を契機に広がった選挙粛正運動に際して、東京市はそれを「公民たるの自覚を促すと共に帝都市民たるの認識を新たにするの好機会」と捉え、町会整備費の予算を計上しつつ町会の浄化と強化をめざす独自な調査活動を始めています。[39]そんな折に日中戦争が勃発し、近衛文磨内閣の閣議決定に基づいて国民精神総動員運動が始動すると、東京市はそれに積極的に参与すべく町内会活動を「国民精神総動員の実践網」と位置づけて、「応召者の歓送、銃後後援事業を始め家庭防火群の設置等緊迫せる時局の要求」に応ずる地域整備方策の確定に努め、三八年四月には「東京市町会規準」をいち早く告示しました。[40]こうした一連のプロセスの中で東京では町会活動がさらに活性化し、この年の三月末には町会数は三千六十余に、会員数も百十二万三千を超えて「殆ど全市民を網羅するに至つた」と言われています。[41]
　これに対して国家が、こんな東京の動きを受けつつそれを全国に押し広げる形で町内会と部落会を通じた民衆の組織化に本格的に乗り出すのは、一九四〇年九月に内務省訓令として「部落会町内会等整備要領」が出されてからのことでした。総力戦体制の形成とそのための国民再組織という観点から町内会に注目する研究を進めた歴史学者の雨宮昭一は、町内会の実態変化について時期区分を設定し、この訓令以降の時期を「中央政府による町内会の整備期」と性格づけています。[42]この時から町内会・部落会は、国家総動員体制に制度的に組み込まれて公式の位置づけを持つようになっていくのです。

隣組の待避訓練（『図説 昭和の歴史 8 戦争と国民』81頁より転載）

隣組からのファシズム

この総力戦体制への国民再組織の最終局面として捉えられる国家による制度化プロセスで、民衆の生活世界にさらにもうひとつ重要な組織が組み込まれます。よく知られているように、それが「町会の細胞」と位置づけられた「隣組」です。町会をさらに分割してまとめるこの組織は、一九三八年五月の「東京市町会規約準則」で最初に明記され、四〇年の内務省訓令には「隣保班」の名称で書き込まれました。[43] この隣組について、それを地方自治の立場から率先して提言した東京市の市民局長前田賢次は、その解説本として四〇年に出された『隣組読本』でつぎのように必要性を説明しています。

> 市民は如何にして空襲に備へるか、この問題に答へて立ち上つた町会の新しい組織形態、これが即ち隣組の生れた一つの大きな理由です。（中略）（防空のような）その場合には既に如何なる理由に於いても、群内の一員として利害得失の不一致は考へられず、全くの理窟抜きの助け

合ひがなければなりません。そしてこの共同の目的に依つて結ばれた協同的働きに最も高い能率を期待するためには、その前提として平素に於ける近隣お互同志の共同がなされることが必要です。[44]

ここに見られるように「隣組」は、その立案者によって、非常時の防空協力に求められる「理窟抜きの助け合ひ」（というボランティア）を「高い能率」をもって組織するという観点から発案されています。そのように民衆の自発性を最終的に公式の制度にしたものと捉えられる隣組は、制度となったその力をもって近隣の生活圏における社会関係を強く変化させていくことになりました。それは、近隣関係の緊密化と平準化という変化です。

まず隣組という組織が、町内会・部落会よりさらに小さい「十戸内外ノ戸数」を単位として、[45]近隣の世帯を日常的により緊密に結びつけたのは明らかでしょう。隣組では、その運営の中核に「常会」という名の月例会合を設けて近隣の者たちが直接に顔を合わせる機会を定例化し、組を挙げた防空、防火、防犯の訓練を日常的に組織して成員たちの行動に相互監視の集団規律を課しました。また、戦時の経済統制下で物資の配給制が進んだことも、近隣の消費生活に不可避な連携を組織して、隣組内を擬似家族的な親密圏として緊密化する重要な働きをしたと考えられます。[46]つぎの歌は、一九四〇年六月にラジオ番組『国民歌謡』で放送され、広く愛唱されて隣組の理解と普及に具体的な寄与を果たしています（作詞：岡本一平　作曲：飯田信夫）。

隣組[47]

一　トントントンカラリと隣組
格子を開ければ顔馴染
廻して頂戴回覧板
知らせられたり知らせたり

二　トントントンカラリと隣組
あれこれ面倒味噌醤油
ご飯の炊き方垣根越し
教へられたり教へたり

三　トントントンカラリと隣組
地震や雷火事泥棒
互に役立つ用心棒
助けられたり助けたり

四　トントントンカラリと隣組
何軒あらうと一世帯
心は一つ屋根の月
纏《まと》められたり纏めたり

　このような隣組理解により組織された近隣関係の日常的な緊密化が、他方で、それまでとかく社会階層の差が障壁となって生まれていた近隣の棲み分け構造をシャッフルし、そこに雨宮昭一の指摘するような近隣関係の強制的な平準化が進んだというのもやはり確かなことだと思われます[48]。すなわち、上・中流の富裕層も下層の民衆も、また医師や弁護士、教師などインテリ層も商店主や町工場の経営者、従業員、その他の勤め人など庶民も、すべての世帯がそれぞれ一個の成員として隣組に参加し、回覧板などで情報を共有し、非常時に必要な「理窟抜きの助け合ひ」のために各自が役割を分担する実際の共同作業の経験が積まれていくと、それに伴いそれまでは生活スタイルの上でも階層差があってとかく疎遠になりがちだった者たちの間柄にも変化が生じて、それにより隣組の成員間の意識に社会的な平準化が進んでいったということです。そうなると、ここではいわば「みんなが同じ日本人」という平等意識が規範として働き、近隣相互のまなざしのなかで遂行される共同の防空防災への関与に強い義務観念が生まれることになります。

こうして隣組を最小単位にした国民再組織の進行は、「非常時」という切迫した状況認識の下で、国民総動員に向かうこの社会とその意識に重要な変化をもたらしたと考えられます。一九四〇年に内閣総理大臣を総裁としすべての政党を解党合流させて発足した大政翼賛会は、四二年には国民運動六団体すなわち大日本産業報国会、農業報国連盟、商業報国会、日本海運報国団、大日本婦人会、大日本青少年団を傘下に編入して、国民を職域・年齢・ジェンダー別に編成し統合を図りましたが、それと同時期に、部落会、町内会、隣組をも全面的な指導下において、この地域社会についても強力な統合を進めています。四三年九月に内務省が行った調査によれば、全国の一万七百十三を数える市町村において、組織された町内会・部落会総数は二十一万六千四百八十六、そして隣組（隣保班）の総数は百三十五万六千六百九十五に及んでいて、隣組ひとつにつき組織された戸数の平均は一〇・七ということですから、これで全国ほぼすべての世帯を町内会部落会および隣組に組織し尽くしたということになります[49]。こうして、総力戦に向かう国家総動員体制は一応の完成に到ったのです。

戦時日本のこのように文字通り包括的な国民再組織を見るならば、これをひとつの「ファシズム」と呼んで決して誤りではなかろうと考えられます。もちろんこれは、ナチスやファシスト党といった全体主義政党が下から大衆運動を展開した末に政権を獲得して独裁体制を敷いたドイツやイタリアのファシズムとは組織化の形が異なっていますし、またかつて政治学者の丸山眞男が「上からのファシズム」と名付けてもっぱら上から組織されたと見た軍国主義支配体制の形態ともその成り立ちが違うことは明らかでしょう。ここでは、下からの自発性と上からの統合と制度化が固有の相互連携をなしていたと認められるのです。それゆえこれを見るときに他方で、近年の研究が主として関心を寄せるように、ここに新聞や雑誌、ラジオなどのマスメディア、そして専門文学者や職業音楽家たちが組織的に果たした重要な役割を明らかにするだけでは、まだ不十分だとわたしは思います。というのも、これをやはり「ファシズム」と呼べるのは、そこに民衆自身の下からの自発的で組織的な翼賛が実際にあったからだと考えねばならないのです。すなわちこのファッショ的総力戦体制の前提には、本書でわたしたちが見てきたような、童謡が生まれた時代にあった関東大震災時の自警団の経験、個性ある地域の活性化を求めて震災後に広がっていった新民謡運動の経験、職務の中に自己確認を求めた校歌ブームや社歌制定ブームといわれる諸団体での文化経験、そして東京音頭の熱狂の背景で進んでいた、地域自治を目指す町内会形成への自発的な活動の経験など、民衆の自発的な文化経験や社会経験が地層のように積み重ねられて、容易には崩せない地盤になっていたのです。そして総力戦への民衆の心情動員という点から見て重要だと思われるのは、そこでは確かに、白秋ら詩人たちが関与して作られた詩歌や歌謡に乗せて民衆自身の「本質」に訴える抒情が、形を変えつついつも響いていたということです。

このような経験があって、それらの力を最終的に国家が上から統合し制度化していったと言えるこうした国民再組織の性格について、それを現場でその先鋒となって動きもした前田賢次は、同時期に当事者の立場からつぎのようにその過程を説明しています。

（戦争や事変のような）非常時に際しては国民の輿論《よろん》の統一が必要であること、全国民が一致して一つの目標に協力して進まなければならない、そしてそれは国民の自発的な協力を必要とする必然が、町会活動を強化し、発展せしめることにあるのでありまして、国民の自発的な一致協力の力を作り上げるには、是非とも町会のやうな自治的な最下部組織の活動強化が必要だつたのであります。(50)

このように下からの自発性と上からの制度化とが繋がって成立した戦時ファッショ体制は、そうであればこそ非常時に「理窟抜きの助け合ひ」（というボランティア）が求められる状況下で、まさに民衆の自発性によってその翼賛から逃れる道を封じ、隣組からこぞっての戦争動員に人々を組み込んでいったのだと考えることができます。そこで最後に、この戦時ファッショ体制が成立するのと並行して進んだ翼賛詩歌の体制化を手がかりに、そこでの抒情による心情動員の心理的な仕組みを考えておくことにしましょう。

第四節　植民地帝国の翼賛詩歌と心情動員

詩歌曲の総力戦

日中戦争が泥沼化し、戦線はとめどなく拡大して、すでに日米開戦の一歩手前まで進んだ一九四一年になると、近衛新体制の下その前年より活動を開始していた大政翼賛会文化部は、朗読のためにとして詩歌集の編纂に積極的に乗り出します。それはシリーズとして企画されたもので、第一弾である朗読詩集『詩歌翼賛』第一輯《しゅう》が同年七月に、『詩歌翼賛』第二輯と特輯第一号『大東亜戦争愛国詩歌集』が翌四二年三月に、『愛国詩集　大詔奉戴』が同じく四二年十月に、そして短型詩集『軍神につづけ』が四三年二月にと、つぎつぎに発行されていきました。さらに『詩歌翼賛』第一輯、第二輯については特別に、構成が一部変更され、タイトルもそれぞれ『地理の書』と『常盤樹』とに改められて、新版が四二年十月に追加発行されました。しかもこのシリーズは広く配布されるようにまとめられた小冊子の形態をとっていて、その第一輯には当時文化部長であった岸田國《くに》士《お》の跋文《ばつぶん》がおかれ、そこで岸田は、「詩歌の午後」という全国的な詩歌朗読運動を提唱し、「朗読の見本」としてレコードの作成や朗読者の養成計画まで公表しています。また、この準備のもとで大政翼賛会文化部は、日米開戦に到ると直ちに情報局を通じて日本放送協会（ＮＨＫ）に働きかけ、毎朝定時に「愛国詩」の朗読が流れるラジオ放送番組を実現しました。[51]

戦時下の詩歌曲については、すでに触れたようにラジオ放送番組『国民歌謡』が一九三六年にスタートし、また戦争を主題とした詩歌集、短歌集、俳句集など短詩型の文学作品も日中戦争が全面化した三八年頃から急速に増加してきていましたが(52)、ついに戦局は日米戦争に進み総力戦の様相がいよいよ深まる中で、大政翼賛会が上からそれらを統括し、詩歌とその朗読を戦時国民総動員の文化運動の中核に位置づけてその基本テキストを編纂し、毎朝のラジオ放送を通じてそんな詩歌を各家庭にまで届けるに到ったというわけです。翼賛詩歌が公式に選定され配信されていくこのような事情を確認してみると、前節で見た国民再組織の進行とのその時期の正確な対応関係からしても、そこに生まれている『詩歌翼賛』以下の詩集には、このときに上から国家総動員体制を制度化しようとしている国家の組織的な意志が集中して表現されていると見て間違いありません。するとそこでは、国民の心情は戦争に向けてどのように動員されようとしていたのでしょうか。

『詩歌翼賛』第一輯。「日本精神の詩的昂揚のために」とある

一連の詩集の第一弾として出されて特別に重要な意義を持った『詩歌翼賛』第一輯は、「日本精神の詩的昂揚のために」と副題がつけられていて、その目次はつぎの通りです。

智慧の相者は我を見て……蒲原有明
小景異情……室生犀星
朝飯……千家元麿
紀元二千六百年頌……北原白秋
地理の書……高村光太郎
送別歌……佐藤春夫
砕氷行……大木惇夫
雪消の頃……尾崎喜八
おんたまを故山に迎ふ……三好達治
帰還部隊……草野心平
叱る……西村皎三
「詩歌の午後」について……岸田國士

このような構成の中で、その甲高い調子によりひときわ際だっている北原白秋の作品は、現に戦争を遂行している時下の日本をつぎのように高らかに讃えています。

北原白秋「紀元二千六百年頌」

盛りあがる盛りあがる国民の意志と感動とを以て、盛りあがる盛りあがる民族の血と肉とを以て、個の十の百の千の万の億の底力を以て、今だ今だ今こそは祝はう。紀元二千六百年、ああ遂にこの日が来たのだ。

（中略）

ああ、我が民族の清明心。正大、忠烈、武勇、風雅、廉潔の諸徳。精神は一貫する。伝統は山河と交響し、臣節は国土に根生《ねは》ふ。大儀の国日本、日本に光栄あれ。
展《ひら》け、世紀は転換する。躍進更に躍進する。興隆日本の正しい相《すがた》、この体制に信念あれ。

（中略）

大政翼賛の大行進を始め。行けよ皇国の盛大へ向つて、世界の新秩序へ向つて、人類の福祉に万邦の融和に向つて。一斉にとどろかす跫音《あしおと》を以て、個の十の百の千の万の億の、静かな静かな底力を以て。

この詩は、前年の一九四〇年がちょうど「皇紀二千六百年」に当たるとされたことから作られた日本讃歌で、その年に行われたさまざまな祝賀行事の興奮をこの詩集に取り込んでいます。これまで見てきたように白秋は、摂政裕仁の後を歩んだ樺太・北海道旅行を経て植民地帝国日本の神話的な心象地理の構想にまでいち早く到り、アジア・太平洋戦争の当初から率先して「国民の志気を昂揚す」べく「国民歌謡」の構想に動いていましたが、いよいよ総力戦へと突き進むこのときにこんな激烈な愛国詩を書き、それが詩集の軸に据えられたわけです。この翼賛詩歌集では、白秋によるこうした愛国の顕揚と戦争の賛美が、「日本列島の地理地形の説明にことよせて、われわれ民族の性格と運命と決意とをうたつた」とされる高村光太郎の作品「地理の書」を経て、愛する我が子を「大君がため　国のため／ささげまつらん」と戦地へと送り出す親の心を語る佐藤春夫の「送別歌」に続けられています。

この北原白秋から高村光太郎を経て佐藤春夫に続く三作品は、本詩歌集の中でも中核をなすもので、これらは確かに愛国と戦争への決意を人々に強く説く内容になっていると読むことができます。そしてそれが後半の、戦死者たち凱旋《がいせん》者たちを残された者が静かに心深く迎えるという情景を描いた、三好達治「おんたまを故山に迎ふ」や草野心平「帰還部隊」などによって受けられているのです。そのように内容の基本線を把握していくと、なるほどこの詩歌集は、全体として、戦争の時代に国家を讃仰し、戦争のために国民に献身を呼びかけ、そして、それがもたらす死を受け容れる心構えと作法を説いていて、まさに『詩歌翼賛』というその名に違わない実質を備えていると、まずは理解できます。

もっとも、この詩歌集の基本線をそのように理解してみると、そうした一見して明らかな愛国詩、戦争詩である作品からだけでは見えない、とても巧みに人々の心情を動かすもうひとつの装置がこの詩歌集には仕掛けられていると気づかされます。冒頭の高村光太郎の序文は措くとして、問題は、そのつぎに並んでいる島崎藤村「千曲川旅情の歌」から千家元麿「朝飯」などの作品のことです。「小諸《こもろ》なる古城のほとり／雲白く遊子悲しむ」と始められる「千曲川旅情の歌」は、よく知られているように、小諸の古城と千曲川の流れにことよせながら自然の情景に映る人生の流転を味わい深くうたったもので、これは日本の抒情詩を代表すると言ってよい作品でしょう。でも考えてみると、この詩の主題は国家でも戦争でもありません。また、それに続いて「智慧の相者は我を見て今日し語らく」と語り出す蒲原有明の作品や「ふるさとは遠きにありて思ふもの」と詠嘆する室生犀星「小景異情」にしても、家族と囲む暖かい朝の食卓の情景を愛情深く描いている作品「朝飯」にしても、それらはさまざまな情感を綴った抒情詩や象徴詩ではあるけれど、いずれも直接には愛国や戦争をうたってはいないのです。すると、そもそもそんな作品が、この翼賛詩歌の第一の基本テキストの、しかもその冒頭の部分に収められているのは、いったい何故なのでしょうか。

この点を考えるときに手がかりになるのは、やはり北原白秋が国民歌謡を構想するときに考えていた歌の機能連繫という観点だろうと思います。ここでも、「国民の志気を昂揚」させるのはなにも一本調子の愛国詩や戦争詩や軍国歌謡ばかりではなく、むしろ人々の情感に深く訴える抒情の力がそれに大きく寄与すると理解されているということです。「千曲川旅情の歌」に始まるいくつかの詩は、内容的には文字通りの愛国詩、戦争詩と言うことは出来ないけれど、当代を代表する抒情詩として人々の情感に訴え、日本の自然や人々の繊細な思いに十分な共感をかき立てることで、この国への心情的な一体感を形作るためには不可欠な構成要素とみなされている。つまり、詩歌集のこの部分が有効に機能することを前提にしてこそ、高らかに愛国を顕揚する「紀元二千六百年頌」も、わが子の命を「大君」に捧げると言う「送別歌」も、強い力を発揮して人々の心情を実際に動かしうると考えられているのです。そうした構成をもってこの詩歌集『詩歌翼賛』は、民衆の心情を精一杯動員して戦争翼賛に向かわせるために、優れた詩作品を繊細な感覚で選び出し巧妙に配列した、とても高性能なプロパガンダの一冊になっているわけです。

そのように考えてみると、この詩歌集をもって企図されていたのは、いわば詩歌曲の総力戦だったのだと分かります。近年では研究の進展により、日米戦争が始まったこの頃に文化領域からの戦争翼賛が最高潮に達し、文壇でも音楽界でも文字通り総動員の戦争協力体制が作り上げられたという事実がかなり知られるようになりました。ここでわたしたちが見ているのは、そのような詩人や音楽家たち総動員の戦争協力を前提にして、いよいよ体制化されることになった詩歌翼賛の総力戦を示すテキストだということです。すなわちここには、抒情詩、象徴詩を広く含む詩歌曲の詩的喚起力を全面的に総動員して、広く深く民衆の心情を捉えようと構想されていた詩歌翼賛の総力戦体制が表示されているのです。

そうであれば、このように繊細な抒情の力まで総動員している詩歌曲の総力戦体制は、実際にはその対象である民衆の心情にいかに働き、どうして現実にその人々を戦争へと動員する力になっていたのでしょうか。

生活者の心情自縛

まず、詩歌集『詩歌翼賛』第一輯に置かれた抒情詩の働きから考えてみましょう。そこで、明らかな愛国歌である白秋の作品「紀元二千六百年頌」に対し、その直前に置かれている千家元麿の作品「朝飯」はつぎのような内容のものです。

朝飯

朝、家の中に日の光が舞込んで来て
天井に輝く
その下に食卓を並べて
妻と自分と子供と坐る。
妻は自分達の食べ物を一人で働いてよそつて
　くれる
皆《み》んな黙つて食べ初める。静かだ。
思はず祈りたくなる
顔に力がこもつて幸福だと黙つて思ふ。
妻はいろんなものに手を出す子供をちよいち
　よい叱る
子供も負けてゐないで小ぜり合ひをやる

自分と子供とは待ちかねて手を出す
この朝は少しも寒いとは思はない。

——日は暖かに天井で笑ひ室内に一杯になる。

確かに、このようなごく普通の心温まる日常を描いただけの作品が、戦争のための翼賛詩歌のひとつとして特別に選ばれていることは、それだけを抜き出して見ればとても不思議なことのように思えます。しかしここではまず、このような日常生活のささやかな幸せの語りが、文脈として国家の非常時である戦争を意識させる詩作品に直につなげられることの効果をしっかり理解する必要があるでしょう。すなわちこのような日常の再確認があってこそ、戦争という国家の非常時はことさらに際だち、生活のそんな日常を防衛するために非常時に果たされるべき国民の義務(「国のためささげまつらん」)が切実に確認されるということです。そのような心理的機制を理解するなら、ここに提示されている詩歌の組み合わせが、前節で見た国民再組織により隣組にまで組織されていた生活者である民衆の心情に訴え、それを戦争翼賛に促すものとして、正確にその心理に作用する機能上の要求に対応していることがよく分かります。

このように生活者としての民衆の自発性をその心情から動員する翼賛詩歌の構成は、ここで見ている『詩歌翼賛』第一輯に限らず、大政翼賛会からこの時期に出された翼賛詩集の一基本形として繰り返し現れてくるものです。その中のひとつに、一九四三年四月に大政翼賛会宣伝部が発行した『組長詩篇』があります。これは自ら進んで隣組の組長を担ってもいた詩人尾崎喜八による作品の集成で、尾崎は「巻末に」と題したそのあとがきに自ら「此等の詩のすべてが戦時下隣組長としての私によつて書かれ、同じ私によつて組の常会や、町の常会や、出征者の門出の時に読まれた」と書いて民衆とともにあるその発信の起点を告げ知らせています。[53] 文学研究者の坪井秀人によれば、その尾崎は、当時ラジオで朗読放送された戦争詩の作者のうちでも放送回数の最も多かった詩人のひとりであり、大政翼賛会が四二年に編集発行した『愛国詩集　大詔奉戴』でも冒頭を飾る作品「大詔奉戴」を書いていて、上から組織されたこの詩歌翼賛の文脈でも他に「抜きん出」て露出が多く重要な役割を果たした人物でした。[54] そんな尾崎の詩作品の集成である『組長詩篇』の中核に、なかでも広く「戦時下の国民の共感を呼」んでラジオでも「最も放送回数の多かった」とされるつぎの作品「此の糧」が置かれていました。

　此の糧[55]

芋《いも》なり。
薩摩芋なり。
その形紡錘《つむ》に似て
皮の色紅《べに》なるを紅赤《べにあか》とし、
形やや短くして
紅の色ほのぼのたるを鹿児島とす。
（中略）
芋にして、
鹿児島の肉は粘稠《ねんちう》、
あまき乳練れるがごとき味《あぢは》ひは
これぞ祖国の土の歌、
かの夏の日の勤労の詩なりかし。
（中略）
大君の墾《はり》の広野《ひろの》に芋は作りて、
これをしも節米の、
混食の料《しろ》とするてふ忝《かたじけな》さよ。

紅赤を我は好む。
紅赤の蒸焼せるをほくと割れば、
　さらさらときめこまかなる金むくの身の
　いかに健かにも頼むに足るの現実ぞや。
鹿児島の蒸かせるは
わが娘とりわけてこれを喜ぶ。

つはものは命をささげて
海のかなたに戦ふ日を、
銃後にありて、身は安らかに、
この健かの、味ゆたかなる畑つものに
舌を鼓し、腹打つ事のありがたさよ、
うれしさよ。

このような詩が、戦時下でなぜそれほど広い「国民の共感」を呼んだのかとその理由を考えてみると、それが決して声高な愛国や戦意昂揚の呼びかけによってでないというのは明らかでしょう。むしろ重要なのは、「紅赤の蒸焼せるをほくと割れば、さらさらときめこまかなる金むくの身のいかに健かにも頼むに足るの現実ぞや」のような表現です。坪井秀人が指摘するように、この詩が広く「聴取者の胸に響く」というのは、このような表現にある「食欲をそそる芋の感覚的な存在感」が関わっており、愛国の観念などよりまずは「食べることの快楽」を想像させる表現の力がこの詩の独特な魅力をなしているのは間違いありません[56]。ましてそれが空腹を強いられている戦時であれば、その力が強烈に実感されるというのもよく理解できるところでしょう。「此の糧」は生活の物質的な基礎であり、なによりまずは食欲をそそる「此の糧」という物質によって自分たちの生活が確かに支えられている。そして、その糧を実際に供給するものとして、国家の存在（「これぞ祖国の土の歌」！）がそこに認められているということです。そうであればこそこの詩は、すでに隣組に組み込まれ実際に配給制度によって生活が支えられるようになっている民衆に、確かな実感をもって受け入れられたのだと見ることができます。

しかも、生活者たる民衆は、そんな「此の糧」たる配給の薩摩芋を享受していることを、海の彼方で命をかけて戦う「つはもの」を想いつつ、なにがしかの後ろめたさをもって「ありがたい」と感じさせられています。「食べることの快楽」の強い実感は、そんな絆をあらためて想起させ、その恩義に報いる行為への衝迫に繋がれていくのです。ここに、「芋の感覚的な存在感」を物質的に語るこの詩が「愛国詩」であるという所以があり、民衆の心情がボランティアに動員されていく心理回路が用意されていると分かります。

このように、大政翼賛会などが上から用意し、また実際にラジオや詩集の配布などを通じて広く民衆に届けられていた翼賛詩歌集には、隣組に組織されていた生活者たちの心情を切実に捉えて、それを戦争へと動員する心理的な仕掛けが確かに備え付けられておりました。

主婦の役割

そして、そうであればこそここでさらに注意しておきたいのは、この隣組に組織されていた生活者たちのなかで、とりわけ女性の役割が重要になっていたという点です。大正の普選運動の時期に平塚らいてう等とともに「婦人参政権」獲得の運動を開始していた市川房枝は、この時期には戦争という国策に協力する中で女性の政治的権利を拡張しようと動いておりましたが、その市川が一九四〇年の『隣組読本』で主婦の役割についてつぎのように主張しています。

個々の家庭といふものは、親子、夫婦が集り、一体となつて生活してゐる本拠です。その個々の家が「遠い親類よりも近いお隣り」といふ訳で、防空、防火、防犯、防疫を初め、物資の節約、配給、生活の刷新等々を相扶《たす》け合ひ、協力するのが隣組ですから、隣組は換言すれば、一つの生活共同体であります。隣組が生活共同体だといふ事になれば、これを組織してゐる個々の家庭生活を主宰してゐる主婦は、その柱だといふ事になりませう(57)。

フェミニズムの歴史からすれば皮肉なことではありますが、これは、隣組により地域社会の末端にまで及んだ総動員体制が女性の社会的役割を大きく高めているという認識です。そして市川が強調するまでもなく、戦時動員がすでに大規模に進んで男性が兵士として多く出陣していたこの頃には、この地域社会の自治にとって女性の役割がはっきり比重を増していて、それにより実際にもある種の「平準化」が進んでいたと見ることができます。かくて、このような状況の中に生活者を心情動員する翼賛詩歌が投げ込まれ、ここで生活者たる女たちは心から「出征兵士のために」と思いつつ街頭に繰り出して懸命に旗を振り、男たちはその旗に強く背中を押されるようにして否《いな》やも言えず戦地に向かう、そんなジェンダー構図が非常時の常態として隣組の日常を構成することになっていったのでした。

一九四一年に作られたつぎの歌は、戦時歌謡の中でも飛び抜けた大ヒットとなり、戦地でも兵士たちに広く愛唱されたと言われるものです（作詞：野村俊夫　作曲：古関裕而）。

「国民歌謡　第六十三輯　防空の歌／暁に祈る」（1940年５月）

暁に祈る(58)

一　ああ　あの顔で　あの声で
手柄たのむと　妻や子が
ちぎれる程に　振った旗
遠い雲間に　また浮かぶ

二　ああ堂々の　輸送船
さらば祖国よ　栄えあれ
遥かに拝む　宮城の
空に誓った　この決意

これは陸軍省馬政課が後援・指導した映画『征戦愛馬譜　暁に祈る』の主題歌として作られた文字通りの軍国歌謡でしたが、これを戦場で歌う兵士たちにとっては、生活の内から打ち振られる旗によって背中を強く押されそこまで出ていかざるをえなくなった我が身の境遇に、確かにどこか「切ない思い」が呼び覚まされていたことでしょうし、それとともにまたそれが慰撫《いぶ》されてもいたのだろうと想像できます。こんな歌を歌いながら、間違いなく日本人は悲惨な戦争をやっていたのでした。

するとそのような心情の動く状況下で、翼賛詩歌はその全体を生きる思想としてはどのように正当化していたのでしょうか、そして結局はそれがどこまで行ってしまったのでしょうか。本論の最後にその点を確認しておくことにしましょう。

神話と地理への渇望の果て

すでに触れたように、大政翼賛会文化部が最初に刊行した朗読詩集『詩歌翼賛』第一輯と第二輯とは、タイトルをそれぞれ『地理の書』と『常盤樹』とにあらためて、新版が四二年十月に追加発行されています。その表題詩である高村光太郎の作品と島崎藤村の作品は、それぞれつぎのようなものでした。

地理の書（高村光太郎）

深い日本海溝に沈む赤粘土を圧して、
九千米突《メートル》の絶壁にのしかかる日本島こそ
あやふくアジアの最後を支へる。
崑崙《コンロン》は一度海に没して又筑紫に上《あが》る。
両手をひろげて大陸の没落を救ふもの、
日本南北の両彎《りょうわん》は百本の杭となり、
そのまんなかの大地溝《フォッサマグナ》に富士は秀でる。
（中略）
大陸の横圧力で隆起した日本彎が
今大陸を支へるのだ。
崑崙と樺太とにつながる地脈は此所に尽き
うしろは懸崖の海溝だ。
退き難い特異の地形を天然は
氷河時代のむかしからもう築いた。
これがアジアの最後を支へるもの、
日本列島の地理第一課だ。

常盤樹《ときはぎ》（島崎藤村）

あら雄々しきかな傷ましきかな
かの常盤樹の落ちず枯れざる
常盤樹の枯れざるは
百千《ももち》の草の落つるより
傷ましきかな
（中略）
木枯高く秋落ちて
自然の色はあせゆけど
大力天《だいりき》を貫きて
坤軸《こんぢく》遂に静息《やすみ》なし
もの皆速くうらがれて

長き寒さも知らぬ間に
汝千歳《いまし》の時に嘯《うそぶ》き
独りし立つは何《なに》の力ぞ
（中略）
立てよ友なき野辺の帝王《すめらぎ》
ゆゆしく高く立てよ常盤樹
汝の長き春なくば
山の命も老いなむか
汝の深き息なくば
谷の響も絶えなむか

このような作品が、詩的ファンタジーを駆使して表題通り「日本列島の地理」と「常盤樹」とを想起させながら、置かれた場所や時代の過酷な試練に耐えて与えられた使命をあえて引き受けることの崇高さを語っているというのは、まず作品の内容理解として間違いないところでしょう。そして、これらを特別に表題詩に選んだ大政翼賛会文化部がそれに「われわれ民族の性格と運命と決意とをうたつた詩」であると解説を加えるのも、戦争という苛烈な時代状況を我が身の不可避な「運命」として引き受けその使命に専心するよう民衆に決意を促しているという意味で、上から組織されているこの詩歌翼賛の中心的な企図をまさに直截に語るものと認められます。これらは確かに、前項までに見てきた抒情の詩作品、生活者を日常から戦場へと押し出している詩作品が作る心情を正面から引き受け、あるいはそれと相互に補完しあいながら、詩歌翼賛が果たすべき心情動員を公式に正当化するイデオロギーの核を構成していると理解することができるものです。

もっとも、このような上からの詩歌翼賛が提示しているイデオロギーがこの戦時に実際にイデオロギーとして効果をもつには、それが伝えようとしている意味内容を確かに理解し、心情の基底から共感して下から支持する民衆たちの精神的な基盤が用意されていなければなりません。日本列島の地理上の位置から当面する戦争への使命を理解し、常緑樹の緑に倫理的な崇高さを見出すというのも、ファンタジーに過ぎないと言えば過ぎないわけですから、いくら巧みな修辞があったとしても、そんな内容の詩歌集が人々を戦場にまで駆り立てるというのはいつでもどこでも可能なわけではありません。だから、このような翼賛詩歌が用意され、それにより実際に民衆の心情動員が可能になったというのは、そこに民衆側からの精神的な準備と主体的な参与がやはりあったからだと認めねばならないでしょう。そしてそれを用意しているものこそ、そこに到るまでの民衆自身の文化経験だったわけです。

そんな民衆の詩歌翼賛にいち早く関与し、専門詩人の立場から率先して求めに応じて大量の詩歌や歌謡を提供し続けてきていた北原白秋が、腎臓病による視力の衰えに耐えながら彼自身の人生にとって最終局面のこの時期に残る力を傾注したのも、神話と地理を志向するそんな内容をもつ詩歌の創作に他なりませんでした。

一九四〇年十月十五日、白秋は、個人詩集として生前最後の作品である『新頌』を自ら「皇紀二千六百年記念」と銘打って刊行しています。その「巻末記」で白秋はこの詩集を「一に貫通するところのものは日本精神であり、整律するところのものは万葉以前の古調に庶幾く《こひねがは》」と明示的に性格づけ、その冒頭に「神坐《ま》しき、蒼空《あをぞら》と共に高く、み身坐《ま》しき、皇祖《すめらみおや》」と始まる作品「海道東征」を配置しました（⑤四一八頁、三〇八頁）。この「海道東征」は、この年が「皇紀二千六百年」とされたことから日本文化中央連盟が組織した「皇紀二千六百年奉祝芸能祭」のための依頼作品で、神武東征の神話を高らかに言祝ぐその内容は、信時潔の作曲によりオーケストラ演奏に男声・女声の独唱と合唱とが組み合わされた一大「交声曲」に仕上げられています。そしてこの「交声曲」は、「皇紀二千六百年奉祝」事業の重要な一環として、東京音楽学校の管弦楽部と合唱団の大編成により同年十一月二十日に東京音楽学校奏楽堂で、同二十六日には日比谷公会堂において盛大に発表されました。[59]

また、新民謡の創作においてすでに地方のマッピングを意識し、樺太・北海道旅行では植民地帝国日本の「道」の差異と連続を再確認して、そこから神話的世界の地理構想に到っていた白秋は、この最晩年にも、満州侵略から「大東亜共栄圏」建設を呼号するようになっていた日本の行く先を先導するように、詩によって地図を描く創作を進めています。そこから、一九四二年九月一日には、こちらは童謡・童詩集として白秋生前最後の作となった少国民詩集『満洲地図』が生まれました。「満洲建国十周年慶祝記念」と銘打たれた「少国民」（少年少女たち）のためのこの詩集は、満州国とその皇帝を讃える頌歌「開いた蘭花」を冒頭に配しつつ、その後の目次が、「大連から奉天の北まで」「奉天から安東まで」「四平街から内蒙古まで」「新京から国境まで」と、あたかも満州を入り口から奥へと旅するように構成されていて、それ自体がひとつの旅の「地図」になっていると理解できるものです。このような詩集の構成について白秋はその「あとがき」で、「満洲の風土、民俗、季節、伝説に亘《わた》り、日露役より満洲事変、現下の大東亜戦争をも織り交ぜ、地理的にも歴史的にも少年の生活感情に結びつけようとするものである」とその企図を述べています（㉗三一三頁）。このように外地である満州を地理的・歴史的に少年たちの生活感情と結びつけようというのは、当面する戦争という時代状況下で、侵略戦争の向かう先である満州に地図という表象を駆使してファンタジーをかき立て、そこに心情動員を実現するという翼賛詩歌の使命を確かに強く自覚していると分かります。

わたしたちが前章までに見てきたのは、白秋のそんな神話や地理への志向が、日本の植民地主義を担っていた民衆の心情を映し出す童謡や民謡そして詩作品から連続し、植民地帝国日本の覇権拡張の歩みに確かに寄り添って深められていたという事実でした。日本人の心に深く響くとされて人々に愛唱されてきた童謡「この道」は、そのプロセスの核心部で創作されていたのです。そうした神話と地理への志向が、苛烈な戦争の進行にともなって、ここまで導かれてきていたということです。

このような白秋の志向が行き着いた極として、彼自身の死（一九四二年十一月二日）の直前に残された作品をここでひとつ記憶しておくことにしましょう。

大東亜地図　（『週刊少国民』一九四二年八月二十三日）

おい、君、遊びに来ないか、僕のうちに、
とても大きな世界地図があるんだぜ。

地図を壁一面に貼つて、そして、
毎日、僕はラジオや新聞とにらめつくらだ。

旗を書くんだ、僕は日の丸の旗を、
占領、戡定《かんてぃ》と聞くとすぐと、こんな《はた》を。

それから、《はうだん》だ、砲撃、侵入、ぐんぐんと、どかんだ、
それから、《ひかうき》だ、《せんすゐかん》だ、愉快だなァ君。

爆撃、雷撃、ブルルンルン、グヮンだ、
敵前上陸、不沈艦轟沈、陥落。

見たまへ、君、大陸は《ひのまる》ばかりだ、
フィリピンだつて、マライだつて、ビルマだつて、南洋だつてさうだ。

《はうだん》だ、《ひかうき》だ、《せんすゐかん》だ、さうださうだ、
それから《らくかさん》だ、どうだ、見ろ、急降下だ。

ハワイだ、ミッドウェーだ、アリューシャン、マダガスカルだ、
パレンバンだ、メナドだ、モレスビーだ、シドニーだ。

僕は日まで月まで書きこんどくんだ、
僕は塗る、塗りかへるんだ、点と線ばかりぢやないんだ。

すばらしいの、何のつて、君、
大東亜共栄圏なんだもの。

僕の脳髄《なうずゐ》はそのまま地図なんだぜ、
カナダだつて、スエズだつて、パナマだつて
もうとうに塗りかへてるんだぜ。

（㉘三一六―三一八頁）

ある意味でこれはすごい力のある作品なのだと思いますが、こんな少国民詩が与えられてそれを我が子が真剣に読むような状況にまで到ってしまうなら、その父親たちはいったいどんな言葉を残

して戦地に向かえばよかったのでしょうか。それにしても、世界がこのような地図にまで抽象化されていくとき、その空間に実際には多くの人々が生活し、またそれゆえ自国が差し向けた軍隊の銃火により傷つき斃《たお》れているという事実への想像力などほとんど働く場を失ってしまうでしょう。十五年戦争と言われた長期にわたる戦争も帝国主義の侵略戦争でしたから、主要な戦場は外地にあり、日本国内で旗を振っていた多くの日本人たちが現実に自分たちの身を以て戦火を体験するようになるのは、本土空襲が本格化した一九四四年末以降のことです。こうした構図の戦争において、ここに見えている詩歌による他者の痛みへの想像力の絞殺は、とても重大な禍根になったのだとやはり思わずにいられません。

終章 継続する体制翼賛の心情

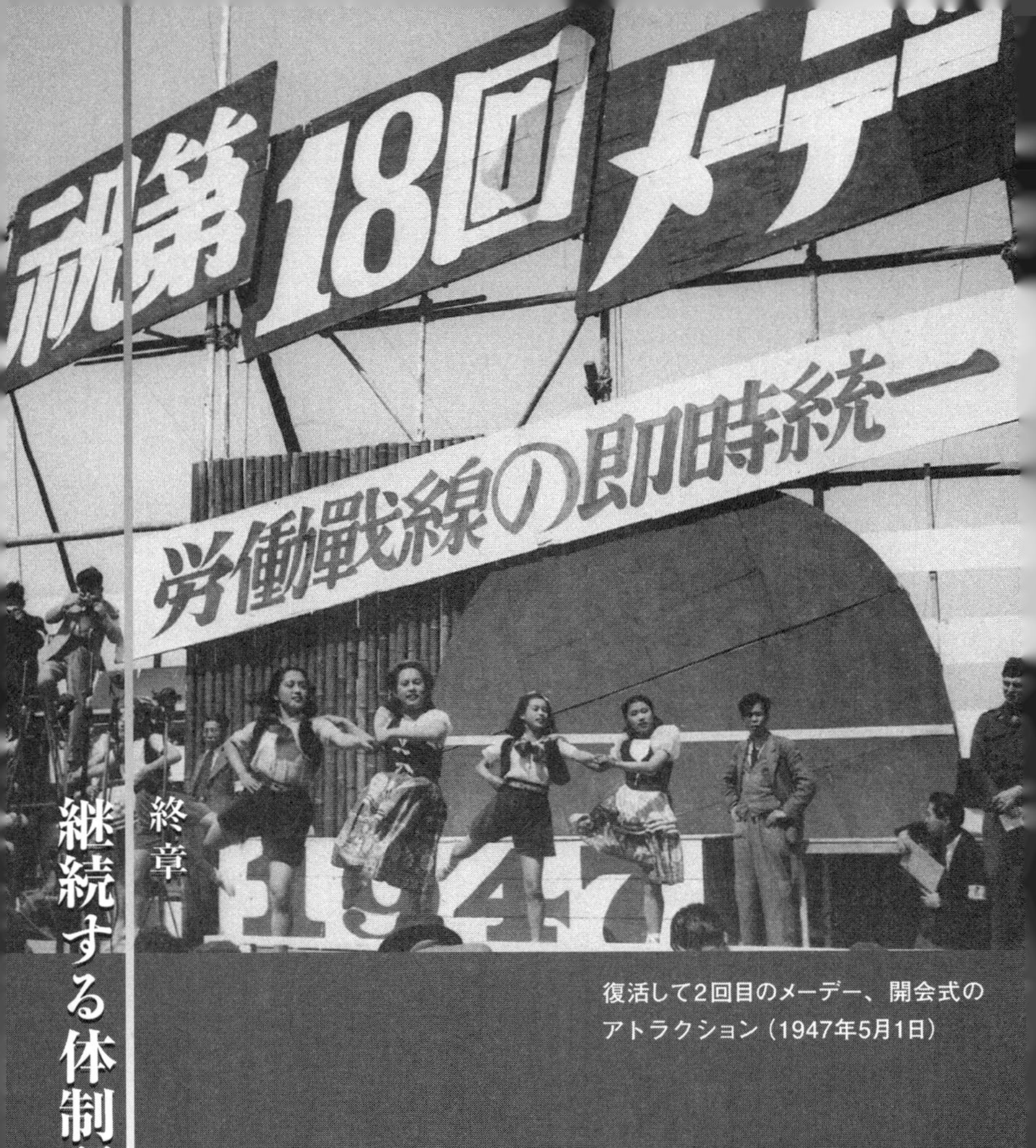

復活して2回目のメーデー、開会式のアトラクション（1947年5月1日）

歌って忘れる

北原白秋その人は一九四二年十一月に亡くなりましたが、他の多くの詩人たちの詩歌翼賛は四一年十二月の日米戦争開始を期していよいよ全面的なものとなり、文字通り国民総動員の詩歌翼賛体制がここからさらに大きく広がっていきます。もっとも、アジア・太平洋戦争の最終局面であるこの時期の総力戦体制についてなら、雪崩を打つように文学者たちや音楽家たちを巻き込んでいった戦時文化の流れはそれまでに大勢は定まっていて、また多くの研究もありますからよく知られるようになってきています[1]。そこで、本書の最終章であるここでは視野をむしろ「戦後」に広げ、大きく変化したはずの状況において詩歌の抒情がどのように働いていたのかに触れて、そこから新たな震災後の今日まで引き続き残されている問題を考えておきたいと思います。

敗戦後の日本に最初に登場した民衆歌謡としては、並木路子《みちこ》の明るい歌声により当時大流行したつぎの「リンゴの唄」（作詞：サトウ・ハチロー　作曲：万城目正　唄：並木路子・霧島昇　一九四五年）がよく知られています。

リンゴの唄[2]

一　赤いリンゴに　口びるよせて
だまってみている　青い空
リンゴはなんにも　いわないけれど
リンゴの気持は　よくわかる

二　あの娘よい子だ　気立のよい娘
リンゴに良く似た　可愛いい娘
どなたがいったか　うれしいうわさ
かるいクシャミも　とんで出る

リンゴ可愛いや　可愛いやリンゴ　——　リンゴ可愛いや　可愛いやリンゴ

これは戦後に企画された初めての映画作品である『そよかぜ』の挿入歌として作られた歌でしたが、映画が一九四五年十月十日に一般公開され、それがラジオの電波にも乗ると、レコードではB面に収録されたこちらの人気がむしろ高まって、やがて戦災から復興への歩みを象徴する代表曲ともなっていきました。そして敗戦直後のこの顕著な現象には、やはりこの時の人々の心情に深く響く確かな理由があったと考えられます。

この歌の制作プロセスについては、直前の戦争で両親と兄とを亡くしていた並木が映画用の録音の際にもその悲しみから抜けきれず、そんな並木に作曲の万城目正が何度もダメ出ししながら「明るい歌声」に仕上げたという逸話が残されています[3]。日本人だけでも三百十万人に及ぶとされる死者を出したこの戦争は、もちろん日本人にとっても自ら傷つき家族や親類縁者にも多くの犠牲者を出した痛恨の出来事だったのであり、敗戦から間もないこの時期には人々の心に癒しがたい深い傷が残されていました。それでなくてもこの時期に人々は、戦火に焼け出されあるいは生活のすべてを失って、行方知れぬ毎日の生活に不安な日々を過ごさねばなりませんでした。そんな時であれば、歌を制作する側にもそれぞれ苦しみや悲しみがあって、その苦悩を乗り越えての仕事になったというのはよく分かります。またそうだからこそ、強いて作られたこの「明るい歌声」は、同じ苦悩を共有する人々に元気や勇気を与えるものとなったのでしょう。確かにこの歌は、歌って悲しさを忘れるという意味で、戦争の傷からなお立ち直りきれていない人々にとって必要な、時宜を得た心の癒しになったのだとまずは理解することができます。

もっとも、とは言え、敗戦直後という時期に働いているこの歌謡の「癒し」の力については、ここで立ち止まってあらためてその意味を考えてみなければならないとわたしは感じます。というのもこれまで本書でわたしたちは、日本における抒情詩歌の成立場面を振り返りつつ、そこに民衆の植民地主義とその傷を癒していた郷愁の抒情との親和的な相関を確認し、震災から戦争へと続く時代を導いたそうした抒情の危うい働きを見てきているからです。それを踏まえて考えると実は、戦災で受けた傷を癒しているここでも、その「癒し」には歴史的に見れば戦争の記憶を都合良く色づけていくような働きがあったのではないだろうか。そしてそれがまた「戦後」というこの時代の心情を導いているのではないか。戦争翼賛に向かった抒情詩歌をめぐる考察をここまで辿ってくると、敗戦後のこの時期についてもこんな疑問が生じざるをえないのです。

そしてこの疑問を意識してみると、そのとき気になってくるのは、同時期に広く人々に歌われるようになっているもうひとつの歌のことです。それは「戦後初めての童謡作品」としてよく知られているつぎの歌（作詞：斎藤信夫　作曲：海沼實　唄：川田正子）です。

里の秋(4)

一　しずかな　しずかな　里の秋
お背戸《せど》に　木の実の　落ちる夜は
ああ　かあさんと　ただ二人

三　さよなら　さよなら　椰子の島
お舟に　ゆられて　帰られる
ああ　とうさんよ　御無事でと

栗の実　煮てます　いろりばた

今夜も　かあさんと　いのります

二　あかるい　あかるい　星の空

鳴き鳴き　夜鴨《よがも》の　渡る夜は

ああ　とうさんの　あの笑顔

栗の実　食べては　おもいだす

これは、一九四五年十二月二十四日に放送された「外地引揚同胞激励の午後」というラジオ番組で初めて一般に紹介された歌で、国民学校の教師をしていた斎藤信夫が作詞し、北原白秋により「音羽ゆりかご会」と命名された児童合唱団の指導に長年携わっていた海沼實が作曲して、放送では当時十一歳であった川田正子がこれを歌っています。このラジオ番組は表題の通り敗戦により外地から引揚げてくる日本人をみんなで温かく迎えようという企図の下に制作されたもので、六百三十万人に及ぶ日本人が移動することになったこの「引揚げ」（そして復員）という敗戦処理作業が大規模に進んでいたこの頃には一般の関心もとびきり高く、まことに多くの日本人がこの時これを聴取していたと考えられます。その番組でこの歌が放送されると、当日から反響は絶大で、感銘を受けたと言う人々が寄せる声で放送局の電話が鳴りやまなかったばかりか、問い合わせや感想の手紙の類も束になってＮＨＫに押し寄せたと言われています。ここから「里の秋」は童謡としては珍しい「大ヒット曲」となっていったのです。

そこで、このような歌がどうしてこの時それほど人々の心に響いたのかを考えてみると、ひとつにはやはりこれも、本書で見てきたような大正期以来の抒情童謡の創作方法を忠実に踏襲して作られているということがあるのだろうと考えられます。斎藤信夫や海沼實という作者たちがこの童謡運動の流れに棹さしていたのは間違いありませんが(5)、その流れの中から生み出されたこの歌は童謡運動が創生以来培ってきた抒情の形をそのまま表現に映し、この抒情が敗戦直後の日本人たちに優しく郷愁をかき立てて、それが時宜を得た心の癒しになったのだと理解できるのです。しかもこの歌については、もうひとつ、震災後／戦争前の童謡運動とのつながりを示す秘密が実はあったことが今は知られています。

その秘密とは、この「里の秋」という童謡には日米開戦の時である一九四一年十二月に同じ斎藤信夫によって作られた「星月夜」という原作品があって、これが敗戦という状況の変動に合わせて改作されて、四五年十二月に発表された「里の秋」の形に定まったという事情です。そして四一年に作られた「星月夜」では、一番と二番は「里の秋」と同一でしたが、三番と四番がつぎのようになっていました。

三　きれいな　きれいな　椰子の島
しっかり　護《まも》って　くださいと
ああ　父さんの　ご武運を
今夜も　ひとりで　祈ります

四　大きく　大きく　なったなら
兵隊さんだよ　うれしいな
ねえ　母さんよ　僕だって
必ず　お国を　護ります(6)

見られる通り原作品である「星月夜」は、同じ一番と二番につなげながら、全体としては日米開戦という状況下で戦争遂行に貢献したいと願う軍国少年の心情描写として、それゆえ文字通りの翼賛詩歌として作られていました。それが敗戦後の「里の秋」では、三番と四番の部分を置き換えて、ラジオ番組の趣旨に応じた復員する父を思う家族の物語に首尾よく改作されたというわけです。

このような敗戦直後の「星月夜」から「里の秋」への改作は、もちろんまずは番組を制作したNHKの制作意図に沿ってのことだったでしょうが、それが敗戦後の占領下という状況に強いられた意識的な操作でもあったことは間違いありません。ここでは確かに占領当局の言論検閲が意識され、それに抵触するような「軍国主義」と見られる表現が慎重に削除されて、歌は再構成されていると見ることができます。そしてそのときにもうひとつ、当の作者たち自身の方にも戦時には自分自身が身を投じていた軍国主義を見ないようにしておきたいという動機が働いて、それが戦争翼賛の隠蔽へと作歌を方向付けたというのもやはり否定できないところでしょう(7)。このような方向性の異なるいくつかの意向が交錯しつつ、この歌は、歌って戦争の日々を忘れさせる心優しい家族の物語に仕上げられていったのでした。敗戦直後の心の傷を癒すこの歌には、確かにそんな忘却の機制が組み込まれていたと見なければなりません。

軍国主義について検閲がありそれが奇妙にも軍国主義の隠蔽と協働して、戦時の暴力から目を逸らさせる忘却を生む（この時期に教室で使われた「墨塗り教科書」もそれだった！）。このように作られた「忘却」であれば、その暴力を一時的に遮蔽はしても、根絶やしにすることは決してないでしょう。そして事実、この敗戦直後の詩歌曲の文化史は、そんな戦時を密かに継続させると見えるもうひとつの重要な歌に続いていきます。

戦後への詩歌翼賛

一九四七年五月一日、第二回復活メーデーの祝典が全国各地で開催され、東京会場（皇居前広場）だけでも五十万に及ぶ参加者を得て大きな盛り上がりを見せました。(8) この祝典では全体プログラムの最後に新しい労働歌がひとつ披露され、集会はこの歌の大合唱をもって締めくくられています。その労働歌とはつぎのような歌です。

町から村から工場から(9)

一　町から村から工場から　はたらく者の叫びが聞こえる
はたらく者が働くものが　新しい世の中をつくる
　はたらくものこそ　しあわせになる時だ
われらはわれらは労働者

二　山から海から畑から　はたらく者の心がよびあう
はたらく者が働くものが　美しい集まりを結ぶ
　ひとりも残らず　しっかりと肩をくめ
われらはわれらは労働者

三　空から土から世界から　はたらく者の力があふれる
はたらく者が働くものが　たくましい足どりで進む
さえぎるやからは　なにびともゆるさぬぞ
われらはわれらは労働者

この第二回復活メーデーが開催された一九四七年という年は、敗戦直後の混乱が少し落ち着き、この戦後に新たな政治と生産と生活の再建を求める意志と声がようやくまとまった力になり始めた頃で、その民衆の意識の高まりはGHQの占領政策ともいよいよ明確な軋轢を起こしつつ広がって、二月には結局はつぶされたものの「二・一ゼネスト」計画をいったんは現実味を帯びるところまで組織し、また六月には「吉田反動内閣打倒」というスローガンの下で片山哲社会党内閣を成立させるまでに到っています。世界の冷戦構造が明確になっていく四八年あたりからは日本の戦後も「逆コース」と言われる反動の流れに向かって進んでいきますが、その前年であるこの年にはなおいろいろな可能性が見え隠れしつつ事態は推移していたわけです。東京のメーデー会場に集まった五十万という参加者数も、そのまさに二日後の五月三日に同じ皇居前広場でこちらは昭和天皇も出席して挙行された「日本国憲法施行記念式典」の出席者が一万人ほどであったことに比べるとやはり顕著なもので、[10]この時の民衆というサイドから見る限り、五月三日ではなくむしろ五月一日こそ新しい民主主義を実際に具現する出来事のあった「記念日」であると言った方がいいかもしれません。そのメーデー祝典を締めくくった新労働歌は、それゆえ戦後民主主義そのものにとって特別な歌であったと認めてよいものです。それに気づいてさらに調べてみると、この歌の成り立ちがまさに「戦後日本」を象徴するような特別な意味を担っていたと分かってきます。

この「町から村から工場から」（作詞：国鉄詩人編集部　作曲：坂井照子）という労働歌は、GHQの指令により戦後復活した労働組合運動のナショナルセンターとなった全日本産業別労働組合会議（産別会議）と日本労働組合総同盟（総同盟）とが、一九四六年に共同して「新労働歌」を公募した際に第一位に入選した歌で、それをNHKがラジオ放送を通じて歌唱指導したために一般にも広く知られるようになりました。労働組合の立場からする労働歌のこの公募は、まずNHKがそのように協力しただけでなく、新聞各社もこぞって協賛し、また専門音楽家の統一組織である「日本現代音楽協会」が参与し、さらには文部省まで実は深くそれに関わっていたと言われていて、この時期の文化事業としてはずいぶん大がかりな態勢で進められたことが分かっています。しかも、それほどの文化事業が占領下に実施されたということですから、その時に占領当局がこれを関知していなかったとは考えられず、むしろGHQの賛同の下にそれは立案され実施されていると認識すべきでしょう。言い換えるとこの事業は、GHQの公認により諸団体・諸機関が連繫して実施した一大文化イベントで、これにより「戦後」というこの時代の意味を民衆に理解させ、それに参加を呼びかけ人々を動員しようという、社会教育的な企図を持つものだったと認めてよいように思われます。「働くものが新しい世の中をつくる　はたらくものこそしあわせになる時だ」、この歌声はそうした文化イベントにおいて「戦後」の統一モチーフとして選定されているということです。

しかしそう理解してみると、前章で戦時期における軍国歌謡の公募イベントに触れてきたわたしたちは、このような「戦後」の文化イベントの実施形式が、奇妙なことにほんの少し前である「戦時」のそれとずいぶん似ていると気づかされます。もちろん戦後のこの時にはすでに日本軍の情報統制は停止され、後ろ盾としてGHQがそれに取って代わっているわけですが、イベント実施体制の実質においては、現に同様な人々が同様なノウハウをもって関わりそれを組織しているのです。そこで語られる言葉は戦時と違っていても、実際のイベント組織者に文化イベントに関する経験とネットワークがすでにあって、それが敗戦直後の時期にもこのように広い連繫を組織したイベントを可能にしているわけです。戦時の軍国歌謡イベントと戦後の労働歌謡イベントとは、少なくともその手法と担い手において実は密接なつながりがあったと認めなければなりません。

しかももうひとつ、この労働歌「町から村から工場から」については、これを制作して公募イベントに応募した当の人々が、戦時には詩歌翼賛に濃密な関わりをもっていた事実を見逃すことができません。この労働歌の作詞は「国鉄詩人編集部」とされていますが、その『国鉄詩人』という雑誌は、国有鉄道だった当時の鉄道という職場で詩を書いていた人々が作った組織「国鉄詩人連盟」の機関誌で[11]、これの編集部には近藤東《あずま》、岡亮太郎などという労働者詩人たちが集っておりました。そして、この人々の歩んだ軌跡が、戦時と戦後とを繋ぐ労働詩歌の危うい道筋を示していると言うことができるのです。

その中でも中心にいた近藤東という人物は、国鉄に勤務しながら一九三〇年代には漢字・カタカナ表記にゴチック書体を混在させるという特異な視覚的表現を駆使して活躍したモダニズム詩人でしたが、四一年の日米開戦を機にある「跳躍」を遂げ、いくつもの愛国的な戦争詩をもって時局にきわめて積極的に参与する翼賛詩人となった人です。「かたじけなさに頭《かうべ》をたれ／戦はん哉と腕《かひな》を撫し／世紀の大詔を拝して涙を流した」。これは四四年八月に刊行された近藤の戦時詩集『百万の祖国の兵』の巻頭作品「奉読」の第一連ですが、確かにここには、「宣戦の詔勅＝大詔」を「奉戴」しつつ果たした戦中への「跳躍」について、近藤自身のとても明瞭な自己表明が読み取れると思います。⑫

しかも、この近藤の戦時についてとりわけ重要なことは、戦争に翼賛する詩作のあり方として民衆自身が働く場で詩を書く「勤労詩」という形式を彼が提唱し、国鉄という職場でそれを中心になって推進したことです。近藤は、苛烈な戦時に労働者たちが自らの職場で鉄道員の制服を着て勤労しつつ詩を書いているその形を、詩が「詩の本来の使命たる公的性」をもつに到ったと高く称揚し、戦況がいよいよ過酷なものとなった一九四三年九月にはつぎのようにまで書くに到っています。

（一途に決戦下の体制へ挺身しつつある）今日の詩が、本当の詩の姿であらねばならぬ。詩人は制服をつけた。制服の詩人がものする詩は既に彼『個』の詩ではなく、大いなる民族の詩であらねばならぬ。⑬

本書では第四章で白秋の国民歌謡という構想に検討を加え、そこで作られていた社歌や工場歌が、戦争に向かう国家に「尽忠報国」する労働者にそれぞれ具体的な職務を振り当てて自覚を促すという内容を含んでいたことを確認しました。それを踏まえてみると、近藤のこの「制服の詩人」という理念は、総力戦がいよいよ深まっていく段階でそうした職務への自覚をあらためて明示する詩作の形として、しっかりその尽忠報国の意志を引き受けていることが分かります。この流れの中にあって近藤に特別な点は、彼が戦中に提唱したこの「勤労詩」という詩作の形と「制服の詩人」という理念をそのまま戦後へと引き継いでいることです。

日本の敗戦後、近藤東はかなり早い時期から動いて、岡亮太郎らと協力しつつ国鉄詩人の組織化に向けた呼びかけを開始し、一九四六年二月には早くも東鉄詩話会（東京）を結成してその機関誌『国鉄詩人』を発刊するに到っています。その時に、戦後に詩を書き始めることをいち早く呼びかけるチラシには、つぎのようなメッセージが示されていました。

一　われわれの職場にこそ新しい詩の存在することを強調したい。
一　われわれは詩によって職場の人間的つながりをもちたい。
一　われわれは詩によって職場の文化的意識を高めたい。
一　われわれは勤労詩観を確立することによって、新しい日本の建設に力を尽したい。
一　われわれは無名であるが故に正しい。(14)

ここにはもちろん、敗戦を経た日本という状況の中で、力を尽くして「新しい日本」を建設しようという意志と、それに「新しい詩」をもって寄与しようという詩人の立場が書き込まれています。この意味で、ここに「戦後」の言葉と意識が刻印されているのは間違いないところです。とはいえ、ここで「新しい詩」とされているものが他ならぬ「勤労詩」のことであり、その呼びかけがまた勤労詩によって職場の「つながり」を保ち「文化的意識」を高めようというのであれば、それは、ほんの少し前までの戦時に報国のため民族のためとして「制服の詩人」によってなされていた詩作の形と、その中身は変わらないこともまた明らかでしょう。そうであればこそ、メッセージは敗戦直後に「われわれの職場にこそ新しい詩の存在する」と現在形で確言しえたのです。すなわちこのメッセージは、その内実に立ち入って見るならば、戦時にすでに実践していた翼賛の勤労詩の形を引き継いでそこから戦後の労働者文化を作ろうという、そんな呼びかけに他ならなかったわけです。

しかしそうだとすれば、そのように戦時に実践していた翼賛の勤労詩の形が、いったいどうしてそのまま戦後にも労働者文化の基礎になりうると考えられたのでしょうか。それを近藤はどう説明していたのでしょうか。この疑問を解く手がかりは、敗戦前後の時期について回想する近藤自身のやや後の述懐に見出すことができます。近藤は一九五二年に書かれたエッセイ「わが職業を語る」で、つぎのように述べています。

あの終戦の混乱時にも国鉄だけはひとり健在であつたことは誇りにしてもよい。それほど、いついかなる時にも鉄道は必要である。社会が右になつても左になつても、その重要性に変化はない。これは考えようによつては鉄道の独立的性格ともいえるが、反対に私は娼婦性じやと笑つている。[15]

表題の示すとおり、これは国鉄職員だった近藤が自らの職業について述べたもので、ここには鉄道という業務が負っている重要な社会的役割についての強い自負が表明されています。しかも、「社会が右になつても左になつても、その重要性に変化はない」。つまり、総力戦の戦中においても敗戦後においても、鉄道業務は変わらず重要であり続けている。この認識が、戦中においても戦後においても、鉄道人という職業への近藤の変わらぬ誇りを支えていたというのです。このような鉄道業務についての認識と自負が、そこで実践される勤労詩についても、戦中から戦後へと変化なくその重要性を認め続ける理解に結びついていたと考えられるわけです。「私は鉄道人であることを誇りに思う。勤労者であると同時に詩人であることを更に欣《よろこ》びとする(16)」。これは一九四六年四月に発行された『国鉄詩人』第三号の「編集後記」に書かれた近藤自身の言葉です。この変わらぬ自負によって近藤は勤労詩をそのまま戦中から戦後へと持ち込み、それにより「新しい日本の建設に力を尽くしたい」と訴えることができたのでした。こうして勤労詩という詩作の旗印は、直前まで自ら志向していた戦争翼賛への反省など経ないまま、直ちにいわば「戦後」への翼賛のシンボルに変身することができたと見ることができます。

もっともこのような話も、それが近藤自身の語る鉄道人の職業的自負にとどまっていたのなら、国鉄という特別な職場に限定してのみ語りうる事態であったかもしれません。しかし「戦後」という状況は、人々の職場復帰と生活再建を求める強い要求を基盤にして、勤労による「戦後」への翼賛というこの志向を容認しこれに乗り遅れず参加しようとする行動を、国鉄を超えた広範な一般民衆の大きな流れにしていったように見えます。「働くものが新しい世の中をつくる」と歌う労働歌「町から村から工場から」も、はじめは、戦時から勤労詩を続けて実践している「国鉄詩人」たちの立場表明の作品として生まれました。しかし、復活メーデーの日にそれが発表され、全国の祝典会場で数十万いやおそらく百万を超える人々がそれを受け入れて大合唱したとき、そこに含まれた志向が広範な民衆を巻き込み、この民衆の側でも直前まで自ら進んで参与していた戦争翼賛への自省など経ないままに、今度はこぞって「戦後」に翼賛するという行動に動き始めたのも、やはり確かなことではなかったでしょうか。

そうだとすれば、「はたらくものこそしあわせになる時だ」と叫んでいち早く高らかに戦後的な価値を表明していると見えるこのような歌が、実はその深い根源を戦時の詩歌翼賛に持っていたという事実は、この「戦後」のいったい何を物語っているのでしょうか。

戦後に何が変わったのか

戦後の日本社会においてはこれまで、一九四五年八月十五日という「敗戦の日」を境にして日本は大きく生まれ変わったという認識が広く共有されてきました。確かに、例えば戦後に生まれた「日本国憲法」に含まれる諸原理、とりわけ第九条に規定された平和主義の立場や基本的人権を尊重するさまざまな規定は、明治憲法である「大日本帝国憲法」にはありえなかった「平和と民主主義」の進んだ内容を含んでいて、これに象徴される「戦後民主主義」という社会構成の枠組みは、単なる「虚妄」とは言えない実質的な意味をもってこの日本社会をさまざまに変化させた面があると思います。大きな犠牲を払った敗戦という経験を経て、またその後の占領という強制にも従う形で、この日本はもう後戻りさせてはならない平和や人権の要素を制度の中にいくつも取り入れることになっています。

とはいえ、このような戦後の変化がいったいどれほどの質を持つ変化であったのか、何が変わって何が変わらなかったのか、そのような点はあらためて根本的に考え直してみる必要があるように思います。とりわけ本書でわたしたちが考えてきている詩歌曲のことは、制度と言うよりは、制度の根底にあってそれを運用し支える人間の精神に関わることです。そして、いま触れた敗戦直後の歌をめぐる事情は、その精神という面での変化のあり方を、というよりむしろ、戦中から戦後へと連続して変わらない精神の形を示唆していて、とても深刻な意味を持っていると考えられます。

戦後の日本では一般に同時代の歴史が語られる場合に、戦中の「軍国主義」と言われる状況への痛切な反省ももちろん手伝って、この「戦中」についてひたすら専制と暴力が支配する暗黒の時代として描き出す傾向が長く続いてきました。言論は統制され、個人の自由な意志は抑圧され、人々は何ら自発的な思考や行動が許されないままに国家の専制の下に支配されていて、その中でもっぱら軍の意向のみが戦争遂行の都合から一人歩きし、その暴力が一般民衆の意志に反して猛威を振るった時代、そんな「軍国主義」の時代のイメージが定着して、それが戦中についての語りの定番とされてきたということです。この戦中の語りが戦後の「変化」を語る際にも認識の基礎になり、「平和」や「民主主義」や「自由」や「自立」を言えばもうそれで「戦後」の新しい変化を語っていると感ずるというのも、戦後の言説状況を端的に示す事実だったのではないでしょうか。そのようにして、ひたすら暗黒の戦中というイメージが「大きく生まれ変わった戦後」という時代認識をさして疑うことなく語りうる状況を支えてきたのでした。しかし本書でのこれまでの考察は、ここに重大な問題があったことを示しています。

わたしたちは本書で、まずは人々の「優しさ」への感受性に深く関わると見られる郷愁という詩歌のモチーフを手がかりに考察を開始し、ここに生まれていた抒情の優しさが、この時代の植民地主義の暴力と決して矛盾することなく確かに共存し支え合っていたことを見てきました。しかも、この抒情を担った大正期の童謡運動が、自由を標榜して文部省唱歌の押し付けに抵抗しながら、しかし同時代に一般の民衆にまで広がっていた「国民」という自覚とは矛盾することなく、むしろその「国民」としての責務を自由な自覚により担う主体の育成を目指すものとして展開していたことを確認しています。さらに本書では地方新民謡運動や校歌・社歌のブームに立ち入って考察し、そこで民衆に広がった「個性ある地域」の振興を求める地方民衆の自治への関心や、専門的な技能や知識を学び特定の業種や業務について能力を発揮する人々のアイデンティティへの関心が、ここでも日本の国家としての統合と矛盾することなく、むしろ植民地帝国となったこの国家の心象地理に自らを位置づけていく参加の営みとして広がっていたことを認めたのでした。

一九三〇年代に入っていよいよ本格化していく総力戦体制の形成は、震災から戦争へと向かうこの時期に積まれていた以上のような民衆の文化経験を踏まえたその上に始動していると見なければなりません。そして、そのように本書での考察を押さえてみると、自由にしても自治にしても個性にしても自発性にしても、「戦後民主主義」において初めて大切にされるようになったと考えられてきたいくつもの価値が、実は震災から戦争へ向かって組織された日本の総力戦体制の中にすでに組み込まれていて、むしろそれを支える重要な要素にすらなっていたことが分かります。少なくとも戦時の総力戦体制の形成に向かうプロセスで日本の民衆は、確かにいったんは自由を意識しむしろ自発的にそれに参加していたと認めなければならないのです。そうだとすれば、戦後になってのそれらの価値の称揚は、それだけでは戦時体制からの意識の転換を何ら保証しないと言わなければなりません。

それにもかかわらず、かの敗戦時には戦争状況の終結による安堵感も手伝って、「これでやっと自由になった」という感覚は広く受け入れられやすいものとなりました。このことが、第二回復活メーデーへの広範な人々の参加に表現されるような、戦後改革の気分を共有する大きな動きに結びついたのも事実でしょう。しかも実際に占領下のこの時期には、日本国憲法に象徴されるような、占領政策により「上」から与えられた民主主義的な制度改革がいくつかありましたし、大塚久雄や丸山眞男などといった「戦後思想家」たちが現れて、自立や自発性の価値を「近代的主体の確立」の問題として高らかに称揚したりしましたから、それに追従すればもうそれで戦時から意識を切り替えられたと錯覚するということもあったと思います[17]。そのようにして生まれた「敗戦により日本は生まれ変わった」という認識はどこかで安心感を生んで、戦時に積極的に翼賛した日本民衆の実相を深刻には問わないままに、本当に生まれ変わる為には必要だったはずの精神的な努力を肝心なところで見失わせることはなかったかと疑われます。

鉄道という職場を「社会が右になつても左になつても、その重要性に変化はない」と理解し、戦時においても戦後においても、その職業に変わらぬ誇りを持って献身していたと言う国鉄労働者＝近藤東の存在は、この精神において変わらぬ戦後を強く示唆しています。また、そこに生まれた労働歌「町から村から工場から」がさまざまな職場で高らかに唱和されるとき、「社会が右になつても左になつても」自分自身の職業や社会に対する態度は変えなくていいのだという自己肯定と安心感が、多くの働く民衆を巻き込んで広がったというのも否定できないように思えます。「はたらくものこそしあわせになる時だ」と叫んで戦時体制への翼賛から戦後体制への翼賛へと進む、この時の精神の連続について真剣に考えてみる必要があるのは間違いありません。

継続する民衆の植民地主義

そのように認められるなら、この精神の連続の内容についても、本書の考察はひとつの重要な示唆を与えていると考えられます。というのも、関東大震災からアジア・太平洋戦争へと続く時代を見通して民衆の詩歌の文化史をここまで辿ってくると、その中で繰り返しひとつの問題に突き当たっていることに気づかざるをえないからです。それは、民衆の植民地主義という問題です。

一九四五年の敗戦によって日本は、朝鮮と台湾を始めとするそれまで支配していた植民地・占領地を放棄し、領域支配としての「植民地支配」の時期はそれで終わりました。しかしまず国際関係という視野から見て、そのことによりそれまで歴史的に作られてきていた東アジア地域の植民地主義的な差別を含んだ関係がすべて清算されたかというと、それは実に疑わしいと言わなければなりません。それについては、例えば「基地国家」と名指されてきた戦後日本のこの地域における地位に、その一端を明瞭に捉えることができます(18)。

「基地国家」というのは、これまでのところ日本国内ではあまり耳慣れない言葉であるかもしれませんが、一歩日本を離れて韓国など近隣諸国に行くと、とりわけ研究者たちの間でよく使われる概念として通用しているものです。そしてこれは、日本では「戦後」と呼んできているこの時期に、日本を含む東アジア地域で実際には戦争が続いてきたことにしっかり気づいていれば、まことに重い事実認識を示す言葉であると理解できます。

日本の「戦後」に進められた戦災からの「復興」という事業が、同時期の朝鮮戦争が生んだ「特需」によって急速に進んだという事実についてはよく知られています。当時日本の首相であった吉田茂がこの戦争の勃発を「天佑神助《てんゆうしんじょ》」とまで言って喜んだのは有名ですが、一九五四年の経済白書もこの特需の影響をその時点で公式に確認し、そこで「朝鮮事変後の生産、消費水準の上昇は特需のこの需要と供給の両面にわたる作用なしにはかく著しいものであり得なかったであろう」と述べています。[19]「平和と民主主義」を代名詞としているはずの日本の「戦後」が、まずはこのように戦争から生まれた営利チャンスに前進の足がかりをつかんで始動したという事実は、それだけでも単なる皮肉と片付けられない大きな問題を残していると言うべきでしょう。

日本を「基地国家」と規定するというのは、そのように戦争を足場とする「平和と民主主義」ということが、単に朝鮮特需が膨れあがったその時期に限られた事態なのではなく、むしろそれ以降長期にわたって維持された戦後日本の構造的な特質になっているとの認識を表しています。なるほど、朝鮮戦争という戦争は、一九五三年の「休戦協定」によって終結したわけではなく、確かにその後も「休戦」という名の戦争状態をずっと維持しつつ今日に到っています。その間に日本は、最近隣の国家としてアメリカ軍に広大な軍事基地を提供してきたばかりでなく、毎年莫大な国家予算を組んでこの軍隊の維持に大きな役割を果たしてきました。このような「基地国家」という位置から、日本がこの戦争状態に濃密な関わりを維持し続けてきたことは否定しようがありません。

　しかも、このようにアメリカ軍基地の存在を考慮に入れてみると、日本が「基地国家」であるのは決して朝鮮の戦争状態に関係するばかりではなかったと分かります。第二次世界大戦後のアジアやアフリカでは、かつて植民地だった地域でもナショナリズムが昂揚し、そこに新たに多くの独立国家が生まれました。しかしそれらの新興独立国では、同時に深刻化していた東西両陣営の対立という「冷戦状況」を背景にして、植民地時代に育成されていた政治的部族的対立がむしろより先鋭化し、それが各地で独裁や内戦という政治状況を生むことにもなりました。このとき西側陣営の中心にあったアメリカは東アジア地域では日本と連繋してこの状況に介入する体制を整え、日本はそれに基地を提供し軍需にも民需にも積極的に応ずる形で参加していきます。一九六五年のアメリカによる「北爆」開始で本格化したベトナム戦争は、この形で日本が関わって遂行された戦争の顕著な一例だったと理解できるでしょう。日本とそして沖縄は、確かにこの戦争でも最前線に向かう出撃と補給のための直近の一大基地になっていたのでした。

　アジア・太平洋戦争終結後の東アジア地域の政治状況を戦争に注意を払ってこのように概観すると、この同時代に日本国内で抱かれていた「戦後」意識と進行する事実とがずいぶん乖離していて、それだけでもそこには実に大きな認識の落とし穴があったと理解できます。思えば、一九五〇年代の朝鮮戦争の時代とは、日本国内では「戦後復興」が声高に叫ばれていた頃のことでした。また六〇年代のベトナム戦争の時代とは、日本では「高度経済成長」が謳歌されていたその時に他なりません。そんな時節を通じて、日本ではこの時期全体を「平和と民主主義と経済成長の戦後」と認識し、「奇跡的な復興」を「繁栄」につなげた日本の栄光と、戦災の焼け跡から立ち上がった「平和で勤勉な民衆」という自己像をそこに投影してきていたのでした。しかしこのような戦後日本の民衆の自己像が、実際には戦争が続いたアジアの各地から日本を「基地国家」として見ていた彼の地の人々から見れば、日本の内向けにのみ通用するひどく欺瞞的なものと映るのは明らかでしょう。この「基地国家」は、冷戦状況下での他国の独裁政治や戦争を自国にとっては好都合な前提条件とし、そこで特別に生まれる営利チャンスを自国経済の成長のステップにしてきていて、その意味でこの国家は、独裁と戦争に寄生する「経済成長」志向だったと見なければなりません。そうだとすれば、日本国内でのみ通用する「戦後平和主義」とは、そしてそれを肯定する「戦後」意識とはいったい何だったのでしょうか。

すでに見たように、郷愁の抒情が成立する背景にあった日本民衆の海外への進出や移民は明治初年から始まっていたのですが、そのような移動や移民をともなう日本の対外関係がすべて植民地主義だったというのではありません。しかし、ハワイや北米、南米への移民が行き詰まりを見せた頃から、それに代わるように本格化していったアジア地域への進出や移民は、明らかにそれまでと性格が変化していきます。すなわち、ここでの進出や移民は、軍事力や経済力に支えられた日本国家の覇権的な勢力圏拡張を有利な後ろ盾とし、被植民者である他者を押しのけて植民者＝日本人だけが特権的地位を享受しうる差別的な状況を都合よく利用するという、政治寄生的で投機的な性格を間違いなく持っていたのでした。このような他者との関わりを「民衆の植民地主義」と理解するならば、こんな意識からのアジアへの進出や移民の形は、大規模な国策移民となった「満州開拓移民」に到るまでずっと続いていたと認めなければなりません。この民衆の植民地主義と、それを支持し積極的な担い手となった多くの日本民衆が存在しなかったならば、日本国家の植民地支配もそれを拡張しようとする戦争も実際には遂行不可能だったわけです。本書でそれを追跡してきたわたしたちは、この終章でさらに戦後日本にまで視野を広げ、ここでも冷戦下の覇権主義的な政治状況を営利チャンスとして利用する、同様に政治寄生的な経済活動の継続を確認しているのです。とすれば、この「戦後」の事態も、やはり植民地主義であると言わなければならないのではないでしょうか。

もちろん、このように「戦後」にも継続している植民地主義は、以前のような領域支配としての「植民地支配」と理解することはできません。しかしこの時代には、冷戦状況に対応する東西両陣営の覇権的な軍事力と経済力を後ろ盾として、戦争と平和が、そして独裁と民主主義が、かつての植民地帝国の地勢図に沿うように差別的に配置されていて、ここに犠牲やリスクを不平等に配分する差別的な秩序が構成されていたと認められます。このような差別的な秩序をいわば好都合な「植民地」とし、その条件の上に、基地国家＝日本の「平和」も「民主主義」も「経済成長」も成立していたのであり、それを肯定して参与しそこで営利し生活してきた限りで、日本に一般的な「戦後」意識にもこの差別的な秩序に寄生する植民地主義の精神が生き続けていたと考えねばならないのです。

二十一世紀に入った今日では、「戦後」と言われる時代もすでに六十年を超える歳月が過ぎ、世界の冷戦構造も確かに大きく変容しました。すると、このような状況変化を受けて、ここで見た

「戦後」に継続する植民地主義がすでに清算されているかと考えると、それはなお疑わしいと言わざるをえません。そうした継続する植民地主義の精神状況については、日本軍「慰安婦」問題を始めとして、過去の植民地支配や戦争の加害にかかわる責任追及と被害補償がいまなお未決算であり、またその植民地支配の結果として日本に住んでいる在日朝鮮人やその家族に対する差別・排外的な処遇も依然として持続している現実が、まずは今日の実情をよく示しています。それに加えて現在では、東日本大震災を前後して大きく問題化した二つのことが、あらためてその現状を厳しく照らし出すことになりました。

その二つとは、ひとつは、普天間基地移転が焦点化する中であらためて問われている沖縄の米軍基地の過重負担[20]という問題であり、もうひとつは、震災にともなう福島第一原子力発電所の事故に端を発した深刻な原子力災害のことです。わたしたちはいま、戦後に植民地主義の継続を考える際に、この戦後世界に作られていた「犠牲やリスクを不平等に配分する差別的な秩序」の存在に注目しました。ここではそれをまずは冷戦状況下での東アジア地域の国際関係に即して見たのでしたが、そのような「犠牲やリスクの不平等」という差別はそれに限らず、「基地国家」とされるこの国の内外にさまざまに組織され、あるいは再編されて持続してきたと考えなければなりません。その中でも、過重な基地負担を強いられ続けている沖縄の問題と原発リスク負担を引き受けてきたフクシマの問題は、現在の日本社会にとって存立の基盤そのものにも関わる、負担の深刻な差別的秩序の存在を露呈させたのでした。軍事基地の負担を沖縄に集中し、エネルギー供給に関わるリスクをフクシマその他に集中していればこそ、今日まで日本の他の地域の人々は、日常的にはそんな負担やリスクを意識しないままに「平和で豊かで安全な社会」であるという中央中心の自己認識をずっと維持してこられたわけです。そうであれば、これもまたひとつの植民地主義だと言わねばならないのではないでしょうか。

このように考えてくると、東日本大震災を経た今日、この日本は確かにひとつの大きな曲がり角に立っているということが分かります。大地震そのものは天災でしたが、それが重大な犠牲を強いつつ暴露してしまった事態は、「犠牲やリスクの不平等」を生むこんな差別的秩序に依存して進められてきた戦後日本の「経済成長」路線、この意味で植民地主義に立脚するこれまでの拡張路線の、手酷い破綻であるに違いありません。深刻な放射能汚染と生活破壊を伴う大災害の現実を目の当たりにして、もうこれまで通りではやっていけない、やっていってはならない、そんな声がまずは負担を強いられてきた人々からあがり、それが生活レベルから広範な人々に共感されて、基地や原発を前提としないような将来構想がいまや切実に求められるようになっているということです。このような意識が確かに結びあうなら、それは生活する民衆の精神からの自己変革につながり、やがてはそれがこの歴史と社会に新しい未来を開く力になっていくかもしれません。

そんな時だからこそ、かつては震災から戦争に向かってしまった痛切な歴史を見直し、そこに堆積した民衆の文化経験に学ぶ営みがやはり大切なことなのだとあらためて思います。そのように歴史とその責任をしっかり見極めつつ、いまこのときに清算すべきはきちんと清算して、そこから新しい生活と文化を創り出していくことが、わたしたちにできるでしょうか。そこでは、いったいどんな詩や歌が求められ、生まれるでしょうか。

註

「著者名（数字）」の表記は、著者名と著書・論文の刊行年を示しています。書誌情報については参考文献ページをご覧ください。

序章

（1）時野谷勝「建国祭」（日本近現代史辞典編集委員会編〔1978〕所収）。

（2）藤田（1984）、一〇八頁。

（3）後段で触れるように、この言葉は、詩歌を戦争翼賛の手段として活用するべく大政翼賛会が一九四一年に発行した詩歌集のタイトルとして造語されたものです。しかし本書では、この言葉を単に大政翼賛会が組織した当の時期の現象に限って用いるのではなく、詩歌を通じた国家や戦争への翼賛行動を広く名指すものとして使っていきたいと思います。

（4）例えば、小田切（1946）。

（5）吉本隆明「前世代の詩人たち：壺井・岡本の評価について」（初出は『詩学』一九五五年、『吉本隆明全著作集第五巻』所収）に始まる一連の著作。また「転向」という問題系については、思想の科学研究会編『共同研究　転向』全三巻（平凡社、一九五九―六二年）。

（6）例えば、桜本（1995）。また特に詩の領域については、高崎隆治編著（1987）がその基礎資料を広く探索しています。

（7）メディア・イベント全般については、津金澤・有山編著（1998）、雑誌については、佐藤卓己（2002）、音楽の領域では、戸ノ下（2008）、戸ノ下・長木編著（2008）、上田（2010）など、詩の領域では、坪井（1997）などの仕事が出ています。

第一章

（1）松永（1981）、一一頁。

（2）白秋はこの詩の初出形「TONKA JOHN の悲み」（一九一〇年『創作』一巻六号）において、この語につぎのような注をつけています。「Sori-Batten. But それはさうでも、然しながら、和蘭陀訛？」（[2]三六一頁）。

（3）白秋が創設した詩歌結社「巡礼詩社」の機関誌「地上巡礼」創刊号に掲げられた『真珠抄』の広告から。引用は[3]六三七頁より。

（4）鈴木三重吉「童話と童謡を創作する最初の文学的運動」（『近代日本教育論集第三巻』所収）、一四六頁。

(5) 桑原（1975）、六頁。

(6) 奥中（2008）。

(7) 奥中（2008）、一六二頁。

(8) 戦前の沖縄地方においては、標準日本語強制のために、学校で「方言」を使用した児童の首に「方言札」を掛けるという制裁が加えられたことが知られています。しかもそれは一九〇三年頃に始まったといわれていますから、それの歴史的意味については、「本土」におけるこのような唱歌教育の浸透と並行している事態として認識され考察される必要があると思われます。

(9) 西島（2002）、二四八頁以下。

(10) 福井（1914）、一五―一六頁。

(11) 林・水之上（1916）、四五三頁。

(12) 白秋は、一九二一年一月から十月までという短期間でしたが、山本鼎や片上伸らと協力して芸術・教育雑誌『芸術自由教育』を出版社「アルス」から発行しています。「童謡復興」はこの雑誌の創刊号から二号にわたって連載された論説文でした。

(13) このことについては、桑原（1975）も参照。

(14) 西条八十は、一九二四年刊行の『現代童謡講話』でこの点を論じ、そこでは「児童のうたふ歌」と「成人《おとな》の製作する童謡」とを明確に区別して、後者を特に「芸術的唱歌」と性格づける立場を取っています。『西條八十全集第十四巻』所収、一五―一七頁。

(15) 松尾（1974）、vi頁。

(16) 芹沢（2001）、二三三頁。

(17) 吉野作造「憲政の本義を説いて其有終の美を済すの途を論ず」（『吉野作造選集2』所収）、二三頁。

(18) 吉野作造「国家中心主義個人中心主義 二思潮の対立・衝突・調和」（『吉野作造選集1』所収）、一四六―一四七頁。

(19) 芹沢（2001）、二〇八頁。

(20) 吉野作造「デモクラシーと基督教」（『吉野作造選集1』所収）、一六二頁。

(21) 「からたちの花」における郷愁の時間次元の構成については、見田（1978）、一五七頁も参照。

第二章

(1) 添田（1982）、三五四―三五五頁。

(2) 森垣（1965）、二八―二九頁。

(3) この「流浪の旅」は、戦後である一九六二年に西沢爽により書き換えられ、タイトルも「流浪の唄」と直されて、小林旭によりカバーされています。

(4) 外務省領事移住部編(1971)、七頁。
(5) 日本銀行統計局編(1966)、一四頁。
(6) 外務省領事移住部編(1971)、六頁。
(7) 大蔵省管理局(1949-50)。
(8) 「元年者」とは、一八六八(明治元)年に初めて甘蔗農場の労働者としてハワイに渡った百五十三人の日本人を指しています。それについては、外務省領事移住部編(1971)、八八頁。また、岡部(2002)、二四頁も参照。
(9) 木村(1993)、三五頁。
(10) このあたりの事情については、高崎宗司(2002)、一六頁以下参照。
(11) 統計によれば日清戦争の日本側戦死者は一万三千八百二十五人とされますが(総務庁統計局監修『日本長期統計総覧第五巻』)、この時の義兵側の戦死者は一万七千人を大きく超えると言われています。
(12) 高崎宗司(2002)、一三九頁。
(13) 小林勝「万歳・明治五十二年」(『小林勝作品集5』所収)。
(14) 高崎宗司(2002)、一三七頁以下参照。
(15) 第一章註14のように、成人《おとな》の製作する童謡に「芸術的唱歌」という定義づけを与えたのは同時代の西条八十でした。それについては、『西條八十全集第十四巻』、一六頁。
(16) 白秋自身は一九一九年に出した『白秋小唄集』を、「わが民衆のために」作った民謡の「第一集であると見ていただきたい」と希望しています。しかしこれは、そもそも「民謡」として作られた作品の集成というより、それまで作った数々の詩歌の中から「民謡の風脈を帯びた」ものを発表後に選択して集めた集成という性格をもっています(29一一五頁)。
(17) 明治二十年代の日本民謡の流行については、藤沢(1925)、一八三頁以下、添田(1982)、一二七頁以下など参照。
(18) 見田(1978)、一七四頁。
(19) 見田(1978)、一七四―一七五頁。
(20) 見田(1978)、一七五頁。
(21) 伊勢音頭はもともと伊勢参りを通じて全国に広まっていて、その流行もかなり広範かつ持続的であったので、その過程で歌詞についてもさまざまなものが作られてきたと考えられます。「伊勢はナァ　津で持つ、津は伊勢で持つ」と歌い出される現行の歌詞の由来にも諸説があり、しかも近年ではそれが比較的新しいものだと考えられてきているようです。そこで、ここでは、採録時が近接していて明治二十年代の形を比較的正確にとどめていると思われる添田唖蟬坊の記録したものを採用することにしました。
添田（1982）、一二七頁。

（22）『日本民謡全集④近畿・中国・四国編』（雄山閣出版〔1975〕）、二八六頁。

（23）野口雨情「童謡と児童の教育」（『定本野口雨情第七巻』所収）、三一三―三一五頁。

（24）内村鑑三「天災と天罰及び天恵」（『内村鑑三全集一四　時事』所収）、五三六頁。

（25）松尾（1974）、vii頁。

（26）松尾（1974）、二九四頁以下。この点については、三谷（1995）、一五四頁以下も参照。

（27）このあたりのことについては、鹿野（1973）も参照。

第三章

（1）町田編（1933）、二一八頁。編者による「歌詞及び解説」を参照。

（2）町田編（1933）、二三〇頁。

（3）山崎（2003）、二七五―二七六頁。

（4）日本統計研究所編（1968）、一八〇頁。

（5）高崎経済大学附属産業研究所編（1999）。

（6）江口・日高編（1937）、一一四七頁以下。

（7）江口・日高編（1937）、一二一二頁以下。

（8）『定本野口雨情第五巻』、一一頁。

（9）野口雨情には、労働歌としての性格の強い歌謡作品として、これより先の一九二一年に刊行された詩集『別後』に収録されている「女工唄」があります（『定本野口雨情第一巻』、八三―八四頁）。

女工唄

雨の降る日は
雨だれ
小たれ
何《な》にも恋しくないが
公休日が恋し

空の弁当箱
雨だれ
小たれ
腹の減るたび
故郷《くに》の親思ふ

いやな監督さんだ
雨だれ
小たれ
何にも恋しくないが

公休日が恋し
かかれかかれと
モータが廻る
なにかかかりませうか
雨だれ
小たれ。

同時代の社会主義思想の影響下にあると見てよいこの「女工唄」と、歌謡曲の色彩が濃いと言える「須坂小唄」との間で、詩人雨情にどんな思想的ドラマがあったのか、この点はそれ自体とても重要な精神史的テーマであるのは間違いないでしょう。とはいえ、雨情を主題としない本書ではそれに立ち入ることは断念し、ここではそのことだけを確認して、考察自体は「須坂小唄」から始まる民衆運動としての新民謡運動にあくまで沿って進めていきたいと思います。

なお、この時点では「歌謡曲」という言葉自体はいまだ生まれておらず、それが初めて使われたのは一九二七年頃のことであって、使ったのは東京放送局で邦楽番組を担当していた町田佳声であると言われています。

(10) 『定本野口雨情第一巻』、一三〇頁。
(11) 奈良 (1997)、一一〇頁。
(12) 和田登 (2010)、一四七頁。
(13) 信濃毎日出版部編 (1929)、一〇六―一〇七頁。
(14) 和田登 (2010)、一四七頁。
(15) 日本統計研究所編 (1968)、八頁。
(16) 平輪 (1987)、一四八―一四九頁。
(17) 平輪 (1987)、一四九頁。
(18) 古茂田 (1989)、四七頁。
(19) 古茂田 (1989)、四七頁。
(20) 藤沢 (1925)、二九一頁。
(21) 古茂田 (1989)、六〇―六一頁。
(22) 西条八十は、『信濃教育』で「中山晋平特集」が組まれた際にインタヴューに応じ、「昔はひとつの民謡を作るのに作詞・作曲者とも三回は現地へ出かけていったもんです」としながら、民謡制作者たちの旅と、その制作現場における現地の人々との出会いや共同作業について立ち入って語っています。西条八十「対談　中山さんとわたし」(信濃教育会〔1965〕)、一五―一六頁。
(23) 一九三一年度末の聴取契約実数で一〇五万五七七八を数えており、普及率としては全世帯の八・三％であるとされています(日本放送協会編〔1965〕、二八一頁）。また、新民謡をめぐる旅と出会いについては、例えば、町田編（1933）、信濃教育会（1965）、野口（1980）、平輪（1987）、東（1995）、西条（1997）、和田登（2010）なども。

(24) 日本放送協会編（1965）、七五頁。

(25) 日本放送協会編（1965）、八二頁。および、古茂田（1989）、六五頁、六九頁。

(26) 例えば長野県では、この時期に起こっている自主的な青年団創設への動きが一九二〇年から二一年にかけて明治神宮参拝や皇太子外遊帰還奉迎への共同行動で連繋するようになって、それが二一年十一月の「長野県連合青年団」（県連青）の結成に結びついていきます。この県連青が始動した初期の主な事業のひとつに、まさにこの日本青年館建設のための寄付金活動がありました（長野県編〔1989〕、二八四―二八七頁）。また、ボランティアと戦時総動員とのつながりについては、拙著（2001）を参照してください。

(27) 信濃毎日出版部編（1929）、一三六頁。

(28) 長野県中野市の公式ホームページによれば、二〇一二年現在、この「川崎踊り」は中野市の無形民俗文化財に指定されていて、それの保存会が活動しているようです。

(29) 信濃毎日出版部編（1929）、一三七頁。

(30) この時期の信濃地方における社会変化と人々の意識変化については、長野県編（1989）、とりわけ「第六章　第一次世界大戦以後の自治拡大と長野県民」、六七二―七九一頁を参照。

(31) 長野県編（1989）、七六三頁。

(32) 桜華社出版部編（1938）、一―二頁。

(33) 添田（1982）、一二七頁。

(34) 新民謡創作者である白秋や雨情には、中央から出ていって外からその土地の民謡を作るということについての違和感は実は自覚されていました。例えば白秋は、『北原白秋地方民謡集』の序において、「本来その土地の民謡は、おのづからにその土地から生れ出づべきものである。詩家として、他から之を成さうとするのは、少くともわたくし自身忸怩たるものがある」と述べています（[30]五頁）。

(35) 『定本野口雨情第三巻』、七九―八〇頁。

(36) 大岡信「解説」（『定本野口雨情第三巻』所収）、二二一頁。

(37) 添田（1982）、三五五頁。

(38) 明治期の少年雑誌については、続橋（1972）参照。

(39) 押川春浪「海底軍艦」「武俠艦隊」（『日本児童文学大系3』ほるぷ出版、一九七八年）、佐藤勝（1978）。

(40) 松尾（1978）。
(41) 原（2001）、二六六頁。
(42) このような北方諸民族に対する人種主義的な蔑視は、当時、ひとり白秋に特別なことではなく、むしろ平均的な日本人に広く流通していた感覚を反映したものと見なければなりません。摂政裕仁のこの樺太訪問の時にも、それに合わせて東京朝日新聞は「樺太スケッチ」と題される現地特派員のコラムを連載し、「金さへあれば酒を飲み朝から寝転んで鼻うたでもやつてゐる」とか「まだ金の価値も知らねば従つて自分の所有権に対する観念もない」とか断ずる表現で、樺太に住む人々についての極めて差別的なレポートを伝えています（「東京朝日新聞」一九二五年八月九日〔『東京朝日新聞』復刻版、日本図書センター、九八頁〕）。大手新聞さえそんな認識を示す言説状況を考えるなら、白秋の語りはむしろ北方諸民族に同情的であるとも言え、紀行文『フレップ・トリップ』では、植民者日本人の側の狡猾な差別的態度や傲慢な権威的態度についてしっかり批判的に語っていることも見逃すことはできません（『フレップ・トリップ』〔19〕一九六―二〇〇頁、二二九頁）。

第四章

(1) 日本放送出版協会（1982）、三八頁。
(2) 『西條八十全集第八巻』、一八五―一八六頁。
(3) 日本放送出版協会（1982）、四〇頁。また例えば、レコードを販売する側である日本ビクター文芸部長であった岡庄五の証言。岡（1936）、四〇頁。
(4) 戸ノ下・長木編著（2008）、上田《かみた》（2010）など。
(5) 『西條八十全集第八巻』、一三〇―一三一頁。
(6) 日本放送出版協会（1982）、四四頁。このような経緯については、西条（1997）、一七三―一七四頁、および、岡（1936）、四二頁も参照。
(7) 日本放送出版協会（1982）、四二―四三頁。
(8) 西条（1997）、一七七頁。
(9) 岡（1936）、四三頁。
(10) 日本放送出版協会（1982）、四五―四八頁。
(11) 日本放送出版協会（1982）、四〇―四一頁。
(12) 東京都編（1972）。また、石塚・成田（1986）など。
(13) 『西條八十全集第八巻』、一五頁。
(14) 三〇年十一月から三一年十月の一年間で失業者は、実数にして三万五千近く、割合にして五割に近く増大したという調査資料が残されています（東京都編〔1972〕、三二四頁）。

(15) 三一年六月の卸売物価指数は二九年六月に比べて平均三〇%暴落しました。また、三〇年における会社の解散は八百二十一社、減資は三百十一社に及んでいます（東京都編〔1972〕、四三一―四三二頁）。
(16) 東京都編（1972）、四四四頁。
(17) 東京都編（1972）、四五二―四五三頁。
(18) 『中山晋平の新民謡』（ビクター〔1987〕）より。
(19) 岡（1936）、四〇頁。
(20) 渡辺裕はこの現象を「校歌ブーム」、「社歌制定ブーム」と表現しています。渡辺（2010）、一四六頁、二二八頁。
(21) おそらく初めて白秋の国民歌謡を正面から主題として取り上げ、戦時におけるその公民教育としての意義を論じた上田誠二も、ここでわたしたちが注目している論考「流行歌と当局の態度」を取り上げ、これを起点として流行歌に対抗する白秋の芸術教育観を論じています。ところが奇妙なことに上田は、その際に、白秋自身がこの論考で主題とした流行歌への「当局の態度」に対する対抗についてはいっさい論及しようとしません。それは、上田の認識枠組みが「大衆社会化状況vs.公民育成」という一国教育史学的（?）な二項図式から構成されていて、まず「禁止する権力」に対する「育成する権力」という権力作動の様相の相違に無頓着であり、また植民地主義に動員される民衆の自発性の契機にも注意を向けないという難点があるからだとわたしは理解しています。上田（2010）、六三頁以下。
(22) この点に関しては、戸ノ下（2008）など。
(23) 田中（1990）、三六頁以下、また雨宮（1997）、一七〇頁以下。
(24) 岩本通弥「町内会」（小木ほか編〔1987〕所収）、四四三頁。
(25) 前田（1941）、二六―二七頁。
(26) 谷川（1941）、三一―三二頁。
(27) 「東京市町会規準」（谷川〔1941〕所収）、一二頁。
(28) 「東京市町会規準」（谷川〔1941〕所収）、一一頁。
(29) 渡辺（2010）、一四四頁。
(30) 上田（2010）、一四〇頁。
(31) 浅見・北村（1996）、二三頁。
(32) 浅見・北村（1996）、二五頁。
(33) この「自主」という主張については、当時の白秋には「自主創造の賦」という特別な「朗誦文」なるものまであって、「朗朗と声を放ち、颯爽と風に起り、鏗然《かうぜん》として克《よ》く響く者。／一《いつ》に耀く自主創造の本質を以つて、我等呼ばむ」と始められるその一文からも、「自主」にかけた白秋の強い思いが確かめられます。「躍進日本の歌」(㉛三四〇―三四二頁)。

(34) 永井良和「大衆文化のなかの『満洲』」(津金澤・有山編著〔1998〕所収)、三八―四二頁。

(35) 津金澤(1999)。

(36) このような戦時期文化研究の変容については、高岡裕之による簡潔な整理があります。高岡裕之「十五年戦争期の「国民音楽」」(戸ノ下・長木編著〔2008〕)。

(37) 『日本軍歌全集』(音楽之友社〔1976〕)、四六七―四六八頁。

(38) 園部(1980)、一六一頁。また、戸ノ下(2008)、五五頁。永井良和「大衆文化のなかの『満洲』」(津金澤・有山編著〔1998〕所収)、四六頁も参照。

(39) 谷川(1941)、三四―三五頁。

(40) 谷川(1941)、三五頁。

(41) 谷川(1941)、三三頁。

(42) 雨宮(1997)、一七二頁。

(43) 内務省訓令「部落会町内会等整備要領」(赤沢ほか編〔1984〕所収)、一八九頁。

(44) 前田(1940)、三―五頁。

(45) 内務省訓令「部落会町内会等整備要領」(赤沢ほか編〔1984〕所収)、一八九頁。

(46) これらの諸点については、熊谷編(1940)に多くの事例が挙げられ、そこに活動指針も指示されていて、その活発な展開を知ることが出来ます。

(47) 日本放送協会「国民歌謡　第六十五輯」。

(48) 雨宮(1997)、一八三頁。

(49) 「町内会部落会等整備状況調　内務省地方局総務課」(赤沢ほか編〔1984〕所収)、二四六頁。

(50) 前田(1940)、二頁。

(51) この一連の事情については、「文化部事業報告(昭和十七年七月現在)大政翼賛会実践局文化部」(北河編〔2000〕所収)、四八―四九頁参照。また、「愛国詩」ラジオ放送については、坪井(1997)の「付録　朗読詩放送の記録」を参照。

(52) 高崎隆治編著『戦争詩歌集事典』(1987)は、戦時下の戦争を主題とした短詩型文学の全体を考えると作品数は「天文学的な数量」(三頁)になるとしつつ、そのなかで一九三八年以降の詩集、短歌集、俳句集の単行本に限ってその書誌と解題・解説を収録しています。そのように限定をしても、それの収録詩歌集は三百三十四冊に上っています。

(53) 尾崎(1943)、「巻末に」一頁。

(54) 坪井(2006)、二〇頁。『大詔奉戴』の表題となった詩「大詔奉戴」は署名が「大政翼賛会撰」となっていますが実は尾崎の作で、そのように大政翼賛会名で公表される作品の作者であることには同会における尾崎の地位の高さが示されていると坪井は見ています。

（55）尾崎（1943）、九―一三頁。「此の糧」の初出は四二年の同名表題の詩集『此の糧』（二見書房）でした。

（56）坪井（2006）、一〇頁。もっとも、そのまったく同じ理由から、この詩が伝えようとしている思想の核心を、天皇制国家について当時よく語られた「家族国家観」と見る坪井の見解には、わたしは賛成できません。というのも、なにより国民が家族であると言いたいのならば、そのつながりを語る際に真っ先に「芋」という「此の糧」を持ち出すことはないと考えられるからです。家族であれば、その紐帯は「血」とか「系譜」あるいは「愛」などの観念によってまずは語られるところでしょう。それに対して「此の糧」は生活の物質的な基礎なのです。

（57）市川房枝「隣組と主婦」（熊谷編〔1940〕所収）、一三〇頁。

（58）日本放送協会「国民歌謡　第六十三輯」。

（59）風巻景次郎「海道東征註」（『交声曲　海道東征』、ビクターレコード）一九頁。

終　章

（1）この時期の詩歌翼賛についての筆者の見解は、拙稿（2008）を参照してください。

（2）『日本のうた第三集』（野ばら社〔1998〕）、一一頁。

（3）読売新聞社文化部（1997）、一四―一五頁。

（4）斎藤（1996）。

（5）海沼は、『赤い鳥』に参加して白秋の「ゆりかごの唄」にも曲をつけた作曲家草川信と同郷の出身で草川に憧れて音楽を始めたとされており、海沼が創設した児童合唱団はこの二人との接点から「音羽ゆりかご会」と白秋により命名されています。また斎藤は、自らの童謡集『里の秋』の序文で「野口雨情、北原白秋、西條八十に、私淑して」詩を学んだと書いています。斎藤（1996）、六頁。

（6）斎藤（1996）、七五頁。

（7）斎藤自身はそのことを悔いて戦後に教師を退いたとされています。

（8）この敗戦後二度目のメーデー祝典は、六大都市や全国各地で開かれましたが、東京における五十万人という参加者は前年の復活第一回より多かったと言われています。大原社会問題研究所編著（1949）、二六九頁。

（9）『決定盤！　日本の労働歌ベストがんばろう』（キ

ングレコード〔2001〕)。
(10) 憲法施行記念式典の参加人数は、朝日新聞一九四七年五月四日朝刊。
(11) 初めは東京鉄道管理局(東鉄)管内の詩人たちが「東鉄詩話会」を作り、四六年二月にその機関誌として『国鉄詩人』は創刊されました。しかし、新潟、高崎、門司の各鉄道管理局管内にもそれぞれ詩話会が作られると、四六年六月にその連合組織として「国鉄詩人連盟」が組織され、『国鉄詩人』はこの連盟の機関誌に位置づけを変えています。
(12) 近藤東の戦時翼賛と戦後について、より詳細には拙稿(2008)を参照してください。
(13) 近藤(1943)、二〇頁。
(14) 国鉄労働組合文教部編(1954)、六頁。
(15) 近藤(1952)。引用は『近藤東全集』、四八六―四八七頁。
(16) 国鉄詩人連盟編(1984)、八頁。
(17) 丸山眞男や大塚久雄については、拙著(2001)を参照してください。
(18) 戦後日本に継続する植民地主義の諸相については、わたしが参加した共同研究の成果であるつぎの二つの論集で論じられていますので、詳しくはそちらを参照していただきたいと思います。中野ほか共編(2005)、中野ほか共編(2006)。
(19) 内閣府ホームページ。年次経済報告(経済白書)昭和二十九年度(一九五四年度)版「特需」の項より。
(20) 米軍専用施設面積で言えば日本にある米軍基地面積の約七五%が沖縄に集中しています。これは、沖縄県土全体の約一〇・二%、沖縄本島についてみると約一八・四%を占める面積なのです。

参考文献

赤木須留喜 1984『近衛新体制と大政翼賛会』岩波書店
赤木須留喜 1990『翼賛・翼壮・翼政』岩波書店
赤澤史朗・北河賢三・由井正臣編 1984『資料日本現代史12 大政翼賛会』大月書店
明るい選挙推進協会編 1983『明るい選挙推進運動三十年史』明るい選挙推進協会
秋元律郎 1974『戦争と民衆』学陽選書
朝日新聞社 1939『朝日年鑑 紀元二千六百年』朝日新聞社
浅見雅子・北村眞一 1996『校歌』学文社
雨宮昭一 1997『戦時戦後体制論』岩波書店
有山輝雄 2001「戦時体制と国民化」(赤澤史郎・粟屋憲太郎・豊下楢彦・森武麿・吉田裕編『年報・日本現代史7 戦時下の宣伝と文化』現代史料出版)
粟屋憲太郎・小田部雄次編 1984『資料日本現代史9 二・二六事件前後の国民動員』大月書店
石塚裕道・成田龍一 1986『東京都の百年』山川出版社
磯田一雄・槻木瑞生・竹中憲一・金美花編 2000『在満日本人用教科書集成第七巻 満洲唱歌集』柏書房
井之川巨 2001『偏向する勁さ』一葉社
—— 2005『詩があった！』一葉社
岩波講座『「帝国」日本の学知第四巻』岩波書店、2006
岩波シリーズ『近代日本文化論10』岩波書店、1999
——『日本近現代史3』岩波書店、1993
上田惟一 1989「近代における都市町内の展開過程」(岩崎信彦・上田惟一・広原盛明・鰺坂学ほか編『町内会の研究』御茶の水書房)
内村鑑三『内村鑑三全集』岩波書店、1932–33
江口善次・日高八十七編 1937『信濃蚕糸業史 下』大日本蚕糸会信濃支会(復刻版＝信濃毎日新聞社 1975)
大岡 信 1977『昭和詩史』思潮社
—— 1986「解説」(『定本野口雨情第三巻』)
大蔵省管理局 1949–50『日本人の海外活動に関する歴史的調査』大蔵省管理局(復刻版＝ゆまに書房 2002)
大西比呂志・梅田定宏編著 2002『「大東京」空間の政治史』日本経済評論社
大原社会問題研究所編著 1949『日本労働年鑑第22集(戦後特集号)』第一出版
岡 庄五 1936『最近に於けるレコード界の趨勢』日本文化協会
岡部牧夫 2002『海を渡った日本人』山川出版社
小木新造ほか編 1987『江戸東京学事典』三省堂

奥中康人 2008 『国家と音楽』春秋社
尾崎喜八 1942 『此の糧』二見書房
―― 1943 『組長詩篇』大政翼賛会宣伝部
小田切秀雄 1946 「文学における戦争責任の追求」（『新日本文学』一九四六年六月号）
乙骨明夫 1991 『現代詩人群像』笠間書院
遠地輝武 1958 『現代日本詩史』昭森社
外務省領事移住部編 1971 『わが国民の海外発展　移住百年の歩み（本編）』外務省領事移住部
鹿野政直 1973 『大正デモクラシーの底流』ＮＨＫブックス
上田誠二 2010 『音楽はいかに現代社会をデザインしたか』新曜社
上林澄雄 1973 『日本反文化の伝統』エッソ・スタンダード石油広報部
菊池清麿 2008 『日本流行歌変遷史』論創社
北河賢三編 2000 『資料集　総力戦と文化　第一巻』大月書店
北原白秋 『白秋全集』岩波書店、1984–88
木村健二 1989 『在朝日本人の社会史』未來社
―― 1993 「在外居留民の社会活動」（大江志乃夫・浅田喬二・三谷太一郎・後藤乾一・小林英夫・高崎宗司・若林正文・川村湊編『岩波講座　近代日本と植民地5』岩波書店）
熊谷次郎編 1940 『隣組読本』非凡閣
倉沢進・秋元律郎編著 1990 『町内会と地域集団』ミネルヴァ書房
倉田喜弘 2002 『近代歌謡の軌跡』山川出版社
―― 2006 『日本レコード文化史』岩波現代文庫
桑原三郎 1975 『「赤い鳥」の時代』慶応通信
講談倶楽部編輯局 1935 『民謡新民謡全集』大日本雄弁会講談社
国際情報社 1940 『世界画報　皇紀二千六百年新春特輯』
国鉄詩人連盟編 1984 『詩の革命をめざして』飯塚書店
国鉄労働組合文教部編 1954 『鉄路のうたごえ』三一書房
小林　勝 『小林勝作品集』白川書院、1975–76
古茂田信男・島田芳文・矢沢保・横沢千秋 1970 『日本流行歌史』社会思想社
古茂田信男 1989 『雨情と新民謡運動』筑波書林
兒山忠一・播磨重男 1940 『部落会町内会等の組織と其の運営』自治館
近藤　東 1943 「詩人制服を着る」（『文芸汎論』昭和十八年九月号）
―― 1952 「わが職業を語る」（『詩学』昭和二十七

年七月）
近藤　東『近藤東全集』宝文館出版、1987
西条八十 1965「対談　中山さんとわたし」（『信濃教育』第九四七号）
——1997『西条八十』日本図書センター
西条八十『西條八十全集』国書刊行会、1991–2007
斎藤信夫 1996『子ども心を友として』斎藤信夫童謡編集委員会編、成東町教育委員会
桜華社出版部編 1938『全国観光地歌謡集成』桜華社出版部
桜本富雄 1983『空白と責任』未來社
——1995『日本文学報国会』青木書店
——2005『歌と戦争』アテネ書房
佐藤卓己 2002『『キング』の時代』岩波書店
佐藤　勝 1978「押川春浪解説」（石井研堂・押川春浪著、瀬田貞二・佐藤勝編『日本児童文学大系3　石井研堂・押川春浪集』、ほるぷ出版）
佐藤通雅 1987『北原白秋』大日本図書
山東　功 2008『唱歌と国語』講談社選書メチエ
信濃教育会 1965『信濃教育』第九四七号、信濃教育会
信濃教育会編 1935『信濃教育会五十年史』信濃毎日新聞社
信濃毎日出版部編 1929『信濃民謡集』信濃毎日出版部
情況出版株式会社 2008『情況』第三期第九巻一〇号、情況出版
白鳥省吾 1924『現代詩の研究』新潮社
詩話会編 1921–23『日本詩人』（複製版 1980）、日本図書センター
新藤宗幸・松本克夫編 2010『雑誌『都市問題』にみる都市問題 1925–1945』岩波書店
鈴木三重吉 1918「童話と童謡を創作する最初の文学的運動」（『近代日本教育論集第三巻』国土社）
鈴木三重吉『鈴木三重吉集』ほるぷ出版、1978
芹沢一也 2001『〈法〉から解放される権力』新曜社
添田唖蟬坊 1982『流行歌明治大正史』（添田唖蟬坊・知道著作集別巻）、刀水書房
園部三郎 1980『日本民衆歌謡史考』朝日選書
大政翼賛会文化部編 1941『詩歌翼賛第一輯』目黒書店
——1942『同前第二輯』目黒書店
高岡裕之 2001「大日本産業報告会と「勤労文化」」（赤澤ほか編『年報・日本現代史7』）
高崎経済大学附属産業研究所編 1999『近代群馬の蚕糸業』日本経済評論社
高崎宗司 2002『植民地朝鮮の日本人』岩波新書
高崎隆治編 1987『戦争詩歌集事典』日本図書センター
竹村民郎 2004『大正文化帝国のユートピア』三元社

田中重好 1990 「町内会の歴史と分析視角」(倉沢ほか編著『町内会と地域集団』)
谷川 昇 1941 「東京の町会発達史概観」(平林『大東京の町会・隣組』)
塚瀬 進 2004 『満洲の日本人』 吉川弘文館
津金澤聰廣編著 1996 『近代日本のメディア・イベント』 同文館出版
津金澤聰廣・有山輝雄編著 1998 『戦時期日本のメディア・イベント』 世界思想社
津金澤聰廣 1999 「メディア・イベントとしての軍歌・軍国歌謡」(青木保・川本三郎・筒井清忠・御厨貴・山折哲雄編『近代日本文化論10』 岩波書店)
続橋達雄 1972 『児童文学の誕生』 桜楓社
壺井繁治 『壺井繁治全集』 青磁社、1988–89
坪井秀人 1997 『声の祝祭』 名古屋大学出版会
—— 2006 「〈抒情〉と戦争」(倉沢愛子・杉原達・成田龍一・テッサ・モーリス-スズキ・油井大三郎・吉田裕編『岩波講座アジア・太平洋戦争3』 岩波書店)
寺崎昌男・戦時下教育研究会編 1987 『総力戦体制と教育』 東京大学出版会
東京朝日新聞社 1933 『東京朝日新聞縮刷版』(復刻版=日本図書センター)
東京都編 1972 『東京百年史第五巻』 東京都総務局総務部
戸ノ下達也 2001 「電波に乗った歌声」(赤沢ほか編『年報・日本現代史7』)
—— 2008 『音楽を動員せよ』 青弓社
戸ノ下達也・長木誠司編著 2008 『総力戦と音楽文化』 青弓社
戸ノ下達也 2010 『「国民歌」を唱和した時代』 吉川弘文館
永井壮吉 1990 『復刻版 濹東綺譚』 岩波書店(原著1937)
中路基夫 2008 『北原白秋』 新典社
中野 光 1990 『改訂増補 大正デモクラシーと教育』 新評論
中野敏男 1983 『マックス・ウェーバーと現代』 三一書房
—— 1996 「「暗愚な戦争」という記憶の意味」(酒井直樹ほか編『ナショナリティの脱構築』 柏書房)
—— 2001 『大塚久雄と丸山眞男』 青土社
中野敏男・岩崎稔・大川正彦・李孝徳編著 2005 『継続する植民地主義』 青弓社
中野敏男・波平恒男・屋嘉比収・李孝徳編著 2006 『沖縄の占領と日本の復興』 青弓社
中野敏男・金富子編著 2008 『歴史と責任』 青弓社

中野敏男 2008 「総力戦以後に詩を書くことは暴力ではなかったか?」(『情況』二〇〇八年十二月号)
長野県編 1989 『長野県史 通史編第八巻』 長野県史刊行会
長野県開拓自興会開拓史刊行会編 1984 『長野県満州開拓史 総編』・『同 各団編』 同会発行
中村孝也 1944 『野間清治伝』 野間清治伝記編纂会
夏目漱石 『夏目漱石全集』 ちくま文庫、1987–88
奈良達雄 1997 『野口雨情こころの変遷』 あゆみ出版
成田龍一 1998 『「故郷」という物語』 吉川弘文館
——— 2003 『近代都市空間の文化経験』 岩波書店
——— 2007 『大正デモクラシー』 岩波新書
西島 央 2002 「学校教育はいかにして〝国民〟をつくったか」(小森陽一・酒井直樹・島薗進・千野香織・成田龍一・吉見俊哉編 『岩波講座近代日本の文化史5』 岩波書店)
西本秋夫 1984 『北原白秋の研究』 日本図書センター
日本近現代史辞典編集委員会編 1978 『日本近現代史辞典』 東洋経済新報社
日本銀行統計局編 1966 『明治以降本邦主要経済統計』 日本銀行統計局
日本統計研究所編 1968 『日本経済統計集』 日本評論新社
日本文化中央聯盟 1940 『海道東征』 ビクター
日本放送協会編 1965 『日本放送史 上巻』 日本放送出版協会
日本放送出版協会編 1982 『NHK歴史への招待 ㉑』 日本放送出版協会
日本民謡協会編 1980 『日本民謡協会史』 日本民謡協会
野口雨情 『定本野口雨情』 未來社、1985–87
野口存彌 1980 『父野口雨情』 筑波書房
濱名志松編著 1983 『五足の靴と熊本・天草』 国書刊行会
林仙二・水之上甚太郎 1916 『尋常小学唱歌新教授精説』 東京宝文館
原 武史 2001 『可視化された帝国』 みすず書房
東 道人 1995 『野口雨情詩と民謡の旅』 踏青社
平岡正明 1989 『大歌謡論』 筑摩書房
平林敏彦 2009 『戦中戦後詩的時代の証言』 思潮社
平林廣人 1941 『大東京の町会・隣組』 帝教書房
平輪光三 1987 『野口雨情』 日本図書センター
福井直秋 1914 『尋常小学唱歌伴奏楽譜歌詞評釈』 共益商社書店
福田正夫 1984 『福田正夫全詩集』 教育出版センター
藤沢衛彦 1925 『日本民謡史』 雄山閣
藤田圭雄 1984 『日本童謡史I』 あかね書房

フレドリクソン、ジョージ 2009『人種主義の歴史』李孝徳訳、みすず書房
文芸汎論社 1931-44『文芸汎論』(マイクロフィッシュ版)、早稲田大学図書館
前田賢次 1940「町会と隣組」(熊谷編『隣組読本』)
―― 1941「町会管見」(平林『大東京の町会・隣組』)
町田嘉章編 1933『日本新民謡曲集(世界音楽全集43)』春秋社
松尾尊兊 1974『大正デモクラシー』岩波書店
―― 1978「シベリア出兵」(『日本近現代史辞典』東洋経済新報社)
松永伍一 1981『北原白秋』NHKブックス
満州移民史研究会編 1976『日本帝国主義下の満州移民』龍渓書舎
三木 卓 2005『北原白秋』筑摩書房
見田宗介 1978『近代日本の心情の歴史』講談社学術文庫
三谷太一郎 1995『新版大正デモクラシー論』東京大学出版会
源川真希 2009『近衛新体制の思想と政治』有志舎
三好行雄 1990『近代の抒情』塙書房
森垣二郎 1965「中山晋平氏レコード音楽界への進出」(『信濃教育』第九四七号)
森崎和江 1988『トンカ・ジョンの旅立ち』日本放送出版協会
藪田義雄 1973『評伝北原白秋』玉川大学出版部
山崎益吉 1988「近代製糸業を支えた工女たち」(高崎経済大学附属産業研究所編『近代群馬の思想群像』貝出版企画)
―― 2003『製糸工女のエートス』日本経済評論社
ヤング、ルイーズ 2001『総動員帝国』加藤陽子ほか訳、岩波書店
吉田裕・吉見義明編 1984『資料日本現代史10 日中戦争期の国民動員①』大月書店
吉田裕・吉見義明・伊香俊哉編 1984『資料日本現代史11 日中戦争期の国民動員②』大月書店
吉野作造『吉野作造選集』岩波書店、1995-97
吉本隆明『吉本隆明全著作集』勁草書房、1968-78
読売新聞社文化部 1997『この歌この歌手〈上〉』社会思想社
歴史学研究会編 2002『歴史学における方法的転回』青木書店
和田 英 1978『富岡日記』中公文庫
和田 登 2010『唄の旅人中山晋平』岩波書店
渡辺 裕 2010『歌う国民』中公新書

関連年表

西暦 年齢	北原白秋の足跡	作品史の流れ（掲載誌）	時代状況
一八八五 0歳	一月二十五日、熊本の南関に生まれ、福岡の柳河で育つ。父長太郎、母しけ		内閣制度確立。松方デフレ。大阪事件
一八八八 3歳			**市制町村制公布**
一八八九 4歳			**大日本帝国憲法発布。民謡ブーム**
一八九四 9歳			**日清戦争。甲午農民戦争（東学農民反乱）**
一八九七 12歳	柳河高等小学校より県立伝習館中学へ。中学で「文庫」「明星」など愛読	同人誌へ寄稿	台湾総督府官制公布
一九〇一 16歳	大火で北原家の酒倉全焼、家産が傾く。「白秋」の号を使いはじめる		八幡製鉄所創業
一九〇四 19歳	「文庫」への作品掲載を契機に中学退学、早稲田大学英文科予科に入学	詩　林下の黙想（文庫）	**日露戦争**。第一次日韓協約
一九〇六 21歳	「新詩社」に参加。与謝野鉄幹・晶子、石川啄木らと知己に		南満州鉄道株式会社設立
一九〇八 23歳	「パンの会」に参加。この会は象徴主義、耽美主義文学運動の拠点	詩　謀叛（新思潮）で評価される	**義兵闘争最高潮**。東洋拓殖株式会社設立
一九〇九 24歳	「スバル」創刊に参加。詩誌「屋上庭園」創刊。年末に実家が破産	第一詩集「邪宗門」	安重根、伊藤博文をハルビンで殺害
一九一〇 25歳	「おかる勘平」が風俗紊乱のかどで発売禁止。千駄ヶ谷に転居	詩　おかる勘平（屋上庭園）	**韓国併合**。「尋常小学読本唱歌」刊行
一九一一 26歳	「思ひ出」が好評。「文章世界」の投票で詩人部門一位。雑誌「朱欒《ザンボア》」	第二詩集**「思ひ出」**	蚕糸業法・工場法公布**「尋常小学唱歌」**刊行

	を主宰		
一九一二 27歳	隣家の松下俊子と恋愛し姦通罪で告訴される。**スキャンダルで深刻な痛手**		明治から大正へ
一九一三 28歳	俊子と結婚。同居した父と弟が事業に失敗。詩歌結社「巡礼詩社」を創立	第一歌集「桐の花」、第三詩集**「東京景物詩及其他」**	東北・北海道大凶作
一九一四 29歳	俊子の肺結核のため**小笠原父島に移住**。ほどなく帰京後、不和になり離婚	第四・五詩集**「真珠抄」・「白金之独楽」**、詩文 **島から帰つて**（地上巡礼）	第一次世界大戦。唱歌「故郷」
一九一六 31歳	江口章子と結婚し、葛飾に転居。結社を「紫烟草舎」と改称。生活窮乏	第一詩文集「白秋小品」	
一九一七 32歳	弟鉄雄と出版社アルスを創立。**このころ窮乏の極**	詩論 **童心**（曼荼羅）、歌謡 さすらひの唄（歌：松井須磨子）	ロシア革命
一九一八 33歳	小田原に転居。鈴木三重吉の依頼により**「赤い鳥」の童謡、児童詩欄を担当**	詩文 **小笠原の夏**、詩文 **雀の生活**（大観に連載）、童謡 りすりす小栗鼠、赤い鳥小鳥（赤い鳥）	シベリア出兵。米騒動。**「赤い鳥」創刊**
一九一九 34歳	小説の創作に着手（葛飾文章）。「木《みみ》兎《ずく》の家」を建てる	詩文 **小笠原島夜話**、歌謡集「白秋小唄集」、第一童謡集「とんぼの眼玉」	パリ講和会議。**三一独立運動**。五四運動
一九二〇 35歳	章子と離婚	詩文集**「雀の生活」**	**普選大示威運動**。間島虐殺事件
一九二一 36歳	山本鼎らと芸術教育雑誌「芸術自由教育」を創刊。佐藤キクと結婚。ようやく家庭的に安定する	詩論 **童謡復興**（芸術自由教育）、第二童謡集「兎の電報」、詩文集**「童心」**、詩文集**「洗心雑話」**、童謡 **ちんちん千鳥**、**揺籠のうた**	**市制町村制改正**、郡制廃止法公布。ワシントン海軍軍縮会議。「流浪の旅」
一九二二 37歳	新潟旅行（砂山の想を得る）。**山田耕筰と雑誌「詩と音楽」創刊**	民謡集**「日本の笛」**、第三童謡集「祭の笛」、詩論 芸術の円光、童謡 **砂山**	日本共産党創建。「赤い靴」「馬賊の唄」
一九二三 38歳	三崎、信州、前橋、千葉、塩原に旅行。**小田原にて関東大震災に罹災**	詩論 **童謡私観**、**童謡私鈔**（詩と音楽）、第六詩集「水墨集」、第四童謡集「花咲爺さん」	**関東大震災**。「須坂小唄」

一九二四 39歳	国柱会の田中智學の招きで妻キクらと共に静岡県三保に旅行	小唄集「あしの葉」、童謡 **からたちの花**（赤い鳥）、詩文集 **「お話・日本の童謡」**	
一九二五 40歳	**樺太・北海道旅行**（小樽、安別、真岡、本斗、豊原、大泊、敷香、海豹島、稚内、旭川、札幌、函館、当別）	童謡集「子供の村」、童謡 ペチカ、待ちぼうけ、**アイヌの子**（赤い鳥）、紀行文 **フレップ・トリップ**（女性）、歌謡 **明治天皇頌歌**	日ソ基本条約締結。治安維持法、**普通選挙法成立**。ラジオ放送開始。**摂政裕仁樺太訪問**
一九二六 41歳	東京市下谷区谷中に転居。詩誌「近代風景」創刊	詩 **老いしアイヌの歌**、歌謡 **建国歌**、童謡 **この道**、**敷香**、童謡集「二重虹」	大正から昭和へ
一九二七 42歳	静岡旅行（静岡電鉄の依頼）。「ちやつきり節」を始め多くの地方民謡創作	詩 白秋詞華集（女性に連載）、詩論集「芸術の円光」、詩 大正天皇奉悼曲	金融恐慌、第一次山東出兵
一九二八 43歳	世田谷に転居。太刀洗から大阪まで芸術飛行に搭乗（大阪朝日の企画）	民謡 **ちやつきりぶし**、紀行文集 **「フレップ・トリップ」**、詩 **汐首岬**	**新民謡ブーム**
一九二九 44歳	伊勢神宮訪問（大阪毎日、東京日日の企画）	童謡集 **「月と胡桃」**、詩集 **「海豹と雲」**、論集「緑の触角」、**「作曲白秋国民歌謡集」**	世界大恐慌
一九三〇 45歳	**満蒙旅行**（南満州鉄道招待。大連から満州里へ）。九州旅行（八幡製鉄所依頼）	前年より「白秋全集」の刊行続く。童謡 金州城、風車の満洲里	金解禁、昭和恐慌、間島朝鮮人蜂起
一九三一 46歳	北多摩郡砧村に転居	童謡 苦力、歌謡 **「北原白秋地方民謡集」**、詩 路傍にねむる、跳躍	**満州事変**
一九三二 47歳	吉田一穂・大木惇夫らと詩誌「新詩論」創刊。「爆弾三勇士」の審査委員	論説 **満洲随感**（東京朝日・大阪朝日）、**国民歌謡集「青年日本の歌」**、歌謡 日本国民の歌	満州国成立。五・一五事件。**大東京成立**
一九三三 48歳	鈴木三重吉と絶交	民謡 鷲津節、歌謡 日本よい国、大亜細亜聯盟の歌、非常時音頭、「明治大正詩史概観」	**東京音頭大流行**。国際連盟脱退。共産党員大量転向
一九三四 49歳	台湾旅行（総督府文教局と教育会の招待）	童謡 皇太子さまお生れなつた、歌謡 東郷元帥哀悼の詩、起て起て青年、台湾青年歌	

一九三五 50歳	歌誌「多磨」創刊。朝鮮旅行（大阪毎日の依頼。慶州、京城、平壌、扶余）	論説 **歌謡非常時論**（維新）、歌謡 鉄道精神の歌、満洲頌歌、輝け朝鮮	天皇機関説事件
一九三六 51歳	「オリムピック応援歌」「帝都消防歌」の審査委員。「多磨」の歌会など開催	国民歌謡集「躍進日本の歌」、「旅窓読本」	二・二六事件。**「国民歌謡」**放送開始
一九三七 52歳	「愛国行進曲」「露営の歌」の審査委員。糖尿病と腎臓病で眼底出血。視力低下	論説 **国民歌謡啓蒙**。この頃、福助足袋株式会社社歌など、**団歌、社歌、校歌多数**	**蘆溝橋事件**。南京虐殺事件。内鮮一体論
一九三八 53歳	退院後、自宅療養しつつ作詞依頼に応ずる	歌謡 万歳ヒツトラ・ユーゲント	国家総動員法公布。東亜新秩序声明
一九三九 54歳	視力回復せぬまま多方面からの作詞依頼で多忙	随筆集「雲と時計」	第二次世界大戦。国民徴用令。創氏改名
一九四〇 55歳	阿佐ヶ谷に転居。仙台、松島など旅行。「海道東征」が東京音楽学校にて初演	交声曲詩篇「海道東征」、長唄「元寇」、愛国詩集「新頌」、詩 **紀元二千六百年頌**	**部落会町内会等整備要領策定**。**大政翼賛会**成立
一九四一 56歳	柳川に帰郷し、宮崎、奈良などを巡歴。島崎藤村らとともに芸術院会員に	「白秋詩歌集　全八巻」刊行	**日米戦争開始**
一九四二 57歳	十一月二日死去	歌論集「短歌の書」、少国民詩集「港の旗」「満洲地図」、**大東亜地図**（週刊少国民）	翼賛選挙。戦局転換
一九四三		詩集「海道東征」「大東亜戦争少国民詩集」	
一九四四			本土空襲本格化
一九四五			**日本の敗戦**

あとがき

　本書は、関東大震災とそれを前後する一九二〇年代のことを、遠い過去と見てしまうのではなく、むしろ戦争に向かって進んだ民衆の同時代経験としてしっかり考え直しておく必要があるだろう、そんな問題意識が先にあって始めていた仕事を心情の文化史という軸でまとめたものです。それが、現実に生起した大災害により、当面する状況に文字通り直に関わるものとなってしまうとは。想像もつかなかったこの事態の成りゆきに、胸のつぶれる思いはなお消えることがありません。「ボランティア」や「絆」が強調されているこの時に、しかもそれが実際に人々の物心両面での支えにもなっているはずの場面で、その基底にある危うさに注意を向けるというのはやはり容易なことではないでしょう。しかし、そういう時だからこそこれは必要な問題提起となるに違いない、そのように心を奮わせて、いまはそれを送り出すのみとなりました。

　その「あとがき」であるここでは、震災から戦争へ揺れた心情の文化史そのものについては、本書の内容の本体ですからもう何も付け加えることは致しません。しかし、わたしにこのような問題意識が生まれていたもとの背景については、問題の広がりを確認しそれを今後の議論につなげるためにも、その要点をいくつか書きとめておきたいと思います。

そのひとつは、植民地主義と戦争とが刻印されている近代日本に関わる歴史を、東西冷戦終結後の今日の時点で、あらためてどのような時間の射程をもって顧みるべきかという近現代史認識の基本枠に関することです。本書では、震災から戦争へという時代の見通しをもって、主に一九二〇年代の大正期から三〇年代の総力戦体制期に到る文化史の連続について考えてきました。これは、満州事変に始まるアジア・太平洋戦争の時期を特に「十五年戦争」と区画し、この「戦時」とそれ以降の「戦後」とを〝戦争〟と〝平和〟という二項に色分けして対照させる、これまで日本の常識となってきた現代史理解に、意識的に異を唱えるものとなっています。特にアジア・太平洋戦争の時期については、繰り返し集中した議論もなされ特集や講座の類も作られてきていますが、この時期をそこだけ「戦時」と特殊化して主題としたり記憶したりするというのでは、歴史認識にかえって多くの欠落や歪みを生むことになるだろうという考えです。

そもそも「アジア・太平洋戦争」という戦争の名称は、一九四五年の敗戦後にしばらく多用されていた「太平洋戦争」という名称が基本的には四一年以降の日米戦争の期間だけを指して戦争を理解したのに対して、それ以前のアジアでの戦争にも視野を広げ、この戦争のもつ日本による「侵略」という性格にも目を向けようという思いがあって採用されるようになったものでした。それ故この名称で捉えられる戦争の時期区画にも、戦争の加害や残虐に目をこらそうとする感覚がなかったわけではありません。

とはいえ、一九三一年の満州事変に始まり日米戦争に終わる戦争のこの時期区画は、日本軍の組織的な作戦行動にもっぱら焦点を合わせた国家本位でかつ日本中心の戦争把握であって、この作戦行動につながった原要因であるアジアにおける植民地主義の展開や継続、そしてそれへの抵抗から同時代を捉えていたわけではありませんでした。まして、本書で考えてきたような（日本の）民衆の継続する植民地主義への翼賛や、それと表裏をなす（アジアの）民衆による植民地主義への持続する抵抗から歴史を捉える観点は、そこにはまだ生まれていなかったと認めなければなりません。そうだからこそ、本書で少しは触れた関東大震災やその状況下での朝鮮人虐殺のことも、また四五年以後に継続する東アジアでの植民地主義や戦争のことも、現代日本の同時代経験として一連の見通しで理解されてはこなかったのではないでしょうか。このような欠落を生んできた歴史認識の基本枠を組み替えて、植民地主義と戦争のやや長い二十世紀を全体として正視すること、まずそれが、世紀が転換した今日、しかももうひとつ震災と原子力災害を経験したこの時にこそ一層切実に問われているとわたしは思っています。

　ところで、このような歴史認識の組み替えという作業は、さらに立ち入って考えると、単に歴史の見方を変えるという意味での認識上の事柄にとどまるのではなく、むしろ歴史と社会におけるわたしたちの責任という実践上の課題に関わっていることです。本書の背景にある問題意識としてつぎに書きとめておきたいのは、この点についてです。

　本書では、民衆の植民地主義に特別な注意を払いながら、震災から戦争へ詩歌翼賛に動いてしまった民衆の心情の回路について考えてきました。これは、これまで現れた「戦争責任論」が、日本の近現代に生起した暴力や加害に対する責任という問題の所在を「戦争」の時期に限定し、行為主体の責任を問う場合でも国家や軍の指導者およびそれに追随した指導的知識人たちについてだけそれを語っていたことに、意識的に異を唱えるものとなっています。戦争責任という事柄はその基底にある植民地主義から問題を問わねばならず、今日に続くその問題の継続をすっかり清算して新しい未来を切り開こうとするなら、生活する主体として植民地主義を担った民衆の経験と責任を直視しそこから問わねばならないと考えるからです。このように民衆の責任を考えることは、国家や指導者たちの責任を曖昧にするわけではなく、むしろさまざまなレベルで問われるべき行為責任の問題の所在をそれぞれ特定し、また他方では、行為当事者の交代などによって消滅するわけではない継続する責任の存在をも明確にするはずのことです。それにより責任の清算という問題は、諸個人にとって単に抽象的な倫理の事柄であるだけでなく、現実の行動につながる具体的な実践課題になるだろうとわたしは思っています。

このような継続する植民地主義を捉える歴史認識とその責任の問題については、これまでにわたしは関心を共有する多くの人々と共同研究を組織し、その成果を、前者については『継続する植民地主義』（岩崎稔・大川正彦・李孝徳・中野敏男共編著、二〇〇五年、青弓社）、および『沖縄の占領と日本の復興』（波平恒男・屋嘉比収・李孝徳・中野敏男共編著、二〇〇六年、青弓社）という二つの書物に、また後者については論集『歴史と責任』（金富子・中野敏男共編著、二〇〇八年、青弓社）にまとめて、議論の進展を公表して参りました。本書に示した考察はそのような共同研究の中で成長し、それに参画された方々の研究に多くを負っていますから、これを読まれる際にはぜひそれらの書物にも関心をつなげ、その文脈で含意されているところをご理解くださって、その観点からも本書の意義を考えてみていただきたいと願っています。また、それらの共同研究に参画された方々には、ここであらためて深く感謝したいと思います。

さて、そのような歴史認識と責任に関わる共同研究においても繰り返し問われたことですが、もうひとつ本書の議論の背景として意識されているのは、研究と叙述の方法という問題です。本書では、震災から戦争へ向かう時代の文化史を主題として、民衆の揺れる心情の回路に立ち入る分析と叙述を試みました。このような生きた証言がすでに求めにくい時代について、しかも文書史料をほとんど残さない民衆のレベルで、その心情という「内面」を考察の対象にして根拠ある分析と叙述を追求するというのは、学問方法論的に見て大きな困難をともなう課題であることは明らかでしょう。しかし、文書一次史料を偏重する実証主義歴史学が見落としがちな問題領域にあえて立ち入ることの重要性は、「証言の時代」と言われた一九九〇年代に被害者たちが声をあげてようやく焦点化した日本軍「慰安婦」問題などへの取り組みから、痛切に学んできたことなのでした。ここから、学問領域の侵犯を不可欠とするこの新しい問題領域に即した研究と叙述の方法への問いが切実なものとなっていたのです。

本書ではそのような見地から、思想史学や歴史学そして文学まで視野に入れ、さまざまな学問領域の知見をできる限り参照しつつ、しかもそれを横断する分析と叙述の方法にいくつも工夫を凝らしたつもりでおります。そしてその際に学問方法論上の主要な導きの糸となったのは、ここでもドイツの社会学者であるマックス・ヴェーバーの「解明的理解（deutendes Verstehen）」という方法でした。この方法論については、わたし自身がすでに拙著『マックス・ヴェーバーと現代』（一九八三年、三一書房。青弓社より復刊予定）で詳細に論じておりますから、関心のある方にはぜひそちらを参照して検討していただければ幸いに存じます。今日の人文系諸学問の低迷とその裏面にある無手勝流の独断や無闇な文献実証主義の横行に抗するためにも、この学問方法をめぐる議論はいまとても重要だとわたしは感じています。

このように背景をなす問題意識にはこれまでの研究活動と太い連続があるとはいえ、詩歌という文芸作品などを素材として民衆の心情に立ち入っていく本書は、社会理論や思想史など思想テキスト中心の学問分野を専門としてきたわたしにとって、以前の著作とはずいぶん性格の異なる特別な作品に仕上がりました。思考の手の内を丁寧にくまなく曝す意図から取り入れた文体もわたしにはひとつのチャレンジで、それを思ってみると、このような作品が出来上がった裏の要因には、私事になりますがわたしの病気のことも多少関わりがあるなといまは感じます。わたしは二〇〇六年十一月に急性心筋梗塞で倒れ、以来、治療とリハビリにより状態はいちおう安定しているとはいえ、日常の活動がやはり制約されるようになっています。心臓にこんな病気を抱えたのは残念なことでしたが、それでかえって吹っ切れたところがあったか、気にはなりながらこれまで正面に据えられなかった問題領域にも怖れず取り組む気持ちと時間が生まれて、実質的にはそれからの作業により本書は成立したのです。それがさまざまなこだわりを脱ぎ捨てる切っ掛けにもなったのだとすれば、病気さえ悪いことばかりではありません。そんなわたしをサポートして、マイペースの仕事を許してくれた職場の同僚や友人たちに感謝します。

本書の内容は、本務である東京外国語大学外国語学部の社会学講義でまずは語りの形をなし、それを下敷きにして著作の構想も具体化されてきています。この授業のために、資料の作成、スピーカーやプロジェクターの設置など、多くの大学院生が準備を手伝ってくれました。この学生諸君に感謝したいと思います。また、院生ではないけれど大学院の授業に参加し、原稿にも目を通してコメントを下さった荒川敏彦さんにも感謝いたします。

最後に、本書は、大場旦さんと倉園哲さんという度量の大きい希有な編集者に恵まれなければ文字通り実現しなかったということを記しておかなければなりません。思えば、本書の企画はもう十年以上も前に気鋭の編集者であった大場さんに声をかけていただいたことから出発しています。当初は大場さんとの話し合いでもっと社会理論的な内容を考えていたように思いますが、それが直ちには実現せず、そんな折りに日本軍「慰安婦」問題を扱ったETV特集の番組改竄《かいざん》事件もおこって、一時はNHKブックスとして本を出すということ自体を断念しかけたこともありました。このときに大場さんは、およそありえないほどの忍耐力で静かに待つという姿勢を長期間ずっと堅持され、しかも担当された新刊の恵送をもって企画の再開を督励し続けて下さったのです。番組改竄事件そのものはいまだに解決されたわけではありませんが、大場さんのそんな督励があったからこそ、その恩義に報いねばとあらためて着手した仕事が本書に結実することになりました。また倉園さんは、NHKブックスの現担当編集者として編集実務を引き受け、理解ある助言と丁寧な編集作業でまことに完成度の高い本に仕上げて下さいました。お二人に心から感謝いたします。表記上のことなど、校正段階で繊細な気くばりをして下さった五十嵐広美さんにも感謝します。

東日本大震災から一年余りが過ぎて、この大事件の経験がこれから時代をどの方向に差し向けていくのか、それはまだ予断を許しません。こういう時にこそ、やはり必要なのは歴史への深い省察であるはずでしょう。この小著がそうした省察になにがしかの手がかりとなれば——そんなことを願いながら、著者としての役目をここで終えることにします。

二〇一二年四月四日

中野敏男

中野敏男——なかの・としお

●1950年東京生まれ。東京大学大学院修了。博士（文学）。東京大学助手、茨城大学助教授などを経て現在、東京外国語大学教授（大学院総合国際学研究院）。専門は社会理論、社会思想。

●著書『マックス・ウェーバーと現代』（三一書房）、『近代法システムと批判』（弘文堂）、『大塚久雄と丸山眞男』（青土社）など。共編著『継続する植民地主義』、『沖縄の占領と日本の復興』、『歴史と責任』（いずれも青弓社）など。共著『岩波講座 近代日本の文化史7 総力戦下の知と制度』（岩波書店）など。

NHKブックス［1191］

詩歌と戦争　白秋と民衆、総力戦への「道」

2012（平成24）年５月30日　第１刷発行

著　者　中野敏男

発行者　溝口明秀

発行所　NHK出版

東京都渋谷区宇田川町41－１ 郵便番号150－8081

電話　03－3780－3317(編集)　0570－000－321(販売)

ホームページ　http://www.nhk-book.co.jp

携帯電話サイト　http://www.nhk-book-k.jp

振替 00110－1－49701

［印刷］啓文堂　［製本］田中製本印刷　［装幀］倉田明典

ISBN978-4-14-091191-4　C1310